산띠아고에
태양은
떠오르고

 산띠아고 인문 기행

산띠아고에
태양은
떠오르고

산띠아고 인문 기행

김규만 씀

푸른영토

두 바퀴 위에 홀로 선 고독과
자유를 노래하라!

어느 날 우연히 과거와 교신하는 전파가 안테나에 잡혀 찌직거리며 들려왔다. 그 약하고 희미한 전파가 심장으로 가서 증폭된 후 대뇌로 가 재생되면서 차츰 구체적인 회상을 하게 되었다. 주파수를 맞추면서 작은 잡음들은 조금씩 사라지고 멀리서 다가오는 새벽 여명처럼 흑백으로 재생되었다가 아침 햇살을 받고 천천히 천연색으로 부활하기 시작했다. 이제는 오래되어 까마득한 과거가 된 너덜거리는 비망록을 잠시 검색해 보았다. 태양과 정열, 바람과 풍차, 투우와 기타, 플라멩꼬와 집시 등의 단어들이 낡은 노트에 깨알 같이 적혀 있었다. 잠시 후 '누구를 위하여 종은 울리나' 라던 존던의 시가 종소리가 되어 들려왔다. 다시 '누구를 위하여 종은 울리나' 묻는 헤밍웨이의 소설이 종소리가 되어 중복된 묘한 화음이 가슴을 채웠다. 1988년 올림픽 직전부터 '같이, 따로' 여행했던 독실한 천주교 신자인 선배^{한기정}가 포르투갈의 파티마, 스페인의 '산티아고', 프랑스 루르드 성모 발현지 등을 성지 순례한 이야기를 했지만 이교도처럼 무관심했다. 그러나 그렇게 우연히 스쳐간 말 한마디가 내 기억 속에 들어와 이리저리 발길에 차여 오랜 시간 구석에 박혀 있다가 자비로운 인연과 만나 까미노 데 산티아고^{Camino de Santiago, 산티아고 길}라는 구체적인 이미지로 되살아났다.

산티아고로 가는 길은 너무 오래되어 대부분 역사가 되어버렸다. 이 까미노^길의 아따뿌에르까 인근에 인류의 조상으로 추정되는 80만 년 전에 살았던 호모 안테세소르^{Homo Antecessor, 인류조상}가 발굴되어 1994년 UNESCO의 세계문화유산으로 지정되었다. 로마시대에 만들어진 2천년이 넘은 로만가도의 다리와 수로, 1000년이 훨씬 넘은 레꼰끼스따^{Reconquista, 재정복시절}의 왕성한 성당과 건축물들을 보면서 전율하고 아득한 세월에 부딪혀 넘어질 것 같았다. 이것을 중국인들은 경도^{傾倒}된다고 표현했다. 도중에 수없이 많이 만났던 시공을 뛰어넘는 강하고 장엄하고 화려한 종교적 건축물, 이름 없는 장인들이 만든 낡고 닳아서 아예 자연에 스며버린 유적, 여기저기 엉글어 있는 신화와 전설, 일찍이 이슬람 문명이 스페인에 와서 기독교 문명과 격렬하게 싸웠지만 아무도 몰래 교정^{交情}한 독특한 흔적이 발가벗겨져 남아 있었다. 결국 까미노는 아주 오래된 호모 안테세소르^{인류조상}부터 로마시대, 레꼰끼스따 중세, 르네상스를 거쳐 지금에 이른 것처럼 앞으로도 미래를 향해 걸어가는 길이 될 것이다. 결국 까미노 데 산티아고는 과거를 통해 미래를 바라보는 오래된 미래^{Ancient future}로 가는 길이다.

산티아고가 다시 주목받는 데는 고색창연한 유적들과 평화롭고 아름다운 경치도 한몫 했다. 까미노에는 종교적이고 세속적으로도 매우 가치가 높은 1,800여개의 건축물들이 남아있다. 길을 걷다보면 곳곳에 역사적 가치가 높은 예배당 교회 성당, 구호소 병원, 순례자 숙소는 물론 언덕 위 오래된 마을은 성의 형태를 이루며 잘 정비되어 순례자를 맞이하고 있다. 건축과 토목, 도시계획 전공자들, 미술 음악 조각 등 예술 전공자들에게 이 길은 실사구시적인 길이다. 죽도록 사랑하다 오랫동안 헤어진 연인이 다시 만난 것처럼 순례자 길은 처음처럼 뜨거운 감성이 가득한 길은 아니다. 스페인의 카톨릭 신자는 20% 미만이지만 순례자의 수는 10년 사이에 10배나 치솟았다. 지금은 무신론자와 이교도들이 더 많이 걷고 있다. 이들 역시 까미노를 걸으면서 많은 자각과 성찰을 하지만 더 이상 종교적기독교적이지는 않다.

순례는 고독의 실천이다. 인간이 고독해지지 않고 이룰 수 있는 것은 별로 없다. 고독함 속에서 지혜로워지고 성숙하며 타인에 대한 소중함도 깨닫는다. 홀로 있을 때 자연과 합일하고 내면을 향한 라이딩도 가능해진다. 인간은 태초에 돌을 이용해 문명구석기·신석기시대을 시작했다. 흙으로 질그릇빗살문 무문 토기을 빚어서 단단하게 구은 후에 그 안에 문명을 담았다. 고등한 석기시대 사람들은 청동 위에 글을 썼다. 그래서 청동기부터 역사시대가 된 것이다. 돌 위에 마모된 무늬文와 청동 위에 푸른 녹으로 기록된 역사의 현장으로 떠나는 글을 시작한다.

이 글은 유명 월간지 'The Bike'에 연재한 것이다. 함께 하는 라이딩을 화이부동和而不同으로 설명했다. 서로 조화롭지만 서로 같지 않다不同는 말이다. 바이크는 어떤 것에도 의지하지 않고 스스로 두 바퀴로 홀로 서야 달릴 수 있다. 그래서 오직 앞으로 무소뿔처럼 혼자서 가며 '길과 글'이 함께 달렸다.

　이 책이 나오게 해 준 자비로운 인연에 감사하고 이 자리를 만들어 주신 도서출판 '푸른 영토'에 무한히 고마운 마음을 전한다.

김규만

차례

모든 지명 고유명사는 철저히 스페인어 발음에 따랐다. 영어식 발음에 익숙한 귀에 스페인 발음은 낯설게 느껴지겠지
만 이번 기회에 영어보다 많이 쓰이는 세계2위 에스빠뇰(Español)에 친근해져 보시기 바란다. 참고로 중국어 (12억), 스
페인어(4억1400만), 영어(3억 3500만), 힌디어(2억 6000만), 아랍어(2억 3700만) 순이고 세계 13 위가 한국어(7,720만)이다.

걷기는 고행이자 순례

1

오래된 미래로 가는 길

나는 눈과 귀와 혀를 빼앗겼지만 영혼을 잃지 않았으므로

모든 것을 가진 거와 같다. 세상에서 가장 아름답고 소중한 것은 보이거나

만져지지 않는다. 단지 가슴으로만 느낄 수 있다.

세상이 비록 고통으로 가득하더라도, 그것을 극복하는 힘도 가득하다.

—헬렌켈러

아란훼스Aranjuez의 선율에 홀리다!

아득하고 어슴푸레한 25년 전 파리에서 남행열차를 타고 국경역 엉데Hendaye
의 이민국에서 스탬프를 찍고 스페인에 입국했다. 국경역 이룬Irún에서 환승한
다음 마드릿으로 향하는 기차를 탔다. 스페인의 황량한 고원을 지나서 마드릿
역에 가까워지는 순간 '아란훼스 2악장'의 서정적인 선율이 낮게 깔리면서 낯선
이방인에게 이 도시를 소개했다. 스페인에 대해 아는 것은 투우, 플라멩꼬, 기
타, 태양, 열정 등의 단답형들이었다. 애마 로시난떼를 타고 풍차를 향해 비틀
거리며 돌진하는 돈끼호떼는 한동안 나의 이상형이었다.

마드릿의 아또차 역에서 알함부라 궁전이 있는 그라나다로 향하는 남행열차

를 타고 남쪽으로 30~40분 48km만 가면 아란훼스가 나온다. 이곳에 18세기에 지어진 부르봉 왕가House of Bourbon의 여름 별궁 아란훼스Royal Palace of Aranjuez는 베르사유 궁보다 작지만 더 화려하다는 평을 받는 곳으로 유네스코 문화유산으로 지정되었다.

맹인 작곡가인 호아낀 로드리고Joaquín Rodrigo, 1901~1999는 신혼시절 아란훼스에서 살면서 풍경을 직접 볼 수 없었지만 누구보다 더 많은 것을 느끼고 기억하고 있었다. 그는 스페인 내전Guerra Livil Espanoka, 1936~1939으로 파리에서 머물 때 기타를 위한 아란훼스 협주곡Concerto de Aranjuez for Guitar을 작곡했다. 기타는 현악이지만. 줄을 퉁기는 특성상 타악기처럼 짧고 빠른 선율과 목관악기인 잉글리쉬 호른의 길고 맑은 선율과 화음은 설명할 수 없는 우수와 그리움으로 마음을 사로잡았다. 이 협주곡은 화려하고 사치스럽다가 쓸쓸한 선율이 되면서 막강했던 왕궁의 부귀영화도 덧없고 한 때 대단하던 왕족들의 권문세족도 부질없다는 메시지를 전해주는 것 같다. 로드리고는 잃어버린 시력 때문에 오히려 더 천재적인 음악적 영감과 상상력을 가졌다. 아란훼스의 선율에는 아무것도 볼 수 없는 암흑이 흑백의 여명黎明이 되었다 다시 여러 결의 소리로 피어나 몽환적인 분위기를 만든다. 그리고 다양한 파장의 빛은 어느새 다시 소리가 되어 퍼져나간다. 아~ 아란훼스! 먼 훗날 비행기를 타고 마드릿 공항에 도착했을 때도 어김없이 아란훼스 2악장의 선율이 흘러나왔다. 눈이 먼 사람은 앞을 바라보는 것이 불가능하지만, 지나간 과거나 미래를 거시적으로 바라보는 혜안이 있다. 로드리고의 아란훼스는 추억과 향수에 들떠 있는 나를 그 시절로 안내해주었다.

먼 길을 쉬지 않고 걷는 음악의 마에스트로

루치아노 파바로티와 함께 세계 3대 성악가로 불리는 마드릿 출신의 플라시도 도밍고와 바르셀로나 출신의 호세 까레라스가 있다. 플라멩꼬는 스페인 남부의 안달루시아 지방에서 예부터 전하여 오는 민요와 춤을 말한다. 기타와 캐스터네츠와 손뼉과 구두굽으로 바닥을 치면서 격렬한 리듬에 맞춰 춤을 춘다. 집시Gitano, 히따노들에게서 유래된 남쪽의 춤이다. 집시들의 유랑하는 삶은 답답한 정착민들에게 잠시 동경과 선망이 되지만 현실 삶은 고달프고 힘들어 유목민처럼 그들의 문화도 더 이상 진화를 멈추어 버렸다.

사라사떼Pablo de Sarasate, 1844~1908의 '치고이너바이젠Zigeunerweisen'은 우리가 한번쯤 들어본 기억이 있는 명곡이다. 독일어 치고이너Zigeuner란 '집시'를 뜻하고 바이젠Weisen은 선율을 뜻한다. 이 '집시 선율'은 집시의 고달픈 삶처럼 연주하기가 힘든 난곡難曲으로 유명하다.

까딸루냐 출신 첼로 연주자이자 지휘자인 까살스Pablo Casals, 1876~1973가 200년 동안 잠들어 있던 요한 세바스찬 바흐의 필사본 '무반주 첼로 모음곡6곡'의 악보Score를 바르셀로나 헌책방에서 우연히 발견한 것이 운명을 바꾼 필연이 되었다. 그는 이 곡을 거의 하루도 쉬지 않고 절차탁마하여 첼로의 바이블로 만들었다. 그는 첼로가 낼 수 있는 가장 다양한 기교와 가장 넓고, 깊고, 높은 표현을 할 수 있었다. 믿을 수 없지만 까살스는 96세로 죽을 때까지 80년 동안 매일 이 곡을 연주했다고 한다. 참 힘들고 멀고 지루하다는 생각이 드는 길이었다. 이런 먼 길을 쉬지 않고 지루하게 걸어간 장인에게 사람들은 첼로의 마에스트로라는 명예로운 존칭을 헌정했다.

호아킨 로드리고(1901~1999)
파블로 데 사라사떼(1844~1908)
파블로 까잘스(1876~1973)

오래된 미래로 가는 길

나는 오랫동안 자전거를 타고 인적 없는 고즈넉한 곳, 이국적인 풍물이 있는 오지를 여행하는 꿈을 꿔왔다. 인간의 DNA 속에는 생존을 위한 채집 본능, 사냥 본능, 방랑 본능이 있다. 낯선 이방에 대한 그리움과 동경이 나의 DNA 속에 입력되어 있었다.

세계 각국에서 온 많은 순례자들은 고독과 자유를 노래하며 스페인 서북부 '산띠아고 데 꼼포스뗄라'를 향해 걸었다. 멀고 아득한 로마시대 서쪽 대륙의 끝 피니스테레까지 걸으며 고행을 노래했다. 이 길은 모두에게 많은 영감과 메시지를 전해 주는 길이었다. 사색과 고행, 고독과 자유로 유명한 산띠아고로 가는 길은 봄 여름 가을 겨울 사계의 시샘도 만만치 않았다. 바람과 구름, 흙먼지와 질척이는 진흙길, 더위와 추위, 눈과 비가 늘 횡포를 부리는 곳이다.

자동차의 장점은 빠르고 안락하며 거시적인 공간이동을 가능하게 해준다. 우리는 이곳에 화석연료를 쓰는 비행기와 차를 타고 왔다. 걷는 것과 차를 타고 여행하는 것은 너무 다르다. 차를 타면 내 몸이 사각형 차안에 갇히고, 바깥 풍경은 사각형 차창 안에 갇힌다. 문명의 아이콘 사각형에 갇히면 자유로운 대기의 바람과 빛의 향연을 실감할 수 없다. 오토바이나 오픈카도 있지만 속도와 엔진의 소음은 자연의 속삭임을 지워버린다.

완벽한 자연과 나의 합일을 꿈꾼다면 천천히 느긋하게 걸으라. 모든 온전함은 오직 걷는 자에게 있을지니! 막상 해보면 쉬워 보이는 걷기가 가장 어렵다. 보통 순례자들이 배낭을 메고 시속 4km의 속도로 매일 25~30km를 하루 7시간 정도 걷는 것은 쉬운 일이 아니다.

매년 여름방학이면 혈기방장한 20대 초반 대학생들이 국토순례를 하면서 걷는다. 자신들의 발바닥에 노정의 역사를 썼다. 발바닥이 만신창이가 되면서 걷는 걸음마다 고통으로 점철됐지만 반대로 걷는 만큼 따뜻한 가슴과 넓은 포용력을 가진 젊은이로 변해 갔다. 매년 발병 난 젊은이들 대상 의료봉사를 하면서 상처 난 발바닥들이 자신밖에 모르는 핵가족 시대의 이기주의를 치료할 수 있다는 희망을 보았다. 이것은 나만의 생각이 아니었다.

　　이스탄불에서 중국의 시안까지 머나먼 실크로드 4만km를 오직 걸어서 간 '나는 걷는다'의 저자 베르나르 올리비에가 관여한 '쇠이유Seuil'라는 단체가 있다. 쇠이유는 '신발바닥'을 뜻하는 라틴어 'solea'에서 왔다. 프랑스 소년원에 수감된 청소년 1명이 자원봉사자 성인 1명의 도움을 받아 프랑스어가 통하지 않는 외국에서 3개월 동안 1600km를 무탈하게 걸으면 그를 집으로 돌려보낸다. 일반 청소년 재범률이 85%인데 이 아이들 재범률은 15%라고 한다.

　　프랑스 어른들의 미성년자들에 대한 '노블레스 오블리주'를 생각하면서 부끄러움으로 울컥 치미는 것이 있었다. 어른으로서 대한민국 국가가 어린 아이들에게 점심밥 한 끼 먹이는 것을 나라 말아 먹는 '복지 파퓰리즘'이라고 핏대를 올렸다. 사대강 사업과 자원외교와 방위산업비리 등으로 나라가 거덜 날 지경일 때 찬양하거나 호도하거나 침묵했다. 치사한 어른으로 아이들에게 미안하고 부끄러웠다는 반성과 고백을 여기에 남긴다. 명예롭고 자부심 넘치는 '노블레스 오블리주'를 생각해본다. 소년원생들도 후안무치한 우리 어른들도 이렇게 길을 걸으면서 회개하고 지혜로워지리란 희망을 가져본다.

　　예전에는 3대 성지를 모두 걷거나 필마匹馬를 타고 이동했겠지만 걷는 전통은 사라지고 오직 산띠아고로 가는 길만 걷는 전통이 남아 있다. 산띠아고 가는 길은 천년 전에도 지금도 미래에도 걸어가야 할 길로 남을 것 같다.

너도밤나무 숲을 걸어오는 나무지팡이 하나에
배낭하나 짊어진 일장일낭(一杖一囊)의 순례자

2

나는 걷는다 고로 생각한다!

당신이 중요한 무언가 원한다면,

온 우주가 당신이 그것을 이룰 수 있게 돕는 걸 공모하리라.

— 파올로 코엘료

일장일낭一杖一囊과 산띠아고 만행

천년이 넘는 세월 수많은 순례자들의 패션은 대동소이했다. 북부 스페인의 햇볕과 바람과 비를 막아 줄 챙이 넓은 모자를 썼다. 튼튼한 신발을 신고 추위와 바람을 막아줄 거친 모직옷을 입고 밤에 이불 역할을 할 짧은 망토를 걸치며 허리춤에 표주박을 찼다. 등에는 순례자들의 소박하고 신성한 가난을 담은 배낭一囊을 메고 그 위에 순례자의 징표인 큰 조가비 하나一貝를 달았다. 등에 진 배낭에는 먼 길을 가는 데 최소한으로 필요한 물건들이 들어 있었다. 성경, 기도서, 십자가, 묵주 중에 어느 것과 포크, 나이프, 스푼, 노잣돈과 팔수 없는 가보도 들어 있었으리라.

수도승들의 참을 수 없는 무소유를 상징하는 정적靜的이고 미시적인 일의일발−衣−鉢에 대해서 동적動的이고 거시적인 일장일낭−杖−囊이 있다. 일의일발−衣−鉢은 동안거冬安居나 하안거夏安居 같은 정적인 수행을 의미하고, 지근거리에서 생존을 위해서 하는 최소한의 청빈한 탁발托鉢을 말한다.

그러나 일장일낭은 동안거와 하안거를 끝낸 후 먼 만행으로 거리를 가는 객승들의 성지순례 모습이 그려진다.

산띠아고를 향하는 순례자들의 손에는 거의 대부분 지팡이−杖가 들려 있다. 먼 길을 가는 데 여러 목적으로 사용되는 지팡이는 필수품이었다. 옛날부터 지팡이는 당연히 걷기의 도구이지만 때로는 사나운 도적, 강도, 들짐승, 맹견 등이 달려들 때 최고의 호신용 무기였다. 수집, 채집, 사냥 외에도 용도는 헤아릴 수 없이 많다. 예나 지금이나 일장일낭은 오래된 현재 진행형 산띠아고 패션이다.

지팡이−杖를 짚고 배낭−囊을 지고 떠나는 순례자들은 떠나는 순간부터 소유가 많을수록 고통도 커지는 것을 경험한다. 그래서 일장일낭의 나그네 길은 본능적으로 움켜쥔 소유물을 '버리고 떠나기'이고, 최소한의 소유를 지향하는 '무소유'를 실천하는 것이다. 비울수록 채워지는 '텅빈 충만'이란 한 소식을 전해 줄 수 있는 것이 일장일낭의 나그네길이다.

산띠아고 '만행'의 모습은 다양하다. 순례자의 게으른 만행慢行은 더디고 느린 '만행晩行'의 근원이 된다. 세상은 넓고 갈 곳이 많은 만큼 부지런히 열심히 만행萬行을 해야 한다. 이런 다양한 만행을 하면서 순례자들은 프로펠러卍를 돌려 물살을 거슬러 영원으로 건너가는 '만행卍行'을 꿈꿀 것이다. 그러나 이 만卍이 뒤집어지면 나치 독일의 문양인 하켄크로이츠Haken kreuz, 갈고리 십자가, 卐가 되면서 야만적인 '만행蠻行'이 되어 버린다. 이것은 고대 게르만족 행운을 상징하는 게르만족의 십자가였다. 크로이츠Kreuz는 영어의 크로스cross, 십자가와 같다.

산스크리트어에서 말하는 스바스티카स्वस्तिक, swastika는 시계방향, 또는 반시계방향으로 꺾인 십자 모양 무늬를 말한다. 다시 말해서 불교의 상징이 만卍이라면, 힌두교의 상징은 주로 역만逆卍=卐이고 독일의 하켄크로이츠도 역만卐자 모양이다. 하켄크로이츠卐는 완전히 나치스를 상징하는 것으로 굳어져버려서 현재 독일에서는 이 卐문양을 사용할 수 없게 법으로 금지되어 굽어진 십자가 갈고리를 두들겨 펴거나 잘라야 사용할 수 있다. 만행의 설명이 너무 질펀해서 만행漫行이 되어 버린 것 같다. 한글의 '만행'에 한문의 여러 의미를 담아보았다. 거시적으로 까미노의 역사를 살펴보면 지고지선에서 지고지악한 만행을 다 담고 있다.

순례와 고행은 동의어이다!

길을 걷는 것은 공간이동이다. 정신적인 의지가 공간이동을 하게 한다. 물리적 공간이동이 어떠한 정신적인 변화를 주는가 생각해 본다. 걷기를 하면서 상처를 치유할 수 있다. 탐욕으로 가득 찬 마음을 비우고, 분노로 일그러진 마음을 삭히며, 어리석음을 성찰하기도 한다. 걸으면서 만나는 다양한 상황에 감화를 받고 반응한다. 봄의 따뜻한 미풍에서 겨울 횡포한 바람이 불 때까지, 시시각각 변화하는 계절의 노래는 늘 새롭다. 유상有常함에 젖어서 살던 이들이 이런 무상無常한 새로움에 매혹하면서 걷는 이들이 매년 20만 명이 넘는다고 한다. 단조로운 삶은 변화를 동경한다. 인간은 무상한 삶을 향유하지만 내면 깊숙이 본질이 하나로 가는 상도常道를 지향한다. 변치 않는 것에 대한 동경이 있다.

　이곳에서는 세계 각국에서 온 순례자들과 인종, 언어, 종교, 나이를 초월하여 공감하고 친구가 될 수 있고 백인우월주의나 인종차별주의는 찾아 볼 수 없다. 일상에서 찌들고 지친 심신은 순례자의 길을 걸으면서 자연과 교감 또는 일체감을 체험하면서 재충전할수 있을 것이다. 이런 경험을 통해서 심신은 훨씬 더 심오해지고 고양되라 생각한다.

　'집 떠나면 고생'이라는 장벽이 순례자의 앞을 가로막는다. 무거운 짐과 발바닥의 물집이 순례자의 뒤를 잡아당긴다. 이런 것을 극복하면서 진짜 순례자로 거듭날 수 있다. 이러한 고행을 이겨내면 비로소 영혼이 바람보다 가벼운 에스프리가 응결될 때 빛나는 황금을 얻을 수 있다. 까미노를 걸으면서 떠오른 영혼의 울림이 파울로 코엘류에게 '순례자'와 '연금술사' 같은 책을 쓰게 했다. 이 길을 걸으면서 인생의 행로를 바꾸어 버렸다.

　순례와 고행은 동의어다. 순례를 통해서 고행으로 들어간다. 고통과 아픔을 두려워하지 않는 순례는 깨달음으로 인도한다. '나는 생각한다. 고로 존재한다'는 데카르트식 정중동靜中動의 상위개념을 이야기해보자. '나는 걷는다. 고로 생각한다'는 치열한 동중정動中靜이 여기에 존재한다. 동중정은 동 속에서 일어나는 고요한 정신의 파문을 말한다. 몸은 비록 밖으로 산띠아고를 향해 걸어가지만 마음은 안으로 자기만의 깨달음의 세계로 항해한다. 이것이 바로 우리가 찾아가는 '내면의 산띠아고'이다.

2012년 해외의료봉사단체의 샛별-콤스타(komsta, 대한한방해외의료봉사단)

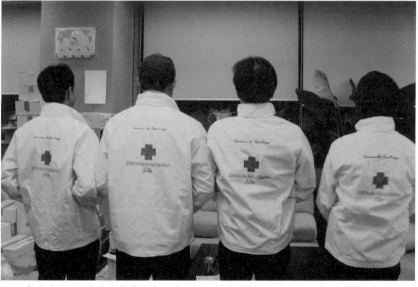

2011년 해외의료봉사단체의 샛별-콤스타(komsta, 대한한방해외의료봉사단)

콤스타komsta가 별을 따라간 이야기

'한의학을 세계 속으로' 라는 돛을 달고 1993년 네팔을 시작으로 제 3세계 가난한 오지를 항해해 온 전문 해외의료봉사단체 콤스타komsta, 대한한방의료봉사단는 서유럽으로 항해해본 적이 없었다. 우리보다 훨씬 잘 살고 우수한 의료시스템이 갖춰진 서유럽에 의료봉사는 필요도 없고 불가능했지만 배우고 족적을 남기고 싶었다. 궁즉통 하다 보면 방법이 나온다. 이 순례자의 길을 걷는 다국적 나그네들에게 이동식 의료봉사를 한다면 가능하지 않겠는가? 자전거를 타고 순례자들을 뒤쫓아가면서 치료하고 추월해 가면서 또 다른 사람들을 치료할 수 있다.

한국에 '예수의 작은 자매들의 우애회'와 연고가 있는 프랑스 바욘느에 사는 수사님과 자매 수녀님을 통해 알아본 바 알베르게라는 순례자들을 위한 전용 숙소가 있어 그곳에서도 의료봉사를 할 수 있을 것이라고 한다. 이동 진료를 하면서 한국을 소개하고 한의학을 알리는 것도 콤스타 봉사의 중요한 목표이다. 다년간 국내 대학생들 국토종단 의료봉사 경험이 있고 다양한 원정을 꾸려 본 만큼 굳은살이 박힌 '걷는 자들의 모든 것'에 자신이 있었다.

예수의 12제자를 상징한다는 12개의 산띠아고 순례길 중 가장 많은 사람들이 걷고 있는 까미노 데 프랑세스Camino de Frances는 피레네 산맥 너머 프랑스의 생장피에드포르St.Jean Pied de Port에서 시작해서 멀리 서쪽 산띠아고 데 꼼뽀스뗄라Santiago de Compostela까지 가는 장장 800km의 여정이다. 여기에 성이 안 차면 로마 시대 서쪽 세상의 끝이었다는 피니스테레Finisterre까지 가는 119km를 더 걸으면 된다. 그래도 아쉬우면 하루 더 걸어 묵시아Muxia까지 가면 대서양의 거센 바람과 거친 파도가 리베리아 대륙을 깎아내리는 현장을 직면할 수 있다. 이 생각을 하면서 가슴이 뛰어 잠을 이루기 힘들었다.

그래서 '별을 따라 가는 길'을 우리도 별이 되어 가고 싶어 억지를 부렸다. 우리 '콤 스타'도 스타별.★다! 의료봉사계의 한류 스타다. 이렇게 자사사인自詐詐人하고 모진 산고를 겪으며 산띠아고 순례자길에 '콤스타 바이크 의료 원정대komsta's Bike Medical Expedition'란 긴 깃발을 들고 석유로 만들어진 인공의 도시 두바이를 거쳐서 스페인으로 향했다. 이 원정대를 위해 처녀의 몸으로 산파 역할을 해준 콤스타의 '홍희경' 대리를 잊지 못한다. 낙엽이 스산하게 떨어지는 가을이었다.

걷기와 라이딩은 화이부동

실띠 같은 길을 생각思이란 밧줄索을 엮으면서 가려면 걷기가 가장 이상적이다. 걷기는 템포가 빠른 현대인들에게 '느림의 미학'을 배우게 한다. 땀과 노역이란 육체적 고행을 통해서 정신을 원숙하게 한다.

간단하고 원시적인 걷기와 문명의 이기인 달틀달리는 틀, 최현배 선생 '날틀'을 패러디은 차이가 많다. 라이딩은 당연히 걷기의 차선次善이다. 자전거를 타면 '느림의 미학'을 즐길 수 없고 걷기보다 어렵고 힘들며 위험하다. 그러나 인간은 깨지면서 깨닫는 존재라면 자전거순례 또한 '깨지면서 깨닫는 미학'이 존재한다. 산띠아고로 가는 까미노는 비포장 흙길이 대부분이고 시종 높은 고원지대를 오르락내리락하면서 때로는 사타구니에 찰과상을 입고 입술이 터지는 고달픔이 함께한다.

바이크의 장점도 많다. 발바닥이 까지거나 물집이 생길 일도 없고 비가 오면

순례자들은 이렇게 삼삼오오로 모여서 가기도 하고,
혼자서 사색의 길을 걷기도 한다.

진창길에서 흙투성이가 될 가능성도 덜하다. 보행자에 비해서 훨씬 더 품위 있고 격조 높게 갈 수 있다. 걷기보다 3~5배 빠른 기동력으로 단시간에 주위의 작은 골목까지 고루고루 돌아볼 수 있다. 우선 기마병과 보병의 차이처럼 풍경이 거시적으로 보인다.

걸어서 가는 시간과 경비를 절약하는 것은 물론 새로운 시각과 모험을 위해 바이크를 타고 가는 차선을 선택할 수 있다. 사실 걷기와 라이딩은 대동소이하다. 오히려 '빠르고 멀리 오래' 라이딩하는 것은 걷기보다 힘들다. 좌우의 균형을 기본으로 상하로 이동하면서 3차원 공간 안에서 두 바퀴로 2개의 선을 그려 나간다. 그래서 자전거는 고행과 사유의 수단이 될 수 있다.

여럿이 함께 할 때 자전거는 빛난다. '여럿이 함께 자전거'가 '여럿이 함께 걷기'보다 훨씬 더 많은 사색과 관조를 하게 한다. 길 위를 달리는 바이크는 기본적으로 혼자이고 홀로서기獨立이다. 사색과 관조는 외로움 속에서 숙성되는 것이다. '혼자인 순간 가장 온전穩全해 진다'는 말은 이런 경우를 두고 한 말이다. 둘이 함께 하는 사색, 셋이 나누는 관조는 있을 수 없다. 유아독존 속에서 깨달음이나 성찰이 일어난다. 여행, 산행, 걷기는 홀로일 때는 온전하지만, 삼삼오오 어울릴 때는 '사회적 관계'를 맺으면서 걸어간다.

자전거는 둘이 가든 셋이 가든 기본적으로 혼자서 가는 것이다. 같은 목표를 가지고 '조화롭게 가지만 모두 따로따로 독립적'인 화이부동和而不同이다. 자전거는 삼삼오오 모여서 가는 여행 산행 걷기에 비해 비사회적非社會的이다. 다시 말하면 여행 산행 걷기는 보다 사회적 외면적 '관계'에 충실하고, 자전거는 개인적 내면의 '관조'에 충실하게 한다.

3

별을 따라가는
까미노 데 산띠아고

한 사람을 죽이면 그는 살인자다.

수백만 명을 죽이면 그는 정복자이다.

모든 사람을 죽이면 그는 신이다.

— J. 로스탕

성 야고보, 산띠아고

우리 성경에 나온 '성 야고보'는 영어로 세인트 제임스St. James, 불어로는 생자크Saint. Jacques, 스페인어로는 산띠아고Sant lago라 한다.

예수 12제자인 야고보와 요한, 베드로와 안드레는 형제로 모두 갈릴리 해변에서 고기 잡던 어부 출신들로 예수의 부름을 받고 그를 따랐다. 베드로, 야고보, 요한은 예수를 열심히 따른 세 제자로 중요한 일이 있을 때마다 함께했다고 성경에 쓰여 있다.

예수가 십자가에 못 박혀 죽은 후 성 야고보는 스페인 갈리시아빠드론, 피니스떼레 지방에 와서 포교활동을 하다가 42년 예루살렘으로 돌아갔다. 44년 사악하기로 유명한 헤롯 아그리파1세유아살해로 악명 높은 헤롯왕의 손자에게 12제자 중 제일 먼저 참수를 당했다. 대신 그의 동생 요한은 요한복음을 쓰고 말년 밧모섬에 유배 가서 요한계시록을 쓸 정도로 장수했다.

역사와 전설에 따르면 두 제자는 그의 유해를 돌배혹은 광물을 운반하는 배에 싣고 갈리시아 지방 빠드론을 거쳐 세계의 끝Finis Terre에 도착했다. 그의 유해를 수습하여 바다에서 육지로 옮겼던 사람과 말의 몸에 조개들이 달라붙었다. 나중에 이것이 산띠아고 순례자의 상징Concha, 조가비이 되었다.

이교도 여왕 루파Queen Lupa는 두지움의 로마관리들과 공모해 야고보의 시신과 제자들을 없애려고 하였으나 시신을 옮기는 제자들이 땀브레 강 다리를 건너자마자 다리가 무너지는 이적이 일어났다. 그래서 제자들은 리브레돈 들판으로 가서 야고보를 묻었다.

이 사실은 아스라한 세월에 묻혀 영원히 사라져 잊혀져 가고 있었다. 특히 5세기 서고트족이 침입하고, 8세기에는 이슬람교도가 이베리아 반도를 침입하여 기독교가 박해당하는 동안 그 묘의 소재는 묘연해져 버렸다. 이때 등장하는 신화나 전설은 사실Fact 입증이 안 될 때나 논리적인 설명이 불가능할 때 실마리를 풀어주는 구원투수 역할을 한다.

아스뚜리아스의 알폰소2세 통치 시기인 813년에 뻴라요Pelayo라는 양치기혹은 수도사가 리브레돈 들판campos에서 별 . Stella들의 인도를 받아 산띠아고Sant Iago로 보이는 유골이 묻힌 무덤을 발견했다. 산띠아고가 죽고 난 후 769년이 지난 일이었다. 이것이 바로 별들의 들판의 산띠아고Santiago de Compostela 유래이다. 빠드론 Iria Flavia의 주교 떼오도미루스Theodomirus는 예수의 12제자인 산띠아고의 무덤임을 확인하고 이를 로마 교황청에 보고하여 '공식적'으로 인정을 받았다. '공식적'이라는 말이 얼마나 공신력이 있는지 따지는 것은 공허한 이야기일 뿐이다. 여기에 '성경은 사람이 만들었다All Bibles are man-made'라는 에디슨의 말은 초대받지 않은 불청객이다. 모든 인간은 신이 만들었다All mankinds are God-made고 하면 할 말이 없어지기 때문이다. 어느 종교든 그 출발은 믿음으로부터 비롯된다고 하지 않던가.

이러한 일련의 사건은 사실로 증명하기 힘들고 사실일 확률도 희박하다. 사실이 아니라고 할 만한 증거 또한 없으니 전해져오는 구전과 신화를 종교적으로 받아들이는 것이다. 믿을 수 없는 일도 사실보다 더한 믿음을 갖게 하는 것이 신앙이다. 사실여부는 어쩌면 무의미하다!

산띠아고로 가는 이방인들은 종교적이고 종속적이지 않고, 독립적이고 주체적이다. 각자 자유의지에 의한 사색과 깨달음의 길을 가는 데 동의한다.

별을 따라 가는 길

별은 우리의 이정표여서 별을 보며 소망을 빌기도 한다. 이 순례자의 길에는 유독 별 이야기가 많다. 우리가 가고자 하는 '별들의 들판 산띠아고'는 은하수를 연상시킨다. 한문으로 銀河水 · 銀漢, 영어로는 Galaxy. Milky way, 라틴어로 Via Lactea, 우리는 미리내라고 부른다. 대서양이 가까운 북부 까미노의 하늘은 늘 맑고 투명하다. 이런 곳에서는 늘 별들이 흘러가는 은하수銀河水를 만날 수 있다.

사막을 건너가는 목마른 나그네들은 목마름을 풀어주는 물을 염원하여 은하

수水라고 불렀다. 목마른 초원의 유목민들도 갈증을 풀어줄 가나안의 젖과 꿀 물 같은 젖을 염원하여 Milky way라고 불렀다고 혹자는 말한다. 이처럼 목마른 순례자들에게 물을 주고, 영혼Spirit이 갈증 난 순례자에게 VinoWine를 주는 곳이 있다. 한쪽은 물이, 한 쪽은 붉은 포도주가 흘러나오는 Estella의 '이라체 성당'이 바로 그곳이다. Estella도 별을 의미한다. 한국에 Stella라고 하는 승용차가 있었고 Stella라는 세례명도 많다. 모두 별이란 뜻이 담겨 있다.

산띠아고 다음에 붙는 Compostela는 라틴어 Compus들판 stella별에서 유래된 어원이 유력하지만 라틴어 Campus Sellae에서 기원이 된 Compositum묘지에서 유래됐다는 설도 있다. 이 설은 최근의 발굴 조사에 의해 산띠아고 성당이 로마시대 묘 위에 건립되었다는 "사실"이 확인되면서 더 힘을 얻고 있다. 그러니 신성한 별들의 인도로 따라간 수도승에 의해 발견된 신화의 힘이 더 강해서 산띠아고 데 꼼뽀스뗄라는 별들의 들판 산띠아고라고 할 수 있겠다. 우리는 지금 별을 따라 가는 길 산띠아고로 간다!

레꼰끼스따의 스타, 산띠아고

800여년 세월이 지난 후에 성야고보 묘가 발견813년된 것은 절묘했다. 9세기 초 이슬람교도들이 지배하고 있던 스페인 땅을 권토중래捲土重來하기 위해 기독교도들이 벌인 전쟁인 레꼰끼스따Reconquista 재정복운동, 711~1492가 본격적으로 시작될 즈음이었다. 막강한 적과 싸우기 위해서는 정신적인 구심점이 필요했다. 자고 있어야할 산띠아고를 깨워 여기저기 전장터로 불러들인 것이다. 산띠아고

피레네의 살진 초록 목장

는 레꽁끼스따를 간절히 원하는 사람들의 머리와 가슴에 뜬 별이 되었다. 산띠아고는 살아 있을 때보다 죽어서 더 바쁘고 유명해진 성인이었다. 그는 무덤에서 나와 빛나는 갑옷을 입고 백마를 타고 칼을 휘두르며 '무어인moros의 처단자matar'라는 전투보직Santiago Matamoros을 임명받고 동분서주했다. 산띠아고는 성경적이기보다는 세속적인 인간의 염원이 만들어 낸 인물이다. 까미노 곳곳에 기사단들이 조직되어 이슬람 세력과 싸웠고 산띠아고 순례자들을 보호했다. 급기야 산띠아고는 스페인 수호성인으로 지명되어 오늘에 이른 것이다. 산띠아고 순례에 관한 최초의 기록이 이때 나오기 시작한다.

산띠아고는 순례자가 아니라 순례자들의 경배를 받는 성인이다. 까미노를 따라가다 보면 마을 어귀, 광장, 언덕, 고개 같은 곳에는 순례자의 모습을 한 산띠아고Santiago Peregrino의 상을 많이 볼 수 있다. 산띠아고에게 자신들의 모습을 감정이입한 흔적들이다. 신성한 별들의 인도로 아무도 모르던 묘가 발견된 기적과 전투 고비마다 나타나 전세를 역전시키곤 했다는 발 없는 소문이 천리를 가며 퍼져나갔다. 유명무실하지만 국토재정복운동의 스타는 산띠아고였다. 역사가들은 이슬람 군대와 싸움에서 산띠아고의 신비주의를 이용했다고 한다.

새로운 성지, 산띠아고 길

산띠아고 무덤이 발견813년되고 한참 후 이슬람세력과 전쟁이 한창이던 950년에 고떼스깔꼬 주교가 이곳을 여행한 기록이 있다. 1072년 까스띠야 왕국 알폰소 6세는 산띠아고 순례자에게 부과하던 통행세를 폐지했다. 왕들은 교회를 짓고 성야고보의 무덤을 보호하고 순례자들을 위한 길을 정비하기 시작했다. 이 길을 따라서 예배당, 교회 ,성당, 수도원, 구호소, 병원, 순례자 숙소 등 편의 시설들이 생기고, 당시 십자군전쟁1096-1272으로 예루살렘은 너무 멀고 위험해 가깝고 안전한 산띠아고로 순례자들이 몰려들었다.

1189년 교황 알렉산더 3세는 산띠아고를 예루살렘, 로마와 더불어 기독교 3대 성지로 선포하였다. 레꼰끼스따가 진행되면서 산띠아고 길을 따라 수많은 종교적 건축과 순례자 시설들이 만들어지면서 신화와 전설과 이적들이 여기저기에서 아우라가 되어 빛을 발했다. 스페인, 프랑스, 이태리, 멀리는 영국과 독일, 네덜란드, 스웨덴, 러시아 등 아득히 먼 곳에서 온 순례자들로 12-13세기에 절정에 이르러 연간 50만 명이 까미노를 메울 때도 있었다.

당시 8백 년 동안 서구 그리스도교도들은 서로 한 번도 싸우지 않고 깊이 공감했다. 공동의 적을 만들어 자기 세력을 규합하고 통일하는 전략은 권모술수에 능한 위정자들이 많이 써먹은 꼼수이다. 연고가 있는 학연 지연 혈연끼리 단결 단합하기 위해서 전쟁을 하거나 적을 만들었다. '우리가 남이가'하는 순간 일사불란 공감하고 뭉쳤다.

당시에 순례자들은 출발하기 전에 고향에서 잔치를 베풀고 배웅하는 사람들은 순례자에게 필요한 소지품을 선물하기도 했다. 순례자들은 출발하기 전에 '하꼬비또스'라는 유언장을 작성하고 유산상속 문서에 '프로 레메디오 아니마에 마에내 영혼의 구제를 위해'라고 적었다. 순례자의 소망은 목적지에 도착해서 죄사함을 받고 무사히 돌아오는 것이었다. 왕과 대주교도 산띠아고 순례를 했다. 오랫동안 고달픈 길을 걸으며 계율을 잘 지키고 속죄하며 순례를 마치면 완주 증서인 '꼼뽀스뗄라'를 받았다.

순례자들은 산띠아고에게 자신들의 감정이입을 하여 순례자로 만들었다.

예전에 산띠아고로 가는 까미노는 이베리아 반도와 다른 유럽 여러 나라를 이어주는 거의 유일한 통로였다. 이 길을 통해서 종교, 예술, 음악, 미술, 기술, 문학 등 정보를 가진 순례자들이 왕래하면서 문화적 교류가 끊임 없이 이루어 졌다. 유럽의 기술자나 장인들이 피레네 산맥을 넘어 까미노와 연결된 여러 도시와 마을에서 특별한 대우와 존경을 받고 안정된 생활을 누리는 것은 커다란 매력이었다. 그 장인匠人들이 그 사회의 부르주아가 되고 중산층이 되기도 했다.

쇠락하는 산띠아고 순례

스페인의 전신인 까스띠야 왕국과 아라곤 왕국은 당시 이슬람 왕국 무어인 들을 상대로 774년간 전쟁을 벌였다. 이사벨 여왕의 후원을 받아 콜럼버스가 서인도 제도를 발견한 해에 국토 재정복운동이 승리1492년하여 이슬람세력을 몰 아내었다. 무어인들이 떠난 그라나다왕국을 접수하였다. 기타리스트 따레가의 '알함브라 궁전의 추억'에 그런 배경도 들어있으리라. 한 마음 한 뜻으로 이슬 람세력을 물리치기 위해 최선을 다 했던 왕들과 교회의 주교들은 그 힘과 에너 지를 주체할 수 없었다. 승리한 왕과 주교들의 식자우환으로 전쟁으로 강력해 진 군대가 자신들을 위협할 것 같았다.

교황을 찾아가 스페인 왕국이 로마 가톨릭의 수호자임을 자처하면서 국왕이 종교재판을 할 수 있는 특권을 얻어 왔다. 세속적이고 탐욕적이며 잔인한 국왕 이 신성하고 공정해야할 종교재판을 하는 것은 백성들에게 너무 위험했다. 일 단 부하들을 무장해제하고 그들의 재산을 뺏고 반항하는 자들은 목숨도 빼앗았다. 그 다음 아웃도어로 시선을 돌렸다. 강력한 왕권과 초월적인 특권을 지닌 가톨릭교회의 교권이 너무 강해서 다른 이교도(이슬람교도, 유태교 등)들이 발을 붙일 수 없었다.

강하고 무식한 이들은 사적인 재량으로 이단적 종파를 색출하고 유태인을 축출한 역사는 치가 떨려서 입을 다물기 어려웠다고 전한다. 이들이 띠를 두르고 활약한 후 종교개혁(1517년)까지 25년 동안 순례자 길은 상상할 수 없을 정도로 급속히 와해되었다. 승구필강升久必降이라!

수많은 이교도들을 죽이고 나서 다시 그들 종교 안에 있는 사소한 트집을 잡아 이단을 찾았다. 종교재판 후에는 항상 말썽이 없는 단두대로 마무리했다. '마녀사냥'은 15세기 초부터 시작되어 16세기말에서 17세기 사이에 극에 달했다. 야비한 마초(Macho)들이 돈 많은 미망인들의 재산을 노린 사악한 조작이 마녀사냥이었다. 1834년 이사벨 2세가 악랄한 국왕의 종교재판을 중지시킬 때까지 신앙의 자유를 억압하고 인간의 존엄성을 짓밟고 괴롭히고 죽였다. 정말 용서받기 힘든 역사였고 마녀는 없었다.

아무리 나쁜 민주주의도 훌륭한 독재정치보다 낫다는 말은 역사에 여러 번 재현되었다. 오랜 국토회복 전쟁으로 무소불위 왕권과 교권을 쥔 위정자들은 여세를 몰아 부적절한 종교재판으로 백성들을 핍박하고 죽였다. 중세 후에 1400만 명이었던 인구가 18세기 후반에 절반인 700만 명으로 감소했다.

스스로를 살신성인한 예수그리스도의 복음도 사악한 인간들이 마시면 독사의 독보다 더한 독이 된다. 전쟁보다 훨씬 더 잔인하고 지독한 일들이 계속되었다. 그래서 신을 믿는 것도 중요하지만 우리안의 파시즘을 더 경계해야하는 것이다. 이들이 광분했던 종교재판과 마녀사냥조차 신의 뜻이었을까? 인간사에서 아무리 좋은 독재or종교도 선과 호혜를 지나 잔인한 결과로 귀결된다. 그래서 아무리 나쁜 민주주의도 좋은 독재보다 낫다고 한 것이다. 종교가 독재와 닮은 꼴이란 말인가? 유감스럽지만 '맞다'고 답해야 할 것 같다.

무능하고 잔인하며 부패한 교회에 실망한 기독교도들은 개신교로 개종해 더 이상 이곳을 찾지 않았다. 오랫동안 까미노는 잡초만 무성하게 자랐고 불씨는 죽어버리고 암흑이 되어 오랜 세월이 흘러갔다. 더 이상 산띠아고는 없었다!

다시 산띠아고, 오직 걸어봐야 알 수 있다!

기억에서조차 지워진 채 까미노는 수백년 세월이 흘러갔다. 죽은 줄 알았던 불씨가 제2차 세계대전이 끝난 후 희미하게 살아나기 시작했다. 프랑스 '에콜 드 샤르트르'란 단체의 지식인들이 옛 순례자들 발자취를 더듬으며 성 야고보의 무덤으로 가는 길을 답사할 계획을 했다. 소설가 조르주 브로딜은 '인간은 모두 순례자'란 소설을 출판했다. 1960년대 오세브레이로 교구사제인 Elias Valina Sampedro1929~1989도 그런 사람 중 한명이다. 그는 수백년 동안 죽었던 까미노의 불씨를 살리고 길을 안내하는 노란 화살표Flecha amarilla를 그으며 희미해진 까미노를 복원하는 데 일생을 바쳤다. 1982년 교황 요한 바오로 2세가 산띠아고를 찾으면서 다시 주목받기 시작했다. 1986년 브라질에서 사업을 하던 파울로 코엘류가 순례자의 길을 걸은 후에 쓴 '순례자'와 '연금술사'가 전 세계인들에게 읽히면서 더 널리 알려졌다. 1987년에는 유럽연합EU에 의해 '유럽 문화 길'로 지정되고, 1993년 '프랑스 길'이 UNESCO세계문화유산으로 지정되었다.

2000년에 산띠아고가 유럽의 문화도시The European Capital of Culture로 선정되었다.

기이하게도 많은 한국인들이 까미노를 걷는 문화적 현상의 명쾌한 이유를 잘 모르겠다. 오직 걸어봐야 알 수 있지 않겠는가? 이 순례자의 길은 종교적인 교회 성상 등이 수없이 많음에도 불구하고 '신'을 강요하지 않는다. 다만 걷는 당 '신' 안에 있는 그 '신'을 믿으면 된다. 순례란 자의든 타의든 성찰하고 가는 길이므로 모든 순례자는 육감을 통해서 많은 것을 느끼고 체험할 수 있다. 패키지여행이 아닌 혼자서 직접 걸어가는 순례자의 경험은 상상을 초월한다. 뜨거운 햇볕과 타는 갈증, 폭풍과 눈과 비, 터진 발바닥과 관절의 통증, 몇 번씩 벼룩에 물리고 징그러운 코골이 옆에서 밤을 지새우기도 한다. 이 모든 날 선 경험들을 안전하게 보호 받을 수 있는 곳이 까미노이다.

많은 남녀노소가 걷고 있고 가끔 동물들도 함께 순례를 한다. 뜻이 없으면 아무리 강한 자라도 한없이 멀고 힘들지만, 뜻이 있으면 아무리 약하고 부족한 자라도 꿋꿋이 갈 수 있다. '자발적인 고생'을 선택한 자유의지에 달려 있다. 짐을 지고 걷는 자들은 스스로 '자발적인 가난'을 실천한다. '가난한 자에게 복이 있다'는 마태복음의 이야기처럼 어려움, 부족함, 가난함에서 삶의 에스프리는 강하게 발현된다.

순례자 길을 가면서 누구나 많은 성찰을 경험한다. 변덕스럽고 까다롭고 고약한 성격으로 상처를 주고, 무모한 만용과 착각으로 걱정을 끼치며, 유치하고 무성의한 생각으로 상대를 절망하게 한 과거를 참회하게 한다.

내가 내딛은 만큼 잘못 간 만큼 넘어진 만큼 가깝게 다가간 것들도 가치가 있다. 바닥에 떨어져봐야 바닥의 깊이를 알 수 있고 그 바닥을 짚어야 일어날 수 있다. 그래서 평생 무능과 무성의와 오류와 실수로 점철된 뼈아프고 후회 막심한 과거에 대한 집착을 버리고, 지금 운명이자 인연이 된 삶의 장점을 새로운 좌표로 삼아 나가는 것이다. 그래서 자신을 옭매고 있던 잘못된 과거에 대한 연좌제를 폐지할 수 있다.

4

스패니쉬 하트의
빛과 그림자

유럽인들의 생존의 기초야 말로 '폭력의 변증법'위에 있다.

유럽의 자유주의자들은 교활한 위선으로 그것을 감추고 있을 뿐이다.

— 샤르트르

빛Sol과 그림자Sombra

스페인의 개념을 단답형으로 정의해 줄 수 있는 여러 개의 단어 중의 하나가 태양이다. 태양은 북쪽의 스페인보다는 남쪽 지중해와 가까운 안달루시아의 태양이 더 강하다. 태양을 숭배하거나 불을 숭배하는 종교가 최초의 일신교였다. 맨몸으로 모든 위험에 노출된 나약한 인간에게 밤은 두려움과 공포의 시간이었다. 호랑이, 사자, 하이에나, 표범 등 막강한 포식자들이 활동하는 시간은 주로 밤이었다. 그러므로 잡식동물인 인간은 낮에만 나타나는 빛의 원천인 태양이 구원의 대상이었다. 의식주가 온전하지 않던 시절 항온동물에게는 추운 밤보다 태양이 내리 비추는 따뜻한 낮이 훨씬 더 안전했다.

구석기시대 유적에서 숯이나 재가 발견되었는데 인류의 불의 사용은 직립인간인 호모 에렉투스Homo erectus때부터 라고 한다. 이들은 불을 화산, 산불, 낙뢰 등에서 우연히 얻었다. 불을 경험한 직립인간들은 불을 이용하면 음식을 익혀먹고 추위에 떨지 않아도 된다는 사실을 알게 되었다. 이렇게 유용한 불이 꺼지지 않게 불씨를 잘 보관하는 것은 중요한 일이었다. 우리나라 역시 고조선 이래 조선조 근세까지도 불씨를 간직하는 일은 계속되었다. 불씨를 꺼뜨리는 며느리는 소박을 맞는다고 할 정도였다.

정착이 아닌 유목민들은 불씨를 보관하기 힘들었다. 그래서 스스로 불을 만들어 낼 궁리를 하게 되었다. 성냥이 발견되기 전에 파미르 고원의 키르키즈 유목민들에게 가장 중요했던 물건이 '차크마크'라는 부싯돌이었다. 이것은 물경勿驚 말 한 마리 가격이었다고 한다. 칼, 그릇, 부싯돌같은 필수품 중에 부싯돌은 가장 높은 가격을 차지하고 있었다. 2천 년 전이나 지금이나 크게 달라진 것이 없는 선진문명[?]을 구가하고 있는 유목민들 삶에 불이 매우 중요했기 때문이다.

정착하고 사는 농경민들에게는 태양의 일조량은 절대적이다. 먹고 살아야 하는 인간은 수렵과 채집이 안 되면 수시로 굶어야하는 불안하고 힘든 삶에서 벗어나기 힘들었다. 그래서 일정한 곳에 정착하여 안정적인 농경과 목축 생활을 시작했다. 야생에서 채집이 너무 힘들어 '농경農耕'으로 곡물을 재배하여 안정을 얻었고, 야생에서 사냥이 너무 어려워 '유목遊牧'으로 동물을 축산하여 안정을 얻었다.

씨 뿌리고 밭 갈아서 식량을 얻어야 하고 가축에게 풀을 먹여 우유와 고기를 얻어야 하는 인간에게 태양은 신과 같은 존재였다. 식물들은 태양이 있어야 싹이 터서 자라고 꽃을 피우며 열매를 맺어 수확할 수 있었다. 태양력太陽曆은 땅

농사를 짓는 이들을 위한 것이라면, 태음력太陰曆은 바다 농사를 짓는 이들을 위한 것이다.

태양은 원형으로 방사放射되면서 태양계 우주 육합을 두루 비추지만 그 가장 일부의 빛이 지구표면에 이르면서 빛과 그림자를 만든다. 태양의 빛과 그림자는 음양陰陽이다. 이것을 스페인어로 Sol빛, 陽과 Sombra그림자, 陰라고 한다. 자연계는 빛에서 어둠으로, 다시 어둠에서 빛으로 반복되는 순환을 하면서 이어져 왔다. 지구의 자전自轉을 통해서 이루어지는 낮과 밤이다.

'어둠에서 빛으로'를 지향한 호아긴 로드리고Joaquín Rodrigo, 1901-1999는 디프테리아에 걸려 3세에 거의 시력을 잃었다. 음악적인 재능이 있다는 것을 안 부모는 발렌시아의 저명한 음악가에게 보내 사사받았다. 훗날 파리로 유학을 가서 본격적인 음악 공부를 했다. 그는 기타를 연주하지는 않았지만 콘서트악기로 스페인 기타를 내세웠다.

로드리고의 '아란훼스 협주곡'은 스페인 음악 및 기타 협주곡의 걸작으로 간주되고 있다. 이 곡은 기타와 오케스트라를 위한 협주곡으로 기타리스트 산츠Regino Sainz에게 헌정되었다. 그 다음에 '귀인을 위한 환상곡Fantasía para un gentilhombre'을 작곡해 1954년 유명한 기타리스트 세고비아Segovia에게 헌정하였다. '4대의 기타와 오케스트라를 위한 안달루시아 협주곡Concerto Andaluz for 4 Guitars & Orchestra'은 위대한 기타가족 로메로가문Los Romeros에 헌정한다 . 그는 태어난 곳을 찬양하는 '사군토 찬가'를 작곡하여 자기 고향을 세계에 알렸다.

호아긴 로드리고라는 장인은 어두운 빈 공간에서 소리를 끄집어냈다. 가냘프고 여린 감성과 억세고 강한 감성이 오가면서 여러 번 불림과 담금질을 하며 단련鍛鍊하여 감성의 씨줄과 날줄을 짰다. 그렇게 짜지고 다듬어진 소리는 빛Sol

으로 대표되는 화려하고 정열적인 음악으로 탄생하였다.

맹인이기 때문에 아무것도 볼 수 없었지만 역설적으로 맹인이기 때문에 많은 것을 볼 수 있었다. 그는 1901년에 태어나서 1999년까지 20세기를 거의 통째로 종신했다. 맹인이라는 어두운 그림자Sombra를 음악을 통해서 빛으로 승화시킨 그의 삶의 유종의 미를 회상해 본다.

'빛에서 어둠으로'를 지향한 정열의 작가 어니스트 헤밍웨이1899~1961는 우리에게 잘 알려진 소설가로 태어난 미국보다 유럽을, 유럽 중에서도 스페인을 좋아했다. '태양은 다시 떠오른다'는 제1차 세계대전 중 부상으로 성불구가 된 신문기자 제이크 번즈와 전쟁에 간호사로 자원한 영국의 귀족부인 브레트 애쉴리를 중심으로 '잃어버린 세대 Lost Generation'를 그리고 있다.

브레트는 제이크를 사랑하지만 전후 상실감과 성적인 불만으로 여러 남자품을 전전한다. 전반부는 파리가 배경이지만 후반부는 순례자의 길에 있는 빰쁠로나가 배경이다. 그래서 이 책의 부제목은 '축일Fiesta, saint's day'이다. 공허한 사랑, 산페르민 축제, 투우와 투우사의 이야기가 많이 나온다. 전쟁으로 부상과 상처를 입어 상실과 공허와 환멸을 느낀 전후세대들이 궁즉통하듯 절망적인 쾌락을 탐하는 것에 사람들의 공감을 불러일으켰다.

훼밍웨이는 고교시절 풋볼선수를 하다 시와 단편소설을 쓰기 시작했다. 대학에 진학하지 않고 기자가 되었다. 1차 세계대전에 지원 입대하여 이탈리아 전선에서 야전병원 운전병으로 종군하다 중상을 입고 입원했다 휴전이 되어 귀국했다. 전후에 신문사 특파원으로 유럽에 건너가 여러 곳을 여행하고 그리스-터키 전쟁을 보도하였다. 파리에서 많은 예술인들과 교류를 나눴다.

'무기여 잘 있거라', ' 아프리카의 푸른 언덕', ' 킬리만자로의 눈', ' 누구를 위하여 종은 울리나', '노인과 바다' 등 다양한 주제로 강렬한 베스트셀러를 남겼다. 1953년 퓰리처상을 수상하고 이어서 1954년 노벨문학상을 수상한다.

그러나 더 이상 오를 곳이 없는 최정상에서 부족할 것 없는 부와 명예를 거머쥔 그는 1961년 엽총으로 머리를 쏘아 자살했다. 그의 아버지를 비롯한 삼촌, 아들, 손녀 등 집안 사람들이 총으로 자살하여 생을 마쳤다.

그의 기라성 같이 빛Sol나는 문학작품과 자살로 생을 마감한 어두운 그림자Sombra는 매우 스페인적이다. '어둠에서 나와서 빛으로' 나아간 로드리고와 '빛이 되었다 어둠으로' 마무리한 헤밍웨이의 죽음은 정녕 대비가 된다.

기타, 투우, Latin을 향한 Spanish Heart

기타의 기원은 BC3천 년 경으로 추정되고 각지에서 여러 가지 이름으로 불렸지만 결국 스페인에서 가장 먼저 세계화시켰다. 기타는 현악기로 풍성한 음을 토해내지만 줄을 퉁기는 타악기적 성향이 있어 다양하게 적용할 수 있다. 수많은 음주, 가무, 놀이, 행사, 연주의 현장에 기타는 없어서는 안될 약방의 감초가 되었다. 세계 구석구석에서 현지화 토착화되어 '독주獨奏도 하고 반주伴奏'도 하는 악기이다. 기타가 없는 음악 현장은 상상할 수 없다.

현대적인 기타 음악은 스페인의 기타리스트인 프란시스꼬 따레가Francisco Tárrega,1852~1909에게서 비롯되어 안드레스 세고비아Andrés Segovia,1893-1987에 의해 완성되었다는 평가에 대해 크게 이의를 달 사람은 없을 것이다. 따레가는 전시대와 당대의 거장들과 현격하게 구분된다. 따레가는 트레몰로tremolo 주법으로 연주

한 '알함브라 궁전의 추억Recuerdo de la Alhambra'은 떨리는 음으로 더욱더 가슴을 후
벼 판다.

실연의 아픔으로 고뇌하는 한 남자의 가슴앓이가 곡 전체에 흐르고 있는 '알
함브라 궁전의 추억'을 쫓아서 25년 전 마드릿 아또차 역에서 밤차를 타고 그라
나다로 떠난 기억이 엊그제 같다. 그는 일찍이 기타로 표현할 수 있는 극한의
음역을 넓혔고 수많은 명곡을 편곡해서 다양한 영역을 개척했다고 평가받았
다. 이후로 기타는 다양한 음역과 영역을 자랑하면서 독주악기로의 가능성을
보여주었다.

타의 추종을 불허하는 수준 높은 차원의 연주를 통해서 기타가 독주 악기임
을 입증한 세고비아는 클래식 기타의 음역과 영역을 혁명적으로 끌어올렸다.
그는 많은 고전명곡을 기타 곡으로 편곡하고 예술적으로 연주하여 악기의 한
계를 극복하고 생명력과 활력을 불어넣은 최고의 기타리스트였다. 한국의 많
은 초보자들도 세광출판사의 '세고비아 기타교본'을 보고 기타를 배웠다. 세고
비아 후계자로 오래된 흑백영화 '금지된 장난'의 주제가 '로망스romance'를 연주
한 나르시소 예페스도 기억에 남는다. 이렇게 기타를 사랑한 Spanish Heart는
서정적이고 순수하며 감성적이고 열정적이었다.

태양에 갇힌 나라, 투우장의 원형Arena에 갇힌 빛Sol과 그림자Sombra! 빛이 강
하면 그림자도 짙어진다. 빛이 약하면 그림자도 구분이 안 된다. 인생의 초년
에는 빛이 강해서 그림자도 강하지만, 노년으로 갈수록 빛이 약해져서 그림자
도 희미해진다. 그래서 노인이 되면 마음의 평화를 얻기 쉽다.

스페인의 투우는 원형경기장의 빛과 그림자가 정확히 절반으로 나누어질 때
시작된다. 시간이 가면 갈수록 그림자가 점점 더 커지는 것이 투우의 운명을 닮

어니스트 헤밍웨이(1899-1961)
안드레스 세고비아(1893~1987)
브리짓 바르도(1934~)
마릴린 먼로(1926~1962)

았다. 원형 안에 갇힌 삶과 죽음이 투우사와 투우이다.

헤밍웨이는 이 투우를 배경으로 '오후의 죽음'이란 소설을 썼다. 그는 '오후의 죽음'에서 '전쟁이 끝나버린 지금 생과 사, 그것도 비명횡사非命橫死를 목도할 수 있는 유일한 장소가 투우장이다'라고 쓰고 있다. 대부분 투우사의 환호라는 '빛' 과 투우의 죽음이라는 '그림자'로 결론지어 진다.

시간이 지나 원형경기장의 그림자가 길어지면 죽음의 그림자도 더 길게 드리워진다. 이 공평하지 않는 게임은 거의 대부분 투우사의 승리, 투우의 죽음으로 끝나지만 가끔씩 운 없는 투우사는 황소에 받혀서 죽기도 한다. 투우를 보는 인간은 성선설과 성악설을 왔다갔다하고 환호와 비애가 교차한다. 승리의 환호라는 빛Sol에 찔려죽은 거대한 황소500kg 정도에 대한 측은지심으로 그늘진 비애 Sombra를 현장에서 함께 느낄 수 있다.

반복되는 투우의 진부한 결론에도 불구하고 늘 새롭게 느껴지고 사람을 환호케 하는 것은 그 빛과 그림자가 너무 강렬하기 때문일까. 삶이라는 '빛'과 죽음이라는 '그림자'는 원초적인 자극이라서 다양하고 많은 것을 느끼게 한다. 로마의 원형경기장Arena은 피레네 산맥 넘어 리베리아 반도로 들어오면서 투우장 Plaza de Toros으로 변하였다. 투우장은 빛과 그림자, 삶과 죽음, 승리와 패배를 극명하게 보여 주는 곳이다. 로마 원형경기장의 절박한 검투사Gladiator들은 투우장 에서는 화려한 투우사Matador로 옷을 바꿔 입는다.

권투나 '사각의 링' 안에서 이루어지는 격투기는 원형경기장의 후손이다. 이 '사각의 링'이라는 말이 안 되는 말은 역사를 살펴보면 쉽게 이해가 된다. Ring 은 분명히 원형이어야 한다. 원형 속에 갇힌 승리와 패배를 말하는 것이다. 그러나 문명의 아이콘은 사각형이다. 이러한 원형의 전통은 기둥을 4개 세워서 줄을 연결해 사각형으로 만든 편리함 때문에 사각형과 타협한 것이다.

제 3세계를 향한 Spanish Heart는 털투성이 스페인 남자들 정욕의 씨가 식민지의 인디오 여인들에게 뿌려져 메스띠조mestizo, 백인 + 인디오가 나오고, 아프리카 여성들에게 뿌려져 물라또mulato, 백인+흑인 등 혼혈인이 태어나면서 그들의 피와 살과 영혼 속으로 더 깊숙이 스며들어 갔다.

라틴아메리카에서 원주민들에게 자행된 Spanish Heart는 원형경기장에서 이루어진 잔인한 야만과 척박한 스텝지역에서 나온 독실한 일신교基督敎가 물리적 화학적 결합을 하면서 나온 잔인한 돌연변이Mutant와 잡종Hybrid이었다. 그 힘은 괴력을 발휘하면서 사람이 도저히 살기 힘든 높은 산과 험한 오지를 제외하고 대부분 중남미 라틴 지역 곳곳에 깊숙이 침투했다.

마야의 유민들이 멕시코 땅에 세웠다는 아즈텍Aztec문명은 1520년 잔인한 스패니쉬 하트 '페르난도 꼬르떼스'에 의해 멸망했다. 잉카Inca문명은 13세기 초 페루의 고원에서 기원이 되었다가 1438년 본격적인 역사시대를 맞이하면서 1533년까지 에콰도르, 페루, 볼리비아, 아르헨티나, 칠레, 콜롬비아 등 안데스 산맥을 중심으로 융성했다.

잔인하고 교활한 스패니쉬 하트인 '돈 프란시스꼬 삐사로'는 잉카왕을 생포하여 어마어마한 11톤의 황금을 노획한 다음 스페인 군대 180명으로 청동기와 석기로 무장한 오합지졸 잉카 군대 6천명을 물리치고 1533년 잉카왕을 살해했다. 이후 인디오들에 대한 이루 말할 수 없는 착취와 압제와 살해가 거의 20세기 초반까지 자행되었다.

사람이 살기 힘든 높은 산과 험한 오지로 도피한 인디오중남미원주민들의 자부심과 용기가 넘치던 삶은 추악하게 추락해갔다. 현실의 고달픈 삶은 추락해도 노래는 다시 안데스의 하늘로 높게 솟아오르는 'El Condor Pasa페루 민요'였다. 옛 잉카인들은 용사가 죽으면 콘도르로 부활한다고 믿었다.

스패니쉬 하트는 식민지였던 중남미 멕시코 칠레 아르헨티나 등 구석구석으로 파고들었다. 스패니쉬 라틴인들은 한 손에 총칼을 쥐고 한 손엔 기타를 들고 라틴아메리카를 건설했다. 인디오들 손에도 어느새 기타가 들려져 있었다. 이 또한 지배자의 폭력에 피지배자가 강력하게 저항했지만 어둡고 은밀한 곳에서 몰래 나눈 교정交情의 흔적이라고 해야 할 것이다.

투우는 우리 모두에게 남아 있는 사냥본능을 끌어내는 것이다. 이기적인 생존을 위해서 수단방법을 가리지 않는 야만적인 감성을 끄집어내 사냥본능을 실천한 것을 보고 환호한다. 그러나 우리의 이성으로 하여금 그런 야만과 환호에 반대하고 증오하게 하는 이율배반을 동시에 실천하게 한다.

지금 스페인에서는 동물보호협회를 중심으로 투우반대운동이 거세어져서 앞으로 투우가 계속될지 미지수이다. 투우 반대는 겉으로 유희적 인간Homo Ludens의 잔인성을 성토하는 것이지만, 본질적으로는 '육식에서 채식으로 전환'이란 먹거리에 관한 큰 변화를 시사하고 있다.

서양의 유목문화에서 사람의 바로 아래 목양견은 양떼를 몰고 다니는 역할을 한다. 서양의 대항해시대에 범선의 돛을 올리고 항해하는 주체인 사람의 바로 아래 '고양이'는 배의 여기저기 구멍을 뚫어 배를 침몰시키는 쥐를 잡아주는 역할을 한다. 서양인들의 애완동물 취미는 이런 유목, 해양문화의 잔재라고 할수 있다.

미국의 MM 마릴린 먼로에 필적한 BB 브리짓 바르도1934-는 개고기 문화, 이슬람 비하, 백인우월주의, 인종차별 등 극우적 발언을 쏟아내는 강한 성격의 소유자이다. 단순하고 강한 또는 건강하고 무지한 그녀는 '신은 여자를 창조했고, 악마는 BB를 만들었다'는 독설과 막말의 주인공으로 여전히 앞뒤가 안 맞는 말을 하고 있어 이성적인 보수 우파들은 그녀를 몹시 부담스럽게 생각한다고 한다.

자신이 좋아하는 동물의 권리를 주장하려면 자기가 좋아하지 않는 동물에 대해서도 존중해야 한다. 인도에서 신성시하는 소를 매일 먹고 양고기를 즐기면서 보신탕 단고기 먹는 것을 비판하기는 어렵다. 그녀가 채식주의자로 개종했다는 소리는 아직 듣지 못했고 밍크코트를 입고 다녀 구설수에 오르기도 했다. 구미의 정치, 재계, 연예계 등 상류층 인사들은 서서히 채식으로 전환하고 있다. 채식은 개인적인 희망이고 꿈이기도 하다.

이상에서 언급한 Spanish Heart는 육식주의자들이다. 육식주의는 강하고 잔인하며 빠르고 순발력이 넘치는 정복주의 성향이다. 채식주의는 부드럽고 온건하며 느리지만 지구력이 넘치는 평화주의 성향이다. 유목을 위주로 하는 일신교의 육식주의와 농업을 위주로 하는 불교의 채식주의를 생각하면 이해가 빠르리라.

앞으로 21세기의 생태계의 화두에서 인간이 궁극적으로 지향해야 될 여러 목표 중에 채식은 지속가능한 지구를 위해 필수불가결한 것 같다. 애완 견을 키우는 사람들은 거의 개고기를 먹지 않는다. 반려동물과 애완동물을 선호하는 핵가족의 삶은 앞으로 육식에서 채식으로 가는 새로운 식생활의 전환을 예고한다는 장밋빛 희망을 가져 본다.

5

해지는 서쪽으로

속도를 줄이고 인생을 즐겨라.

너무 빨리 가다 보면 놓치는 것은 주위 경관뿐이 아니다.

어디로 왜 가는지도 모르게 된다.

— 에디 캔터

마드릿, 이룬 Bus

알사ALSA는 스페인에서 가장 대중적인 버스망이다. 스페인의 장거리 버스는 화장실이 있고 완행버스처럼 많은 곳에서 사람을 승하차시키며 달린다. 마드릿 시내의 지하철역 Avda. de America역 위에 있는 ALSA Autobus Estacion에서 0시 20분 버스를 타고 스페인 서북쪽 국경도시 이룬에서 내리니 컴컴한 새벽4:20이었다. 버스터미널 바로 옆에 기차역이 있다. 귀에 익은 이룬Irun은 스페인 바스끄 지방의 기뿌스꼬아 주의 도시로 바스끄어로 '방위 도시'를 의미한다.

이룬은 국경 철도도시답게 상업과 유통의 중심지이다. 갈 길이 막막해서 택시기사에게 생장피에드포르를 물으니 지도를 보여주며 설명해주는데

70~80km정도 되었다. 우왕좌왕 정리가 안 되었지만 새벽 여명을 벗 삼아 프랑스를 향해서 갔다. 프랑스로 넘어가기 직전 마을 빵집에서 커피와 빵으로 아침식사를 하고 일용할 양식을 구입했다. 먼 길을 갈 때 가장 중요한 것이 먹거리이다. 여기저기 로드바이크 팀들이 빠르게 지나가면서 새벽에 정적을 깨고 여명을 밝혀가고 있다. 스페인의 유명한 로드바이크 대회가 부엘따 아 에스빠냐Vuelta a España이고 프랑스의 유명한 로드바이크대회는 투르 드 프랑스Tour de France라서 이들에게 자전거의 표준은 로드바이크사이클이다.

　박진감 넘치는 경기가 있을 때면 전국민이 나서서 열광한다. 스페인사람들은 프랑스 쪽으로 프랑스 사람들은 스페인으로 자유롭게 오고간다. 유럽 연합이 결성되고 유럽은 한 나라가 되어 여권 제시가 불필요하고 주거도 자유롭게할 수 있다. 그러나 작은 것을 지향해야할 때 큰 것을 지향유럽연합한 결과Euro화 위기는 좋아보이질 않는다.

　철도가 표준궤1435mm인 프랑스 국철SNCF은 프랑스 국경역 엉데까지 오고 광궤1,668mm인 스페인 국철RENFE은 스페인 국경역 이룬까지 온다. 비다소아 강을건너 스페인의 이룬과 프랑스의 엉데를 연결시켜주는 국경의 다리 이름이 '산띠아고'이다. 산따아고 다리를 건너 국경을 넘어 프랑스 엉데에 있는 SNCF역으로갔다. 25년이 넘은 내 추억이 창고에 빛바랜 흔적들로 잔잔하게 남아 있다.

이룬, 엉데, 생장피에드포르 Bike

집으로 돌아가려는 중세 순례자 복장을 한 젊은이를 여기에서 만났다. 그는

오리송 알베르게.
단단한 산악지대의 돌벽이 믿음직스럽고 전망이 매우 좋다.

자랑스럽게 수많은 세요Sello, 스템프가 찍힌 순례자 여권Credential을 보여주면서 별을 찾아가는 여행, 내면으로 떠난 여행에 대해서 설명해 주려고 애를 썼다. 그는 가슴에 갈매기의 깃털Seagull's feather 하나를 달고 있었는데 자유를 상징한다고 한다. 12시에 기차를 타고 바욘느에 가서 다시 버스나 택시를 타고 생장피에드포르로 가야 한다. 자전거 3대를 택시나 버스에 싣는 것도 보통일이 아니고 기다리는 것도 지쳤다. 3인이 잠시 구수회담을 해서 피레네 산맥을 넘어 자전거를 타고 직접 가기로 했다.

문제는 지도도 없고 길도 몰랐다. 프랑스 국립경찰Police Nationale에 가서 길을 물었다. 똘똘하고 활달한 프랑스 경찰은 우리 부탁에 적극적이었다. 인터넷에서 검색해 이면지에 노정이 적힌 지명을 여러 장 프린트해주고 형광펜으로 주요 위치를 표시해 준다. 우리는 이것을 가지고 길을 떠났다. 첫 번째 코스 이탈로 차량들이 고속으로 달리는 송포르 터널? 앞에서 U턴을 해서 돌아오는 길에 스페인 출신 '후안 프란시스꼬 푸엔떼따하Juan Francisco Fuentetaja'라는 젊은 사이클러cycler를 만났다. 마침 그가 가는 길과 비슷해서 당분간 그의 안내를 받아 피레네 산맥으로 코스를 잡고 멀리 생장피에드포르를 향해서 페달을 밟기 시작했다. 그의 이름은 너무 길어 꼬리가 자꾸 발에 밟힐 것 같다.

피레네 산맥은 한계령보다 더 길고 느긋한 바람과 빛風景이 담백하게 흘러지나간다. 이 산속은 푸르고 넉넉하며 아름다워서 다채로운 풍경들이 와 닿는다. 곳곳에 깔끔하게 잘 지어진 집들은 전통적으로 3, 4층 집들이다. 서정적이고 전원적인 풍경, 아스라하게 펼쳐지는 산과 산이 반복되는 공제선에는 그리움이 품어져 나온다.

거친 숨, 나른한 근육, 고단한 신음을 내뿜으며 달리고 있다. 바스끄족 카딸

루냐인들이 산촌 곳곳에서 농사를 짓고 양을 목축하며 사는 산속의 집들은 모두 알프스의 집들처럼 아기자기하고 예뻐 보인다. 큼직한 방풍의를 입은 연두색 배추벌레 세 마리는 앞으로 가는 길이 얼마나 험하고, 얼마나 힘들지 모르고 달리고 있다. 어쩌면, 모르는 게 약이다!

여기는 프랑스의 생장피에드포르

입에서 단내가 풍길 무렵 오후 4시 20분에 피레네 산맥을 비스듬히 넘어 고색창연한 작은 성채Citadelle에 도착하였다. 생장피에드포르St. Jean pied de port는 피레네 산맥을 넘어 론세스바예스Roncesvalles로 가는 '길 어귀pied de port'라는 뜻이 있다고 한다. 바스끄인들의 수도인 이곳은 중세 분위기를 그대로 간직하고 있다. 지명도 바스끄어와 프랑스어로 적혀 있다. 이곳은 전통적인 프랑스의 길Camino de Frances 기점이다.

먼저 용어에 익숙해질 필요가 있다. 모든 알베르게albergue, 순례자 숙소에 가서 여권을 제시하면 순례자 여권인 크레덴시알Credencial, 2유로을 발급해 준다. 그리고 순례자의 징표인 커다란 조가비Concha를 받는다. 우리가 갔을 때는 대머리에 수줍은 홍조를 띤 야윈 초로의 남성이 천천히 편안하고 쉬운 영어로 설명해 주었다. 이제 신분증인 크레덴시알과 겉의 신분증인 콘차가 있으니 지금부터 정식 순례자Peregrino이다. 길을 가다 바르나 까페나 성당 알베르게 등에 제시하면 세요스탬프를 찍어 준다.

생장피에드포르는 중세도시의 오래된 낡은 석조 건축물과 좁지만 닳아서 더 다정한 골목길이 있는 오래된 성채이다. 우리가 묵은 알베르게는 성채길Rue de la Citadelle 55번지인데 밖으로 나와 잠깐 올라가면 높은 언덕에 생자크의 문Porte St. Jacques이 있는데 파리 쪽에서 오는 순례자들이 들어오는 관문이다.

결전의 날 아침 일찍 일어나서 창고에 보관한 자전거를 찾아와 짐을 실었다. 개인 짐은 가볍게 꾸렸음에도 할당된 의료장비와 약재, 밑반찬과 휘발유 스토브가 지급되어 무게를 더했다. 첫 환자는 알베르게 관리인 할머니이다. 할머니의 틀어진 거대한 엉덩이를 툭툭 쳐서 교정하는데 뚱뚱한 몸매보다 더 크게 '아구구구' 소리를 요란하게 질러댄다. 걷거나 달릴 때 수영할 때 모든 동작의 중심에 '골반'이 있다. 간단히 골반이 틀어지면 온 몸이 다 틀어진다. 먼저 '골반교정'을 해서 상체와 하체의 틀어진 관절을 치료한다. 할머니에게 원침과 관절파스를 붙여주었다.

아침 식사로 빵과 버터와 잼, 커피가 간단하게 나왔다. 먼 길을 가기 위해 조금이라도 더 많이 먹으려고 애를 썼다. 이 식빵과 비상간식이 없었으면 피레네 산맥을 넘지 못했을 것이다. 순례자 사무실에서 준 자료를 보니 노란 종이에 그것도 한국어로 된 안내문에 생장피에드포르를 떠나기 전에 반드시 챙겨야 할 것으로 "산행 중 먹을 간식거리, 론세스바예스에 도착해 먹을 저녁식사식당 저녁을 원치 않을 경우, 의약품 등 기타 소모품, 다음날 조식론세스바예스의 조식시간이 늦습니다"라고 친절하게 적혀 있었다. 생장피에드포르의 빵집은 7시부터 문을 열고 오후 7시30분에 문을 닫는다고 하니 그 안에 '반드시' 빵과 식량을 준비해야 한다.

행복한 표정을 짓는 할머니에게 정중한 작별인사를 하고 조심스럽게 길을 나섰다. 우리가 묵은 알베르게는 생장에서 제일 높은 곳에 있어서 아래를 내려다보면 중세의 당당한 성채가 햇볕에 반사되면서 인사를 한다. 오래된 성채의 다정한 전경이 펼쳐지고 저 멀리 초록으로 사무친 피레네 산맥이 아름답게 시야에 들어온다.

'포르트 드 레쇼구에트'라는 이름을 한 관문을 지나면 폭이 좁은 니브강이 흐르고 다리를 건너면 노트르담성당이 있어 순례자들을 축복해 준다. 노트르담문Porte Notre Dame을 나와 프랑스 명칭 생자크의 길Chemin de St.Jacques을 걷다가 국경을 넘으면 스페인 명칭 산띠아고의 길Camino de Santiago이 된다. 성채여 안녕! 생장 피에드포르여 안녕!

나폴레옹 길

새벽부터 부산하게 일어나서 짐을 챙기고 준비를 했지만 우리가 제일 마지막 떠나는 순례자였다. 언덕이 가파르지만 피레네의 아침 햇살에 눈부신 초록이 만들어낸 아름다운 풍경이 흘러가고 있다.

맑은 하늘 시원한 공기 풍성한 산소 속을 유영하면서 우리가 가는 길은 1808년 포르투갈원정을 가면서 나폴레옹 군대가 지나갔던 '나폴레옹 길Ruta de Napoleon'이다. 우측에 있는 발까를로스 길Ruta de Valcarlos은 전체 25km거리 중 18km가 아스팔트라서 위험하지만 중간에 힘들면 차량 이용이 가능하다.

크게 가파르지 않지만 오르막은 끝이 없다. 아름답고 푸른 초원 드문드문 짙은 숲들은 더운 여름날 양들의 휴식처 역할을 한다. 제일 높은 곳에는 저택이 있어 초원을 내려다볼 수 있게 되어 있다. 한참 헐떡이면서 올라가 어제 순례자 사무소에서 보았던 뚱뚱한 두 미국 남녀를 만날 수 있었다. 조금 더 가서 오리

나폴레옹 군대가 포르투갈을 정벌하러 갈 때 피레네 산맥을 넘어간
나폴레옹 길을 따라가는 바이크 순례자

송 레프히오Refugio, 알베르게나 Hospital de Peregrinos와 비슷한 곳 아래에 있는 삼거리에서 쉬고 있는 여러 사람들을 다 볼 수 있었다. 어제 옆 침대에 누워 진지하게 이야기를 나누었던 벨지움에서 온 제인37과 제니퍼17세는 보이지 않았다. 이들은 무지막지하게 큰 배낭을 지고 있었는데 어디로 사라졌을까?

옛날부터 순례자의 짐은 간단하고 소박했다. 성경책이나 기도서, 십자가나 묵주, 햇볕을 피하는 챙 넓은 모자, 지팡이, 배낭, 조가비 정도였다. 조가비Concha는 오직 산띠아고로 가는 순례자의 표식이므로 산띠아고 순례자를 꼰체이로concheiro라고 했다. 로마 순례자는 장미꽃rose을 들고 가서 로메로romero, 예루살렘 순례자는 종려나무palm 잎을 들고 가서 빨메로palmero라고 불렀다. 이제 직접 걸어가는 순례자가 거의 없기 때문에 진정한 의미의 로메로도 빨메로도 없다. 오직 산띠아고로 가는 꼰체이로만 있을 뿐이다! 서쪽 대서양 쪽은 '이바네따Ibaneta' 고개를 넘어 오는 길이 있고 피레네 산맥 중앙에는 솜포르트 고개를 넘어오는 길이 유명하다. 이 길은 중세에 유럽지역과 이베리아 반도 간 문화적 종교적 교류의 통로로 에스파냐 북서부에 번영과 부를 안겨 주었다.

까미노를 갈 때 단단히 명심해야 할 점이 있다. 까미노는 가장 중요하고 아름답고 자랑스러운 곳으로 가도록 설계되었다. 세계 각국에서 온 순례자들에게 자기 도시나 마을의 어디를 보여주고 싶겠는가? 다음 날 가야할 길을 미리 책이나 스마트폰으로 검색해 보고 읽고 익혀두는 것은 선택이 아니라 필수다!

짐은 최소로, 출발은 빨리, 이동은 일출일몰 안에!

까미노에서는 가진 게 많을수록 '고행의 길'이라는 것을 온 몸으로 느낄 수 있다. 걸어봐야 뼈저리게 느껴지는 공부다. 짐이 무거울수록 속도는 반비례한다. 고행을 위해서는 짐을 많이 지고, 좀 더 자유로워지려면 짐을 줄이면 된다. 욕망으로부터 해탈은 죽어야 비로소 완성된다.

일반적으로 권장하는 도보여행에 적당한 짐무게는 자기 체중의 1/5이나 1/6이라고 한다. 패기가 넘쳤던 시절에는 20kg은 기본이고 30~40kg까지 지고 다녔다. 끔찍한 무게였지만 '느린 걷기'였기 때문에 가능했으리라.

라이더는 '느린 걷기'가 아니라 '빠른 타기'를 하므로 절대 짐이 무거우면 안된다. 하루 100km 이상 비포장 고원 길을 오르락내리락한다. 정상적인 복장을 제외하고 라이더가 소지한 짐은 자기 체중 기준 1/10~1/12이 적당하다. 예를 들면 체중 60kg 정도면 5~6kg, 65kg 정도면 5.4~6.5kg, 70kg은 정면 5.8~7kg, 75kg 정도라도 6~7.5kg을 벗어나지 않는 것이 좋다. 이 기준은 신장대비 표준체중을 기준으로 한 것이므로 비만인은 과체중을 짐으로 환산해야 한다. 코스에 따라 다르지만 물통은 1/2이상 있어야 한다.

치밀하고 꼼꼼한 사람의 눈에는 앞으로 필요하지 않은 물건이 하나도 없으니 짐이 무거워진다. 길 위에서 요긴한 짐은 꺼내고 넣기 쉬운 곳에 둔다. 간식과 도시락은 밖에 달아둔다. 순례자를 진료하는 데 필요한 의료용품도 신속하게 꺼낼 수 있게 한다. 등에 진 짐이 간단하고 가벼우며 정리가 잘 돼 있으면 몸과 마음이 한결 가벼워진다. 짐이 최소한으로 꾸려졌다면, 그 다음 가장 중요한 것이 아침 일찍 출발하는 것이다. 일찍 출발하면 하루가 여유롭고 넉넉해진다.

론세바스예스로 가는 가장 큰 이정표-비포장 산길이 시작되는 곳

6

낙엽이 물결치며 비껴서는
너도밤나무 숲

강태공으로 알려진 태공여망은

빈 낚싯대로 모든 낚시꾼들을 압도해 버렸다.

그의 낚시 바늘은 구부려진 구鉤가 아닌 직直이었다.

— 본문 중

피레네에서 차고 치고 비틀다!

넓은 활엽수 숲은 가을이 물들고 있었다. 푸른 초원과 아름다운 꽃들이 우리를 반긴다. 피레네의 순례자 길은 가파르지만 깔끔하게 포장된 도로라 느리게나마 헐떡거리며 타고 갈 수 있었다. 우리가 가는 나폴레옹루트는 계곡에 비해 사방 가시거리가 넓어서 순례자를 노리는 도적이나 강도를 피하기 쉬워 중세 순례자들이 많이 이용했던 길이다. 이곳은 상승기류가 발달되어서 독수리나 매 솔개 등이 유유히 원을 그리면서 비행하는 모습이 보인다. 놀랍게도 길이 3m에 달하는 대머리독수리 1800여 쌍이 이 지역에 서식하고 있다고 한다. 바람을 맞으면서 피레네를 넘는 우리 군사는 나폴레옹 군대보다 패기가 넘쳤다.

그러나 과유불급, 패기가 넘치면 과오가 뒤 따르는 법!

우리가 정작 가야할 론세바스예스로 가는 이정표가 있는 거대한 시멘트 십자가를 보았지만 거의 5km 왕복 10여km를 지나쳐서 더 갔다. 산길에서 10km 면 희미하고 아득한 거리인데, 되돌아 갈 생각을 하면 허탈하고 힘이 빠진다. 맑고 푸른 하늘, 신선한 바람 속에서 아름다운 풍경으로 위안을 삼았다. 다시 론세스바예스로 가는 큰 이정표인 시멘트 십자가까지 돌아와서 약간 거친 울퉁불퉁한 까미노길로 들어섰다. 여기도 바이크를 타고 비틀비틀 올라갈 수 있다. 이 길을 잠시 올라가면 나오는 '롤랑의 샘Fuente de Roland'은 '국경의 샘'이기도 하다. 이어서 나오는 국경표지석과 도랑이 프랑스와 스페인의 국경이다. 이 국경 너머는 스페인의 나바라주이다. 스페인에 들어선 것이다.

길을 헤맨 덕분에 발 빠른 독일인 순례자를 다시 만났다. Buen Camino! 바이크는 좋은 산길을 만나 안정감을 찾고 꾸준히 달린다. 국경을 넘어가서 프랑스 바욘느에서 등산 온 무리를 만났다. 이들 중 키가 큰 남성이 와인 병을 들고 까페커피라고 하면서 지나가는 순례자들에게 일일이 와인을 따라주고 있었다. 이들은 거의가 나이가 찬 OB거나 OG였다. 우리는 신분을 소개하고 환자를 봐 주기로 했다.

가장 쉽고 주목을 끌 수 있는 것이 관절교정이다. 간단히 목과 견갑, 손목, 팔꿈치, 손가락 등을 교정해주었다. 손목에 볼록하게 나온 자갈풍이 싹 줄어들고, 견비통 환자가 팔이 쑥 올라가면서 환자들은 너도나도 늘어나기 시작했다. 허리, 무릎, 어깨, 목, 팔꿈치, 손목, 손가락 등이 아프다는 환자의 호소에 신경을 쓰면서 틀어진 뼈들을 진지하고 성실하게 교정을 해주었다. 이 분들은 바쁘게 먹을 것을 입안에 넣어주었다. 파리에서 기차를 타고 바욘느까지 가서 버스나 택시로 생장피에드포르까지 가므로 바욘느는 순례자들에게 너무 잘 알려진 도시이다.

낙엽이 물결치는 너도밤나무 숲

피레네 산맥은 마른 햇볕과 바람으로 가득했다. 너도밤나무 숲을 지나가면서 길 위로 낙엽이 날려서 깊이 쌓인 곳으로 질주하였다. 낙엽은 바퀴를 타고 날리고 파도처럼 흩어지기도 한다. 잠시 오르막을 오르자 생장의 같은 알베르게에서 잔 벨지움에서 온 제인과 제니퍼 두 여성이 제일 높고 전망이 좋은 레푀데르 안부1450m에서 담배를 피면서 쉬고 있었다. 금발의 제인만 진료를 받겠다고 해서 골반교정을 해준 후 원침을 붙여주고 준비해온 '까미노 보약'도 주었다. 이 지점은 경치가 기가 막히게 아름다운 포토라인이다.

멀리 산 아래 론세스바예스의 수도원 지붕과 부르게떼 마을이 보인다. 이들과 작별하면서 급경사를 이룬 내리막길로 향했다. 우리가 가는 길은 오른쪽 완만한 이바네따 길보다 더 가파른 '이라띠 숲길'이다. 이곳은 유럽에서 가장 넓은 면적의 너도밤나무 숲으로 야생 새알을 산란시키는 곳이 있고 새들을 관찰하기 좋은 곳이다. 낙엽이 허리까지 쌓인 곳을 지나가면 낙엽이 물결을 치며 비켜선다. 바람이 불 때 마다 서걱거리는 낙엽의 노래~ 아 피레네, 아 너도밤나무!

관대함이 넘치는 론세스바예스

론세스바예스는 해발 960m로 유서 깊은 역사에도 불구하고 인구는 100명이 채 안 되는 작은 마을이다. 이곳은 스페인의 첫 알베르게가 있는 곳이다. 우리 같이 빠른 바이커들을 제외하고 생장피에드포르에서 걸어서 넘어온 사람들은 거의 100% 여기에서 숙박한다. 예전에 아우구스띠누스회 수도사들이 산띠아고 순례자들을 돌보던 가장 오래되고 유명한 순례자 구호소이다. 12세기 프랑스의 수도사 에메릭 피코는 최초의 까미노 순례기 Codex Calixtinus에서 '12세기 이래 론세스바예스는 모든 순례자.... 병든 자, 건강한 자, 기독교도, 유태인, 이교도, 이단자, 부랑자... 모두를 다 수용했다'고 기술하고 있다. 이러한 믿음직한 관용과 개방의 전통이 오늘날까지 이어지고 있다.

서기 711년 지평선에 흙먼지를 날리며 사막을 가로질러 말을 달려 온 전사들은 바다를 건너서 스페인과 포르투갈이 있는 이베리아반도에 입성한다. 그들은 정복자가 되어 북쪽까지 밀고 올라갔다. 이슬람의 반달칼에 맥을 못추던 스페인 군대는 패퇴를 거듭했다.

키가 2m가 넘는 기골이 장대한 산초7세 왕이 1212년 나바스 데 똘사 Navas de Tolsa 전투에서 기독교도를 묶은 쇠사슬을 자르면서 이슬람세력을 축출하는 전기를 마련했다. 그 이후 승기를 잡고 일진일퇴를 거듭하다가 1492년 1월 2일 무려 781년 동안 스페인을 지배하던 이슬람교도를 퇴출하는 데 성공하였다.

그로부터 10개월 후 이사벨 여왕의 후원을 받은 콜럼버스가 신대륙에 도착했다. 바야흐로 '해가 지지 않는 나라' 스페인의 영광이 시작되었다. 이슬람 세력의 기선을 제압하여 전세를 바꾸는 데 결정적인 역할을 한 사람이 여기에 잠

그리운 론세스바에스의 아름답고 차분한 정경

국경을 나누는 유명한 롤랑의 샘

들어 있는 산쵸 7세이다.

앞에서 프랑스와 스페인 국경에 있는 샘이 '롤랑의 샘'이라고 했다. 이곳 나바르인들이 아무런 피해를 주지 않겠다고 공언했음에도 프랑스의 샤를마뉴 군대는 바스끄 지역의 빰쁠로나의 성벽을 부수었다고 한다. 이에 분노한 바스끄인들은 론세스바예스에서 롤랑을 비롯한 샤를마뉴 군대의 후위를 기습하여 전멸시켰다. 그들은 이곳 성령 예배당에 묻혀 있고 수도원 박물관에는 샤를마뉴 대제에게 구원을 요청하기 위해 롤랑이 애타게 불었다는 상아로 만든 피리가 전시되어 있다. 샤를마뉴 대제가 이 산악지대를 관장하고 있는 강인한 바스끄인들의 성격을 무시하거나 간과해서 생긴 과오였다.

옛날 스위스 산악에 거주하던 사람들이 프랑스 외인부대를 주도하였다. 그 전통이 남아 지금 교황청을 지키는 근위병들도 모두 스위스인들이다. 영국에서 활약한 구르카 용병들은 히말라야의 고산의 세르파 타망족 등으로 순박하지만 독하고 강인한 사람들이었다. 아들의 머리에 얹힌 사과를 쏘아서 압제자에 대항한 강하고 독한 사냥꾼 윌리엄 텔도 스위스 사람이었다.

이곳 지명은 바스끄어로 오레아가Orreaga로 '가시 골짜기'라는 뜻이다. 인적이 없는 이곳은 중세의 고색창연한 분위기가 밝고 아름다운 자연 속에서 말 없이 옛 역사를 드러내고 있다. 삶에 찌들렸거나 사업에 실패하고 인간과 불화로 찌들려 병들고 지친 사람들은 이 고즈넉한 '가시 골짜기'에 와서 며칠만 쉬면 다 치유될 것 같다.

한 줄기 바람처럼 생각이 스쳐지나가는 론세스바예스의 오후, 차 소리마저 들리지 않고 고요하기 그지없다. 론세스바예스에서 수비리를 향해서 간다. 도로의 우측편에 난 까미노를 따라서 간다.

헤밍웨이는 빰쁠로나에서 머물다가 작고 조용한 마을 부르게떼Burguete에 와서 종종 글을 썼다고 한다. 론세스바에스에서 오후 햇볕에 떠밀려서 서쪽을 향해 가다가 처음 만난 마을이 부르게떼이다. 이 마을은 도로를 끼고 있지만 참 깨끗하고 아름답다. 도로 양편에는 작은 도랑이 있어 맑은 물이 흐른다.

독일 프라이부르그라는 대학도시엘 가면 길가에 이런 작은 도랑으로 맑은 물이 흐르는 풍경을 목격할 수 있다. 중세에 화재가 나면 이 물은 방화수로, 페스트 전염병이 돌면 청소용으로 사용해 질병을 예방했다고 한다. 여름날이면 아이들이 이 작은 도랑에서 벌거벗고 물놀이를 하곤 한다. 글을 쓰다가 지겨워지면 헤밍웨이는 우로비강, 에로강, 아르가강 등 목이 좋을 곳을 찾아가서 송어 낚시를 했다고 전한다.

송어를 낚기 위해 고안된 것이 플라이 낚시다. 플라이 낚시의 미끼는 동물의 털을 이용해서 벌레처럼 만든 무척 가벼운 가짜 미끼라고 한다. 이런 가벼운 미끼를 끼고 무거운 봉돌을 달아서 목표한 포인트에 던지면 직선으로 날아가 곧장 가라앉아 버리고 흐르지 않는다. 그래서 송어낚시는 봉돌이 없이 가벼운 미끼를 던지기 위해서 무거운 낚싯줄을 사용한다. 무거운 줄이 날아가면서 가벼운 미끼도 함께 날아가 떨어져서 물살을 따라 흘러간다. 이러한 플라이 낚시는 줄을 날리는 독특한 캐스팅 기술이 발달했다. 브래드 피트가 주연한 영화 '흐르는 강물처럼A River Runs Through It'에서 플라이 낚시를 가장 아름답고 담담하게 묘사했던 것 같다. 태공망보다는 이 영화를 통해서 낚시의 미학을 어렴풋이 알게 되었다. 낚시를 던질 때 그려지는 플라이 라인의 아름다운 영상에 매료된 사람이 나만은 아닐 것 같다.

플라이 낚시를 캐스팅할 때 매끄럽고 유연하게 그려지는 플라이 라인은 우아하기 이를 데 없다. 농악대의 상모 끝에 달려 자유자재로 움직이는 하얀 선처럼, 리본체조를 할 때 공간을 지배하는 숨 막히는 리본의 선처럼 그려내는 곡선의 매력이 이 플라이 낚시에 있다. 이것은 유한한 동적인 아름다움의 표현이다. 동을 통해서 아름다움을 추구해 나가는 동중정動中靜이라고 할 수 있겠다.

낚시도 동양과 서양이 차이가 난다. 낚시는 원래 정중동靜中動을 지향한다. 동양에서는 대나무 낚시가 그 원형일 것 같다. 대낚시나 릴낚시, 루어낚시 등은 가는 줄 끝에 연결된 낚시 바늘에 미끼를 끼우고 바로 위에 무거운 봉돌을 달아서 그 무게를 이용해서 목적한 포인트에 낚시를 던진다. 무거운 루어 미끼나 봉돌을 낚시와 함께 원하는 곳으로 던지는 것을 캐스팅casting이라고 한다. 이렇게 한 후에 그 위에 찌를 보면서 고요히 기다리는 행위가 정중동의 수행과 같다.

강태공으로 알려진 태공 여망은 빈 낚싯대로 모든 낚시꾼들을 압도해 버렸다. 그의 낚시 바늘은 구부러진 구鉤가 아닌 직直이었다. 그는 주왕을 피해서 동쪽 위수에서 은둔하면서 물고기를 낚은 것이 아니라 세월을 낚았다고 한다. 낚시는 정중동靜中動이란 동양의 Indoor 수행이 그대로 Outdoor로 나온 것이라고 할 수 있다.

7

내 뜻이 아닌
당신의 뜻대로

그대 나를 위해 웃음을 보여도 허탈한 표정 감출 순 없~어

힘없이 뒤돌아서는 그대의 모습~을 흐린 눈으로 바라만 보~네.

나는 알고 있어요, 우리의 사랑은 이것이 마지막이라는 것~을

서로가 원한다 해도 영원할 순 없어요~

저 흘러가는 시간 앞에서~는!

세월이 가면 가슴이 터질듯 한 그리운 마음이야 잊는다 해도

한없이 소중했던 사랑이 있었음은 잊지 말고 기억해줘요.

— 최호섭, 세월이 가면

인연? 내 뜻이 아닌 당신의 뜻대로!

　누구에게나 세월이 가면 이루지 못했던 아쉬움과 다가갈 수 없었던 그리움이 가슴에 회한으로 움터올 때가 있다! 지난 날 자전거를 타고 리틀 티베트Little Tibet 인 '라다크 왕국'과 카라코람 하이웨이의 카리마바드에 있는 '훈자왕국'을 찾아가서 고행의 의료봉사를 했던 기억이 난다. 이번 산띠아고 의료봉사는 자전거를 타고 가면서 순례자들을 대상으로 하는 이동진료이다. 떠남과 만남, 헤어짐과 재회가 반복되는 순례자 길의 여정에서 우리가 만날 수 있는 상대는 '내 뜻이 아닌 전지전능한 당신의 뜻대로Not my will but Your will be done' 인연 지어진 '만남'일 것이다.

　동양에서 온 나그네에게는 '인연'이란 말이 더 가슴에 와 닿는다. 학창시절 국

어책에 피천득 선생의 젊은 날 첫사랑을 그린 가슴 저리는 수필의 제목이 '인연'이었다. 오는 사람 막지 않고 가는 사람 잡지 않는 그런 만남과 이별이 아니다. 옷깃만 스쳐도 인연이라는 말은 불교적이라서 쓰기에 미안한 감이 있다. 이 순례자 길을 관할하는 주재자 세인트 야고보의 영역이기 때문이다. 그렇다면 우리가 만나서 영접해야할 환자는 '당신의 뜻대로' 예정지어진 어느 누구일 것이다.

고즈넉한 중세의 분위기가 남아 있는 론세바스예스를 떠나서 헤밍웨이의 추억이 희미하게 묻어 있는 부르게떼를 지나간다. 거의 모든 까미노길는 차량이 다니는 길과 가깝게 나 있다. 부르게떼를 지나서 우측으로 작은 개울을 건너서 간다. 여기에서 말을 여러 필 몰고 가는 바스끄 남자를 만났다. 검은 바스끄 모자베레모를 쓴 남자는 이 지역이 바스끄 바운더리Boundary라고 소개한다. 어디서 다쳤는지 흰 개 한 마리는 다리를 절면서 그냥 따라가고, 검은 개가 좌측 우측을 왔다갔다하면서 능숙하게 말을 몰고 가고 있다. 아마 까불다가 덩치 큰 말에게 차인것이 분명해 보인다. 피레네 산맥의 목동들이 쓴 크고 둥근 베레모는 바스끄에서 기원이 되어 바스크 베레basque béret라고 한다. 세계 각국의 군인들이 이 모자를 쓰고, 별을 단 체 게바라도 이 바스끄 모를 쓴 사진으로 유명해졌다. 남자가 어깨가 아프다고해 집에 들러서 치료해 주겠다고 했지만 그와 우리는 코스가 달라 길이 어긋났다.

이 지역은 농장이나 목장 사유지를 지나가는 곳이 많다. 문을 열고 들어갔다가 나올 때는 문을 닫고 나와야 한다. 800km의 까미노에서 순례자들이 기꺼이 자신의 사유지를 지나가도록 배려한 따뜻한 인정이 숨어 있다. 도로는 넓고 완만하게 난 길이라 까미노보다 우회를 많이 해서 거리가 멀다. 자동차는 속도를 내 빨리 달릴 수 있지만 바이크는 도로가 오히려 더 힘들 때가 많다.

단단한 바스끄를 아시나요?

바스끄는 피레네 산맥을 기준으로 남부 4개 지방과 북부 3개 지방 도합 7개 지방이 있다. '남부의 바스끄'는 스페인의 '바스끄 지방'과 '나바라 지방'의 두 자치 지방으로 편성되었다. '북부의 바스끄'는 프랑스 아키텐의 피레네 자틀랑티크 주의 일부이다.

'바스끄 지방'은 빠이스 바스꼬Pais Vasco라 하고 스페인의 17개 자치주의 하나이다. 바스끄인들은 피레네 산악지역의 주인공들이다. 바스꼬네스Vascones들은 기원전 3세기 로마의 침입에도 별로 영향을 받지 않았고, 게르만 군대프랑크족, 서고트족의 침입에도 굴하지 않았으며, 프랑스의 샤를마뉴 대제의 군대와도 싸웠다. 바스끄인들은 인도유럽피언계가 아닌 특이한 언어문화체계를 간직하고 있다. 이들이 로마와 이슬람과 게르만 프랑스군 등에 굴복하지 않고 독자적인 문화를 간직한 것은 독특한 언어 때문이라고 한다.

바스끄어를 쓰는 바스끄 인구는 2006년 기준 약 300만 명인데 70%는 자치주인 바스끄 주에 거주하고, 20%는 나바라 주에 거주하며, 나머지 10%만 프랑스의 바스끄 지역에 거주하고 있다. 바스끄의 중심도시는 철강 도시로 알려진 빌바오Bilbao로 산띠아고 북쪽 길이 지나가는 곳이다.

2차대전 후 철강산업이 쇠퇴하면서 강과 항구 공장들이 문을 닫고 녹슬고 더러워진 체 오염되고 바스끄 분리주의자들의 테러까지 겹쳐져 최악의 상황이었다. 1990년대 초 유명한 '구겐하임미술관'을 유치하면서 이 도시는 점차 예술 도시로 탈바꿈했다. 피카소의 '게르니카Guernica의 학살'의 소재가 된 게르니카도 빌바오 부근이다. 아름다운 해안 도시 산세바스띠안도 가깝다.

바스끄인들은 이베리아 반도에서 가장 오래된 민족으로 역사가 구석기시대까지 거슬러 올라간다. 피레네 산맥을 중간에 두고 스페인의 에브로Ebro강과 프랑스의 가론Garon강 사이에서 둥지를 틀고 살았다. 원시 집단에서 한곳에 오래 살면 모든 생명의 역동적인 결과물인 흥망성쇠가 일어나지만 바스끄인들의 성적은 그리 좋지 못했다. 이들은 오랜 세월 외세의 지배를 받았고 나바라 왕국 824년 건국만 피레네 북부를 다스렸다. 이 왕국은 산초3세 때 영토가 가장 컸지만 그가 암살당한 후에 분열되었고 1234년 이후에는 왕위를 잇지 못했다. 18세기부터 주민 일부가 바스끄어를 사용하고 독자적 문화를 고수하는 등 바스끄적인 민족주의 성향을 띄기 시작했다.

우리가 출발한 산 너머 생장피에드포르도 바스끄 지역이다. 이들은 굳건하게 바스끄의 역동적인 문화와 문명을 유지하면서 1933년 바스끄 자치주를 탄생시켰다. 그러나 스페인 내전1936~1939에서 프랑꼬가 승리하여 독재정치를 펼치면서 바스끄어 사용은 물론 모든 바스끄적的인 문화를 금지하고 말살하였다.

1936년부터 1975년까지 36년간 철저하게 탄압을 받고 대략 6,000명에 달하는 바스끄인들이 처형되고, 수만 명이 집단수용소에 투옥되었으며, 수십만 명이 독재를 피해서 이주하였다. 분노한 그들은 바스끄 분리독립운동 단체인 ETAEuskadi Ta Askatasuna, 바스끄 조국과 자유를 결성해 저항했다.

분리 독립을 위한 무장 투쟁으로 납치와 살상, 폭탄 테러 등을 하면서 자신들의 존재를 드러냈다. 이들은 1959년 결성된 이후 스페인 정계 고위인사, 군인, 경찰, 반 바스끄주의자들을 대상으로 테러를 벌여서 무려 800여 명을 살해했다.

2006년 스페인 정부와 영구 휴전을 선언했으나 2007년 다시 이를 파기했다. 유럽에서 쌍벽을 이루는 아일랜드 독립운동단체 IRA와 바스끄의 ETA는 20세기의 후반까지 총부리가 뜨거웠다. 이제 유럽연합 국가들은 국경이 없어졌다. 구속하고 억압하는 대상이 없어지면 이들의 증오와 분노도 서서히 녹아 없어질 거라는 전망을 해본다.

마지막 애로隘路였던 에로고개810m

우리는 '시간의 모래밭'을 건너서 바스끄 지역을 지나가고 있다. 날이 저물어 가장 가까운 알베르게를 찾아가야할 것 같다. 수비리로 가는 긴 오르막은 마지막 남은 진을 다 빼버릴 듯 가파르다. 어둠 속에 안간힘을 쓰면서 올라간 길은 오늘의 마지막 애로隘路인 에로고개810m이다. 이 오르막을 오르고 나니 사방이 어두워졌고 탈진 직전 이다. 하루 종일 먹을 것 못 먹고 달려온 탓이다.

도대체 얼마나 가야할지 모르겠다. 그러나 나짐 히크멜의 시에 의하면 '얼마나 더 가야 할지 알 수 없을 때 진정한 여행은 시작된다'고 하였다. 어둠 속에서 인적이 끊긴 길을 가다보면 라이트 불빛이 이정표를 비춘다. 수비리Zubiri는 '다리의 마을'이라는 뜻이다. 공립 알베르게에 도착하니 선래객이 3명이 있었다. 말 많은 이태리인과 말없는 이태리인, 육군 제대하고 바로 까미노에 왔다는 성균관대학교 강군이 있었다.

짐을 풀고 그들과 함께 식당엘 갔는데 16유로로 예상밖으로 비쌌다. 일요일이라서 피레네 산맥 구간에 문을 연 빵집 식당이 없을 것 이라는 걱정은 현실이 되었다. 우여곡절 구절양장 주린 배를 움켜쥐고 첫 여정을 간신히 마쳤다.

8

연두 빛 생명이 꿈틀거리는
밀밭 길

이제 네게는 삼림 속의 아늑한 호수가 있고,

내게는 준엄한 산맥이 있다.

— 윤동주, 사랑의 전당

아르가 강을 따라서

우리가 잠을 잔 수비리의 공립 알베르게는 군대 막사 같아서 썩 마음에 들지 않았다. 제대로 먹지 못하고 먼 길을 가면서 모질게 고생한 어제의 실수를 번복하지 않기 위해서 이른 아침부터 일용할 양식을 찾아 나섰다. 3백명 정도 사는 작은 마을인지라 빵과 고기, 과일, 채소 등을 파는 식품점이 있었다. 갓 구워낸 향기로운 빵과 잼, 과일, 하몽, 포도, 바나나 등을 사서 봉지에 담았다. 앞으로 모든 일용할 양식을 운반하고 관리하는 일을 내가 담당하기로 했다.

식품점을 들르고 난 후 아치형으로 된 다리를 건넜다. 스페인 말로 강江을 리오rio라고 한다. 지도를 보니 빰쁠로나까지 쭉 리오 아르가를 따라 이쪽저쪽으로 몇 번씩 다리를 건너면서 길이 이어진다. 이 오래된 중세의 다리는 뿌엔떼데 라비아Puente de Rabia, 광견병의 다리로 어떤 동물이라도 이 다리의 중앙 교각 주변을 세 번 돌면 광견병이 걸리지 않거나 치료된다는 전설이 있단다. Puente는 다리이고, Fuente는 샘이다.

순례자들에게 가장 무서운 것이 강도이고 그 다음이 도적이겠지만 단순하고 무식하며 잔인한 개들도 잠재적인 지명수배자라고 할 수 있다. 이 호전적인 개에게 물려 광견병에 걸리면 정말 난감한 일이다. 그래서 순례자들은 지팡이 하나에 배낭하나인 일장일낭이 기본 장비였다. 오히려 순례자임을 상징하는 조가비 하나와 챙 넓은 모자 하나를 뜻하는 일패일모一貝一帽는 부수적이었다. 광견병 예방은 대부분 지팡이 하나로 해결할 수 있지만 재수 없으면 물릴 수 있다. 광견병Rabies은 바이러스성 질환으로 급성뇌질환을 일으켜 한번 발병하면 거의 사망에 이르는 치명적인 질병이다. AIDS와 더불어 치사율이 가장 높은 질병으로 공수병恐水病, Hydrophobia이라고도 한다. 다리 위보다 아래 교각을 도는 것이 맞다. 신속하게 물로 씻으면 상당부분 감염을 예방할 수 있기 때문이다.

강을 따라 잠시 달리면 강 건너편에 큰 마그네사이크 공장이 보이는데 수비리의 많은 주민들이 그 공장에서 일한다. 여기에서 5km 정도 더 달리면 알베르게가 있는 라라소아냐에 이른다. 아르가 강은 잡목들이 우거진 숲 사이로 묵묵히 흐르고 있다.

잿빛 하늘은 특유의 우울한 얼굴을 하고 우리를 바라보고 있었다. 얼마 안가서 일행이 따라오지 않아 통신을 해보니 체인이 끊어졌다고 한다. 그에게 돌아가서 자전거를 안전하게 기대놓고 체인공구를 이용해서 끊어진 체인을 다시 연결시켰다. 넘어진 김에 쉬어간다는 말처럼 간단히 간식을 먹었다. 종일 달려야 하니 기회만 있으면 수시로 먹어야 한다. 가파른 길을 치고 올라가자 채석장이 있고 다시 내리막이다. 바퀴와 땅의 만남에서 들려오는 대화소리가 경쾌하다.

간간히 빗방울이 날린다. 스페인 북동부의 대평원은 초겨울임에도 불구하고 밀과 보리들이 푸른 빛을 발하고 있었다. 가을보리와 밀은 무겁고 어두우며 추운 계절에 희망의 전령사처럼 아직도 먼 봄소식을 전하고 있다. 연두 빛 생명이 꿈틀거리는 밀밭 길을 따라 머나먼 산띠아고를 향해서 애벌레처럼 연두색 옷을 입은 우리들은 달리고 또 달리고 있다. 힘들고 고단하지만 어떤 푸념도 불평도 없이 묵묵히 달려야 한다.

젖산이 배어든 뻐근한 사지와 어제의 무거운 피로로 잔뜩 굳어진 현상수배자 같아 누군가 건드리면 폭발할 것 같은 팽팽한 긴장감이 감돈다. 침묵이 우리의 외연을 감싸고 오래 짓누르지만 잠시 후면 낮고 다정한 노래가 정답게 들려온다. 바이크 위에서 좌측과 우측 번갈아가면서 오가는 단순한 역동이 길을 가게 한다. 풍경 속을 달리며 스쳐가는 흔적들과 화음을 이루면서 가게 된다. 오늘 분위기에 맞는 빰쁠로나 출신 유명한 작고가 사라사떼의 '집시의 선율'이 흘러나온다. 그러나 산길을 내려와 사람이 모여 사는 도시에 접근하면 할수록 내면의 사색은 도시의 소음으로 무너진다.

작은 터널을 지나서 울사마강 아르가강 지류의 중세시대의 다리를 건너면 길목에 11세기부터 순례자들의 숙소였던 '뜨리니다드 데 아레' 수도원의 알베르게가 있다. 이 알베르게는 수도원의 뒤 쪽 편으로 현관 앞에서 우측편에 들어가는 문이 있고, 그냥 90도로 좌회전하면 빰쁠로나로 향해 가는 길이다. 이곳을 지나가는 모든 순례자는 이 수도원의 현관 밑을 지나가게 되어 있다. 이 10여평 되는 공간은 비나 눈이 내리거나 바람이 불 때, 밤이 늦었을 때라도 잠시 쉬어 갈 수 있는 곳이다. 쉬다가 이 알베르게에 묵을 수도 있다. 이 건축물은 강과 접해 있다.

뜨리니다드 데 아레 수도원에서 조금 더 가면 비알바Villalva가 나온다. 이곳은 투르드프랑스의 5관왕으로 스페인이 낳은 세계적인 바이크선수 미겔 인두라인Miguel Indurain이 태어난 곳이다. 아무리 바쁠지라도 호모 바이쿠스Homo Bikus, 자전거 인간들이 어찌 그냥 지나갈 수 있으랴! 그에 대해 경의敬意를 표하고 가는 것이 예의일 것 같다.

빰쁠로나는 미국 작가들이 좋아했던 곳이다. 어니스트 헤밍웨이는 이 도시에 오랫동안 머물며 글을 썼다. 그의 소설『해는 또 다시 떠오른다1926년』에 소몰이 행사를 묘사하여 세계적으로 널리 알렸다. 훗날 유명 미국작가 시드니 셀던Sidney Sheldon도 이 도시를 배경으로 쓴 '시간의 모래밭1996년'에 소몰이 행사가 소개되었다. 장에 가면 뭔가 좋은 일이 있을 것 같아서 친구 따라 장에 간다. 아름다운 성채城砦의 도시 빰쁠로나에 가면 뭔가 좋은 일이 있을 것 같다.

가는 비가 내리고 있지만 아직 우비를 입기는 이르다. 일단 빰쁠로나에 바이크샵을 찾아서 브레이크를 수리하기로 했다. 까미노의 길표시를 따라서 간다. 전원주택처럼 넉넉하고 나무가 많은 집들이 평화로움을 발산해 준다. 아르가 강을 끼고 프린세페 데 비아나 광장을 중심으로 한 '신시가지'가 있다. 앞에 보이는 성으로 가려면 아르가강을 가로지른 뿌엔떼 막달레나Puente Magdelena 다리를 건너야 한다.

나바라와 라 리오하

9

빰쁠로나,
태양은 또 다시 떠오른다

시간은 위대한 스승이다.

그러나 불행히도 그것은 자신의 모든 제자를 죽인다.

— 루이 엑토르 베를리오즈

아크로폴리스, 빰쁠로나

그리스 아테네를 가면 도시의 중심 가장 높은 곳에 아크로폴리스가 있다. 아크로폴리스처럼 높이 솟은 성채城砦, citadel의 도시가 빰쁠로나Pamplona이다. 높은 곳에 오래되고 낡아서 자연스런 유적과 건축물과 오늘을 살아가는 21세기 사람들의 삶이 조화를 이룬 아름다운 도시 풍경이 펼쳐진다.

이 도시는 BC1세기경 피레네를 넘어서 리베리아 반도를 진격해 온 로마의 장군 폼페이우스에 의해 건설된 2천년이 넘은 오래된 도시이다. 이후 남쪽에서 침략해 온 이슬람교도와 동쪽에서 쳐들어 온 서고트족에 의해 오랫동안 지배를 받았다. 여러 번 외침外侵이 있어 도시 둘레에 성채를 쌓았고 두터운 3, 4층 석조 집들을 도로를 제외하고 빈 공간이 전혀 없게 다닥다닥 붙여 성벽의 역할을 한다.

피레네 산맥 서쪽 아르가 강변을 끼고 높은 언덕 위에 자리 잡고 있는 **빰쁠로나**는 824년 나바라 왕국의 수도였다가 1513년 스페인 왕국에 복속되어 나바라Navarra 주의 주도州都가 되었다. 이 도시는 옛날부터 성지순례자들의 왕래가 많았다. 이 순례자들 중에는 유럽 본토에서 온 각계각층 다양한 기술을 가진 사람들이 많았다. 까미노의 모든 마을과 도시들이 그러하듯이 특별한 기술과 솜씨를 가진 사람들을 지원하고 우대했다. 그들의 도움으로 지은 역사적 건축물들이 길이 되어 남아 있다.

순례자 길에 지나쳐가는 **빰쁠로나**는 깔끔하고 정돈된 참 아름다운 성채의 도시이다. 나의 격한 감성은 투우처럼 성문으로 달려가게 했다. 시시각각 장인의 손길에 연마되고 조각된 석조 조형물들이 오래된 침묵을 화선지에 수채화처럼 품어낸다.

성채는 성을 둘러싼 해자垓子, moat가 있다. 올라가는 입구 거대한 성문은 도개교로 아래쪽에서 들어 올려지고 닫히는 구조로 되어 있다. 성문을 여닫는 거대한 도르래와 톱니바퀴 체인 등 철골 구조물이 지금도 남아 있다. 이 성문이 프랑스문Portal de Francia이다. 'ㄷ'으로 꺾어지는 오르막을 오르면 까미노의 표시가 잘 돼 있는 활기차고 생기발랄한 광장, 미술관, 도서관, 시청사, 성당, 시장 등이 있다.

세월이 가면 사람의 존재와 만남과 행위와 업적은 잊혀지고 지워지지만 말없이 단단한 유적과 유물들이 남아 고색창연한 역사를 전해 주고 있다. 테일러샵, 헌책방, 레스토랑, 구수한 커피향이 풍기는 까페, 빵집, 푸줏간, 식료품점, 기념품점, 보석상, 여행사, 항공사 등 오래된 가게들이 이국적인 향수를 자아낸다.

초겨울 찬비가 먼 길을 가는 나그네의 마음을 서늘하게 스치고 간다. 춥고 배고픈 1차원적 감수성 앞에 있는 유아독존적인 외로움은 몸을 움직여 계속 전진하는 노동의 열로 녹여내야 한다. 알 수 없는 여정에 대한 호기심, 경외감이 아닌 두려움, 불안감이 엄습한다.

인생은 자사사인自詐詐人이다. 스스로를 속여야 남도 속인다. 좋은 생각을 떠올려 본다. 나를 속여서 중독시키고 최면을 걸어본다. 잠시 생각을 바꿔서 7월이면 열리는 산페르민 축제Fiesta de San Fermin 때 투우장으로 향하는 소몰이 행사Encierro에 참가한 사람들의 괴성소리와 숨 가쁜 열기를 생각해본다. 그리하여 지금 어두운 아우라Aura를 지우려 애써본다.

헬멧을 쓰고 연두색 안전조끼에 적당히 닳은 리바이스 진을 입은 자전거를 탄 금발 여성에게 길을 물어서 바이크샵을 찾았다. 안도의 한숨을 내쉬기도 전에 맞는 부속이 없다고 한다. 다시 서둘러 찾아간 다른 샵은 시에스타Siesta로 문이 닫혀 있다. 시에스타는 서반아문화권에 대략 오후 2~5시 사이 문을 닫고 쉬는 휴식시간을 말한다. 이제 다른 도시로 가서 자전거 샵을 찾아 수리하거나 그래도 안 되면 나의 앞 브레이크세트로 통째로 이전해줄 생각이다. 빵집에서 빵을 사고 나오자마자 빵집 문이 닫히고 셔터가 내려진다.

서늘하고 가늘게 내리는 비를 맞으며 긴 한숨을 하얗게 토하면서 빗줄기를 뚫고 시수르메노르를 향해간다. 자전거도 비에 젖어 축축 처진다. 넓다란 평원과 대지는 빛나는 초록을 품어내고 있다. 이런 겨울을 이겨내는 가을보리, 가을밀, 봄동 등을 능동초凌冬草라 부른다. 겨울을 깔보는 장한 능동초들이 우리를 응원한다. 잘 있거라, 아름답고 매력적인 빰쁠로나! 아쉬움이 비에 젖어 오랫동안 추적추적 따라 오며자꾸 고개를 돌리게 한다. 이런 가늘고 긴 인연이 1년 후 다시 빰쁠로나로 나를 이끌었다.

　1년 후에는 생장피드포르로 가지 않고 바로 빰쁠로나로 향했다. 마드릿 공항에 오후 1시50분에 도착해 짐Baggage을 찾는 데 시간이 많이 걸려 먼저 공항의 버스터미널 위치를 확인했다. 빰쁠로나행 버스는 3시 15분 출발인데 2시 55분에 겨우 짐을 다 찾아 종종걸음으로 달려가 차를 탔다. 예약한대로 자전거 12대를 실었다. 이 버스는 사리아에서 환승하여 빰쁠로나로 향한다.

　마드릿에서 북행하는 길은 허무와 고독이 배어나는 황량한 고원이 이어진다. 경작이 끝나서 삭발당한 들은 텅 비어 있고, 마른 구릉과 언덕을 이룬 황무지에는 유전자가 더 강한 버드나무, 털가시나무, 소나무 무리들이 곳곳에 무더기를 이루며 세를 과시하고 있다.

　주사위는 던져졌고 던져진 주사위를 찾으러 가야 한다. 빰쁠로나에 도착해서 확인해 보니 자전거들이 많이 망가졌다. 대원 모두 자전거 조립을 시키고 한 대원을 보내 알베르게를 찾게 했지만 함흥차사다. 자전거조립을 마친 사람들은 터미널에서 나와 앞에 있는 중국집에 가서 간단히 요기를 하면서 기다리기로 했다. 중국계 주인과 스페인 서빙맨은 말이 거의 통하지 않아서 서로가 매우 갑갑한 바디랭귀지를 나눠야 했다. 대화를 나눌 때 우리는 그들을 보고 웃고, 그들은 우리를 보고 웃는 '바보들의 행진'이 계속되었다.

금속 조형물들 사이로 풍력발전기가 열지어 서있다.

빰쁠로나에서 처음 만난 검은 슈트를 입은 부부 같이 오래된 생활자전거
핸들바에 가방이 달려있어서 늘 편리하게 물건을 넣고 꺼낼 수 있게 되었다.

종교적 이적을 비웃는 코골이와 빈대들

알베르게를 찾았다는 전갈이 왔다. 인원이 많아 우왕좌왕하는데 앞장서서 알베르게 데 뻬레그리노스Albergue de Peregrinos로 향했다. 나머지 짐과 고장난 바이크는 택시에 싣고 갔다. 오래 된 골목길 안에 알베르게가 있었다. 주위엔 청춘남녀들이 늦은 밤인데도 술잔을 앞에 놓고 떠들고 있었다. 알베르게에 도착해서 크레덴시알을 발급받고 잠자리를 배정받았다. 오스삐딸레로hospitalero, 알베르게 관리인는 순진하게 생긴 스페인 남자인데 소아마비로 다리를 절었다. 일단 자전거는 아래층 실내에 두고 우리는 침대 시트를 받아서 이층으로 올라가 씻고 샤워를 했다.

이 알베르게는 커서 많은 인원을 수용할 수 있었다. 이런 수용소에서는 코골이와 베드버그Bedbug, 빈대에도 무심해야 한다. 코를 곤다는 스노링snoring과 물속에서 대롱으로 숨을 쉬는 스노클링snorkeling은 비슷한 어원이다. 이들을 모조리 모아서 코골이 전용방에 수용할 수 없는 걸까? 그러나 코골이들은 자봐야 알고 코골이도 코골이를 싫어한다. 양심적인 이들은 간헐적으로 고는데, 어떤 이들은 베개를 머리에 놓는 순간부터 떼는 순간까지 코를 골아 민폐를 끼친다. 까미노에 예수그리스도, 성모마리아, 산띠아고 등 성인들의 초자연적인 이적異蹟이 비일비재했음에도 코골이와 빈대들을 척결하는 종교적인 이적은 없었다. 코골이와 빈대들은 신앙의 대상이 아니라고 한다. 산띠아고도 코를 골았을까?

이른 새벽 잠이 없는 일행들은 일찍부터 일어나 부스럭거리며 짐을 챙기고 있다. 새벽에 일어나 바쁜 와중에 의료봉사를 하였다. 환자가 제법 여러 명 와서 발목, 무릎, 허리, 골반 등이 아픈 사람들을 신속하고 깔끔하게 치료다. 그 중

생장피에드포르에서 부터 걸어온 여자 분은 자신이 난소암 환자라고 소개했다. 골반을 교정해주고 관절을 맞춰준 후 원침을 붙여주니 많이 편안해 했다. 까미노가 생의 마지막이 될지 모를 그분을 생각하니 짠하고 가슴이 저린다.

이른 아침 일행이 스마트폰 GPS를 보고 가는데 숙달이 안 돼 우왕좌왕하는 뒤를 새끼 오리들이 따라갔다. 그러나 까미노는 1천년이 넘은 길이고 표시가 잘 돼있어 동네 나이든 개에게 물어봐도 척척 가르쳐 줄 정도이다. 유명한 나바라대학을 가로질러 지나간다.

멀리 '용서의 고개'에는 풍력발전기 수십 기가 언덕 위에서 돌아가고 있다. 이곳 나바라지방은 유럽을 통틀어 대체 에너지 기술을 선도하는 지역이다. '100% 대체 에너지사용을 목표'로 하고 있는데 2004년에 이미 61%의 대체에너지 사용이 이뤄졌다. 강에는 소규모의 수력발전터빈 100여 개가 있단다. 바이오매스 에너지Biomass energy 발전소와 바이오가스Bio-gas 처리시설도 갖추고 있다. 스페인에서 가장 큰 바이오매스 발전소가 있고 태양광 발전소도 있어 맑고 깨끗하며 청정한 에너지를 생산하는 곳이다. 이런 모습을 잊지 않고 기억해두고 싶다.

10

모든 고개는
인간의 원죄를 묻고
또 용서한다

용서는 사랑의 최종적인 형태이다.

— 라인홀드 니버

용서의 고개

멀리 앞을 가로지른 능선 위 용서의 봉Alto del Perdon, 790m 좌우에는 수많은 풍력 발전기들이 안개 속에서 돌아가고 있다. 시스루메노르는 부유한 교외 주택지로 그 옛날 '예루살렘 성요한 기사단'의 영지였다. '자비의 성모 마리아'를 섬기고 예전부터 순례자들에게 숙박을 제공했던 곳이다. 13세기에 지은 산미겔 교회는 100년 동안 곡물창고로 외도를 하다가 다시 교회로 복귀했다. 조그만 길가 구멍가게에서 빵과 과일 잼, 올리브유까지 샀다.

날씨는 흐리지만 비는 뿌리지 않는다. 까미노를 따라서 가다보면 우측편에 겐둘라인 궁宮의 유적인 황토색 흙벽돌이 무너진 폐허가 보인다. 시스루메노르 교외의 평화롭고 완만한 벌판에서 샤를마뉴의 기독교 군대가 무슬림의 아이골란도 군대에게 패배했다. 이웃에 대한 사랑과 우정이라는 종교적 대의명분을 앞세우고 서로 잔인하게 베고 찔러서 피비린내가 났던 곳을 지나간다. 용서의 고개 바로 아래 사리끼에끼 마을 입구 식수대가 있는 산안드레스성당 앞에서 물을 마시고 언덕길로 올라섰다. 이 마을은 14세기에 페스트로 폐허가 된 곳이다.

모든 고개는 인간의 원죄를 묻는다. 모든 고개는 인간에게 고苦를 요구한다. 이 길은 비만 내리면 진탕길로 변해서 순례자의 신발에 찰진 진흙이 달라붙어 무겁게 꼬리를 잡으면서 원죄를 묻는다. 사람들은 안락할 때 아무 생각이 없다가도 고행의 순간이 되면 비로소 자신을 돌아보고 성찰한다. 가쁜 숨을 토하다 보면 '내 탓이오', '내 허물이로소이다' 라는 말이 낮게 흘러나오며 마음의 무거운 짐도 비워진다. 질척거리는 '용서의 고개'를 이전투구하면서 땀과 빗물과 눈물을 흘리며 올라갔다. 고개를 오를 때는 숨 가쁜 고통으로 질책하면서 죄를 묻는다. 나그네는 오르막의 고통을 겸허히 받아들이고 순명하여야 한다.

괴로움은 벌罰이다! 헤브라이즘Hebraism의 원죄와 부디즘Buddhism의 고苦가 이렇게 언덕에서 만난다. 그러나 일단 오르고 나면 모든 고개는 자비로운 모습으로 변신한다. 언덕 위에 서면 그런 인과가 만들어낸 모든 고통과 벌은 용서Perdon받는다. 신성한 용서가 있는 고개에는 필부들의 소박한 기원을 받아줄 아이콘Icon, 聖像이 있다. 우리나라의 고개에는 '서낭당'이 있고, 히말라야의 고개에는 '탈쵸와 룽따'가 있으며, 까미노의 고개에는 십자가 성모마리아 또는 산띠아고의 '성상'들이 있다.

등 뒤로 보이는 아득한 빰쁠로나의 아우라! 앞으로 가야할 길을 바라보면 너른 평원이 산 아래로 펼쳐져 있다. 날씨가 좋으면 지평선 끝에 '여왕의 다리'가 보인다. 아름다운 풍경이 계속된다. 용서의 고개 좌우에 윙윙 소리를 내며 돌아가는 풍차들 사이로 구름이 흘러간다. 용서의 고개에는 철로 제작한 순례자의 조형물 여럿이 서쪽을 향해 가고 있다. 그래 우리 함께 같이 가자.

내가 환자일 때는 동료들 먼저 보내고 천천히 따라가라!

귀한 시간을 내서 까미노에 왔는데 병이 나면 난감하다. 아픈 사람은 쉬고 건강한 이는 걷게 해야 한다. 아픈 것 또한 외로운 고행이다. 중병이 아니면 환자는 먼저 차를 태워 보낸 다음 알베르게에 가서 쉬게 한다.

일반 공립알베르게Albergue Municipal 또는 훈따Xunta나 종교단체가 운영하는 알베르게Albergue Parroquial는 아침 8시에 문을 닫고 오후 1~4시에 문을 열며 밤 10~11시경에 문을 닫는다. 오후 1~2시에 문을 여는 곳에 가면 약 18시간 정도 휴식을 할 수 있다. 온종일 또는 2~3일 휴식이 필요할 때는 조금 비싸지만 시간제한이 없는 사설 알베르게Albergue privado를 활용한다.

유럽의 숙박비는 하늘을 찌르지만 알베르게는 비싸지 않아서 몸이 회복될 때까지 충분히 쉴 수 있다. 까미노의 대부분 무선통신 문자 카톡이 가능하기 때문에 몸이 회복되면 버스나 기차를 이용해서 약속 장소까지 이동하면 된다. 혹 이런 일을 섭섭하게 여긴다면 순례자의 자격이 없다. 침대에 병으로 아파 누워 있는 것도 고행이고, 발이 부르트도록 걷는 것도 고행이다. 이 고행이 저 고행을 보고 욕하거나 원망해서는 안 된다.

까미노에도 사람과 사람의 복잡한 관계가 있으므로 오해, 알력, 서운함, 분노, 섭섭함 등 온갖 감정을 경험하게 된다. 그러나 다른 곳도 아니고 까미노에 와서 남을 원망하는 것은 어울리지 않는다. 서로 용서하고 이해하며 가야 한다. 내가 오해한 것도 있고 상대가 오해한 것도 있다. 원칙에 어긋나지 않는 사사로운 것이라면 모든 것을 용서받고 용서하자.

고개 위에서 나에게는 '날마다 용서하는 용기'를, 상대에게는 '날마다 용서 받는 겸손'을 갖기를 기원해 보라. '세상에서 가장 큰 기쁨은 용서하는 기쁨, 용서 받는 기쁨'이라는 용혜원 시인의 말처럼 사소한 불만과 오해는 용서를 통해서 기쁨으로 나아가야 하리라. 영국 시인 알렉산더 포프는 '실수는 인간적인 것이고, 용서는 신성한 것이다'고 했다. 외롭고 고달프고 힘든 길이지만 까미노는 사랑하고 용서하면서 가는 길이다. 형제여 나를 용서하라. 나도 그대를 용서하겠노라! 함께 '용서의 기쁨'을 나눠보자.

피레네 산맥에 묻혀 사는 사람들은 운명적으로 오르막과 내리막을 오르내려야 한다.
산을 오를 때는 고(苦)를 느끼고 내려갈 때는 낙(樂)이 있어
늘 몸과 마음으로 인생을 관조하므로 인(仁;仁者樂山)함이 나오는 것이 아닐까?

11

그래서 삶은 서럽도록
위대한 것이다

상처는 '깨달음의 쾌락과 배움'에 지불해야할 당연한 대가이고,

안다는 것은 곧 '상처'받는 일이어야 한다.

상처에서 새로운 생명, 새로운 언어가 자란다.

건조하고 차가운 장소에서는 유기체가 발생하지 않는다.

상처받은 마음이 사유의 기본 조건이다.

상처가 클수록 더 넓고 깊은 세상과 만난다.

그러므로 편안한 상태에서 앎은 없다.

— 정희진

코덱스 아틀란티쿠스, 자전거의 기원

한숨 쉴 여유만 있다면 늘 가야할 길을 살펴봐야 하는 것이 나그네의 일이다. 행복하고 평화로운 자비의 언덕혹 용서의 고개에 열을 지어 돌고 있는 수십 개의 풍력발전기를 뒤로하고 고개를 내려간다. 바로 아래 거친 내리막 다운힐을 하는데 굵은 돌과 비에 젖은 진흙이 많아서 바퀴가 미끄럭거린다. 대원 한 명이 브레이크 제동이 안 되니 뒷바퀴 체인스테이 위에 왼쪽 발뒤꿈치로 바퀴를 눌러 제동하고 내려온다. 더 이상 전진은 어려울 것 같다. 제일 가까운 마을 알베르게에서 오늘 일정을 마무리하기로 했다.

이 고개를 내려서면 우뻬르가, 무르사발, 오바노스로 가는 길이다. 고요한

작은 마을 우떼르가Uterga는 인적이 드물어 간간히 원색의 겨울 나그네들만 하늘거리다 멀리 서쪽으로 사라지곤 한다. 이 순례자 길은 북위 40도 대에 위치한다. 이정표 아래서 잠시 머뭇거리다 조용한 마을을 지나 텅 비어 허허롭지만 정감이 넘치는 들길을 따라서 잠시 달려가면 무르사발Murzabal이 나온다. 마을 중앙에 성야고보 상이 있는 산에스떼반 교회가 있고 음용수대도 있다. 바람처럼 스쳐 지나쳐간다.

이곳에서 바로 오바노스로 가지 않고 좌측으로 2.8km 가면 12세기 로마네스크 양식으로 지어진 까미노의 보석으로 불리는 산따마리아 데 에우나떼 성당이 있다. 걸어서 가기는 힘들지만 자전거로는 쉽게 갈 수 있다. 이 성당은 오랫동안 까미노의 순례자를 수호했던 템플기사단과 관련 있다. 여기에서 바로 가면 '뿌엔떼 라 레이나'가 나온다. 자전거 브레이크가 망가지고 엔진도 성치 않은 환자가 있어 '까미노의 보석'을 들르는 것은 포기한다. 자전거가 유죄이고 원죄이다.

기원전 이집트와 중국의 벽화에 자전거와 유사한 것으로 보이는 그림이 발견되었다. 그보다 구체적인 것은 르네상스시대 레오나르도 다빈치의 『코덱스 아틀란티쿠스Codex Atlanticus』에 지금의 자전거와 놀라울 정도로 닮은 스케치와 설계도가 남아 있다. 이 책에는 비행기, 자전거, 전차, 낙하산, 잠수함, 대포 등 발명품은 물론이고 요새, 성채, 다리 등 건축물, 식물학, 수학, 화학, 물리학, 해부학, 기하학, 건축학 등에 대한 40여년 동안의 스케치와 연구논문 총 1119쪽에 실려 있다.

오바노스의 미스터리, 누이를 죽인 오빠!

언덕 위 전망이 좋은 유서 깊은 오바노스Obanos에 도착한다. 순례자 길은 곳곳에 판타지가 깃들어 있다. 다른 곳과 달리 역사와 신화가 혼재되어 있다. 이길에서 역사와 신화가 만들어낸 제일 큰 아우라Aura를 가진 이는 당연히 산띠아고이다. 기본적인 사실을 바탕으로 한 역사에 가공적인 전설이나 신화라는 Fiction은 Fact쪽으로 고개를 기울여 믿음을 더해준다. 까미노의 대부분 픽션과 팩트가 아우러진 팩션Faction이 많다.

이 마을에는 프랑스에서 가장 크고 부유한 영지인 아키텐공국의 공작 기욤과 그의 누이동생 펠리시아에 관한 가슴 아픈 이야기가 전해오고 있다. 누이동생 펠리시아는 산띠아고 순례를 마치고 영성에 감화되어 프랑스의 궁정으로 돌아가지 않고 나바라의 어느 수도원에서 종신할 결심을 한다. 오빠 기욤 공작은 누이가 돌아오도록 누차 간곡하게 이야기했지만 그녀는 세속으로 나가는 문을 닫아버렸다.

넘치는 혈육의 정을 누르지 못한 기욤은 누이동생을 찾아가 다시 간절하게 돌아갈 것을 설득했으나 굳게 닫힌 문은 열리지 않았다. 분개한 오라버니는 여동생을 죽이고 말았다. 그러나 그것은 원래 오빠의 바람이 아니었다. 순간의 감정에 사탄이 개입해 누이는 '돌아오지 않는 강Styx, 저승의 강'을 건너가버린 것이었다. 후회와 죄책감에 시달리던 기욤은 혼자서 산띠아고 순례를 다녀온다. 그후 귀족신분을 포기하고 오바노스의 교외 아르노떼기Arnotegui에서 동생을 애도하면서 살았다.

동생을 죽인 오라버니가 죽어서 남긴 두개골이 은으로 된 유골함에 담겨 오바노스교회 지하에 보관되어 있다. 이 전설은 이 지방출신 극작가_{돈 산또스 베기리스따}인가 '오바노스의 미스터리_{Misterio de Obanos}'라는 작품으로 되살렸다. 몇 년에 한 번씩 8월이면 800여 명의 마을 사람들이 이 연극을 공연한다. 성聖과 속俗을 극명하게 대비시켜 주는 이야기이다.

인생을 살면서 많은 우여곡절을 겪지만. 아무리 화가 나고 억울해도 절대 해서는 안되는 짓이 있다. 기름통에 불을 붙이는 짓, 높은 곳에서 뛰어 내리는 짓, 집에 불을 지르는 짓, 칼로 찌르는 짓, 아기를 집어던지는 짓, 존속存續을 죽이는 짓_{parricide}은 절대 해서는 안 된다. 어느 순례자는 이것을 '오바노스 금기'라 명명했다.

오빠의 순수한 의도와 순정을 이해 못하는 바는 아니지만, 죄 없는 누이동생을 죽이는 일은 있을 수 없는 죄악이다. 그는 평생 죄책감이란 감옥에 갇혀서 벌을 받았다. 들리는 소문으로는 모범수가 되어 나중에 성 월리엄이라는 성인으로 시성諡聖되었다고 한다.

언덕 위에 'San Juan Bautista de Obanos 성당'이 있는 오바노스 광장! 14세기 나바르 주 귀족들은 '국민과 국가를 위한 자유'를 내세우며 군주의 권력을 제한하고 견제하는 회합을 가졌다. 곱게 늙은 세련된 노인들이 지나가 알베르게를 물어보니 정확한 영어로 4km 더 가서 뿌엔떼 라 레이나로 가라고 한다. 12월의 겨울비에 젖은 우수를 벗 삼아서 해지는 곳 서쪽을 향해 달렸다.

심신이 다 젖은 우리는 진흙이 잔뜩 붙은 무거운 자전거를 타고 뿌엔떼 라 레이나에 도착했다. 호텔과 사설 알베르게가 동시에 있는 Hotel Jakue 앞에 나그네 복장을 한 산띠아고가 서 있어서 물어보니 이 지점이 우리가 쭉 따라온 까미노 프란세스_{Camino Frances}와 피레네 남쪽 길 솜포르트 고개를 넘어온 까미노

누이를 죽인 슬픈 사연이 지하 유골에 보관된 오바노스 교회와
앞에 까미노의 아이콘(Icon)

아라고네스Camino Aragones가 만나는 지점이라고 한다.

수도원에서 운영하는 100개의 침대가 있는 레빠라도레스 신부회에서 운영하는 수도원의 알베르게 콘벤또Convento에 짐을 풀고 뜨거운 물로 샤워를 하고 그동안 밀린 빨래도 했다. 샤워장, 세탁실, 주방이 널찍하다. 이 알베르게 앞에 '십자가의 성당'은 '템플기사단' 후원을 받다가 나중에 '성요한 기사단'의 후원을 거쳐 오늘에 이르렀다.

템플기사단Knights Templar

이 길에는 베일에 싸인 템플기사단 이야기가 많이 나온다. 중세 십자군전쟁 당시 성요한기사단, 튜튼기사단과 함께 3대 기사단으로 성지 순례자 보호를 위해 세워졌다. 1119년 프랑스의 귀족 '위그 드 파앵' 아래 아홉 명의 기사들이 모였다.

최초의 문장紋章은 가난한 기사 2명이 말 한 마리 위에 앉아 있는 것이다. 소식을 들은 예루살렘왕 보두앵 2세는 예루살렘 성전Temple의 언덕솔로몬왕의 성전이 있었던 자리에 기사단의 거처를 마련해주었는데 기사단 이름이 '그리스도와 솔로몬 성전의 가난한 전우들'이었다.

중세 때는 작위와 영지를 맏아들에게 몰아주는 장자상속제Primogeniture여서 갈 곳이 없는 귀족집안의 차남들이 주로 템플기사단에 들어갔다. 대의를 지키고 신께 헌신하며 명예를 목숨처럼 중시하는 귀족으로 기사가 되는 것은 최고 이상이었다. 템플기사단은 신앙을 지키기 위해 이슬람 군대와 용감하게 싸웠다. 전투에서 항복하지 않아 대부분 시신으로 패배를 맞이했다. 신앙을 위해서 기꺼이 목숨을 바치고, 금욕적인 생활로 여자를 멀리하며, 현금보유를 금지한 청빈한 생활을 했다.

우연인지 인연인지 신앙과 원칙을 위해 헌신하고 금욕과 청빈한 생활로 세속적인 욕망을 멀리한 그들은 금융회사들이 갖춰야할 덕목을 모두 갖췄다. 실제로 템플기사단은 12세기 초부터 약 200년간 예금과 대출업무를 했지만 착복과 횡령 같은 금융 사고는 거의 없었다. 이러한 믿음직한 신용은 교황, 군주, 주교 등 각계각층 귀족들의 절대적 신뢰를 받았다. 교황 인노첸시오 2세는 1139년 기독교권 어느 국가의 법에도 구속되지 않는 자유통행권, 치외법권, 면세혜택 등의 특권을 제공하며 오직 교황의 지시만 따르도록 했다.

성지 순례자들이 유럽의 템플기사단에 돈이나 귀중품을 맡기면 바로 환어음을 발행해주고 예루살렘에 도착해서 어음을 제시하면 즉시 현금으로 바꿔줬다. 유럽과 예루살렘은 적과 강도가 넘쳐나는 위험한 곳이라 환어음은 절실한 대안이었다. 철저한 신용을 바탕으로 군주 귀족 교회들에게 예금과 대출은 물론 자산관리업무까지 해주었다.

초기에 템플기사단은 전쟁에서 많은 공을 세워 토지를 하사받고 유럽 곳곳에 토지와 성채와 포도원 농장은 물론 유럽에서 중동에 이르기까지 곳곳에 알짜배기 부동산을 갖고 키프로스 섬을 통째로 사고 대규모 선단을 운영하며 무역을 한 중세의 재벌이자 다국적기업이었다. 동서고금 수없이 경험한 바이지만 엄청난 부와 소유는 늘 재앙과 죽음을 몰고 온다. 그래서 가난한 자에게 복이 있나니! 십자군전쟁에서 1291년 마지막 요새가 이슬람에 함락되자 예루살렘 순례자 보호라는 명분이 없어져서 오직 산띠아고 길을 지키는 역할만 했다.

이들은 비밀스런 입단식을 하고 성서직해주의가 아닌 성서로 영적으로 해석하고 비유로 받아들이며 이원론을 인정한 영지주의적인 특징이 있었다고 한다. 문자적hylic 종교관인 성서직해주의는 단순하고 강한 탈레반식 종교근본주의fundamentalism이다. 문자적이고 표피적인 뜻에만 매달리면 진정한 영적 삶은 죽어버린다. 가장 깊은 차원의 영적 신비적 뜻을 깨달아 아는 사람은 자신 안에 있는 신성을 발견하여 새생명을 찾을 수 있다는 것이 영지주의 가르침이다.

군사력, 재력, 종교적 권위 그리고 국제적인 영향력이 커지자 교황과 군주, 제후, 사제들은 이들이 부담스러워 언젠가 그들을 숙청해야 할 대상으로 여겼다. 프랑스 왕 필립 4세는 템플기사단에 진 빚을 탕감하고 막대한 재산을 요한 기사단에 이관시켜 손아귀에 넣으려는 야심을 품었다. 1307년 10월 '13일의 금요일'에 필립 4세는 프랑스내 모든 템플기사단을 이단과 동성애 등 혐의로 체포하고 매일 고문을 되풀이하여 거짓 자백을 받아내 모조리 화형에 처했다. 1312년 3월 재산을 몰수하기 위해 아비뇽 유수로 프랑스 아비뇽의 교황청에 와 있는 교황클레멘스 5세를 압박해서 기사단 해체를 선언했다.

최후의 단장Grand Master 자크 드 몰레를 산 채로 화형시켰다. 이 때 드 몰레는 교황과 필립 4세를 저주하는 말프랑스 왕과 교황은 1년 안에 주님 면전으로 끌려나와 자기 앞에서 죄를 고백하게 될 것이다!을 남겼는데 교황은 다음 달, 필립 4세는 10월에 갑자기 죽고 자식과 자손들도 요절하고 대가 끊겨 멸족했다. 기사단은 1312년 해체됐지만 프랑스를 제외한 다른 나라들에서는 이름을 바꾸고 잠적하거나 다른 기사단에 흡수되는 형태로 사라졌다. 특히 이슬람 세력과 최전선에서 국토회복운동을 하던 포르투갈에서는 국왕의 중재를 받아 '그리스도 기사단'으로 개명해 활동했다.

대항해시대 항해왕 엔리케를 비롯한 왕족들이 그리스도기사단의 그랜드 마스터였고 바스코 다 가마 같은 유명한 탐험가들이 기사단원이 되어 바다로 진출해 포르투갈을 번영케 했다. 현재도 포르투갈 대통령이 '그리스도 기사단'의 그랜드 마스터라고 한다. 한편 스코틀랜드로 간 기사단들은 나중에 프리메이슨의 기원이 되었다는 이야기도 있다. 이 기사단은 사람들의 많은 상상력을 자극해서 소설『다빈치코드』,『푸코의 진자』과 영화『템플기사단』, 게임 등의 단골 소재가 되고 있다.

12

누구를 위하여 종은 울리나

아무도 혼자서는 온전한 섬이 아니다.

모든 사람은 대륙의 한 조각, 본토의 일부이다.

한 덩이 흙이 바닷물에 씻겨 나가면, 유럽은 그만큼 더 작아진다.

그건 곶도 마찬가지이고, 친구나 그대의 영토도 마찬가지다.

나는 인류에 속해 있기에 어느 누구의 죽음도 나를 줄어들게 한다.

그러니 누구를 위해서 종은 울리나 알려고 하지 마라.

그것은 그대를 위하여 울리는 것일지니!

— 존 던

성스러운 까미노에서 거듭 된 핵실험 =3 =3 =3

순례자들 중 제일 일찍 일어나 아침식사를 준비하고 서두르는데도 출발이 더디다. 아직도 익숙하지 않은 짐 정리 때문이다. 오늘도 아픈 대원이 있어 까미노보다 빠르고 쉬운 길로 가기로 했다. 도로로 가서 에스떼야Estella까지 가는 여정이다. 날씨가 쾌청해서 어깨를 짓누르는 압박이 없어 다행이다. 도로를 달리다 보면 왼쪽 편 높은 언덕에 시라우끼 마을의 오래된 석조 건물들이 보인다. 뒤에서 길이 아니라고 투덜거렸지만 무시했다. 다른 동네를 거쳐 가려면 또 길을 묻고 헤매야 하는 것이 싫어 못들은 척 앞장서서 달렸다. 알베르게에서 전날 저녁 만났던 대머리 마르코가 우리를 추월해서 간다.

이렇게 차를 타고 가는 수도 있고 도로로 가는 경우도 있으며 까미노로 갈 수도 있다. 경쟁하는 길이 아닌 만큼 마음을 가두리에 가두어 괴롭히고 싶지는 않다. 에스떼야로 들어가면서 사이클을 타고 가는 라이더를 만나 바이크샵을 물었더니 친절하게 잘 안내해준다. 아무리 오래 산 할아버지 할머니들이라도 자전거에 관심 없으면 샵의 위치를 잘 모른다.

그를 따라서 한 치의 오차도 없이 바이크샵에 도착했다. 그러나 여기에도 맞는 브레이크 부속이 없다. 내 브레이크를 앞이나 뒤 한 쪽을 떼어 달아주라고 했더니 주인이 새 물건을 꺼내온다. 세트 가격이 앞뒤 40유로라고 한다. 브레이크를 가는 동안 저지가 있어서 우리 모두 기념으로 맘에 드는 화려한 저지를 골라 입었다. 그동안 밥만 많이 먹고 별로 진가를 발휘하지 못하던 대원이 나서서 앞뒤 브레이크와 저지 3벌 가격을 흥정해 총 160유로로 해결했다.

굶주린 라이딩의 비인도주의를 성토하면서 의기양양 에스떼야에서 제일 큰 SIMPLY라는 대형마트를 찾아갔다. 개중엔 유기농 계란huevo도 한 판 샀다. 계란하면 단백질 아닌가! 근육의 재료가 단백질이고 근육의 윤활유가 단백질이니만큼 날계란을 3개씩 먹게 했다. 그 동안 피레네 산맥을 넘고 쉬지 않고 달려와 근육에 피로물질인 젖산이 가득 차 있었다. 식품위생법이 무척 까다로운 스페인에서 인정한 유기농 계란이라 먹어도 무방할 것 같았다.

이후 뱃속에서 일어난 화학적 반응은 어찌나 대단한지 필설난기筆舌難記였다. 수시로 부글거리면서 핵실험을 했다. 공장의 굴뚝에서 연기가 피어오르는 것이 우리 60~70년대 근대화 산업화의 상징이었고, 방귀소리가 우렁찬 것이 건강의 상징이라고 여겼던 적이 있었다. 성스러운 까미노에서 거듭 핵실험을 해서 평화를 사랑하는 야고보성인에게 송구스러웠다. 이제 식량 준비와 장비 보수가 끝났으니 꾸준히 달리면 된다. 이 상황에서 이의를 거는 자는 신성모독죄로 파문할 것이다. 다시 태고의 흔적이 남아 있는 까미노를 달린다.

누구를 위하여 종은 울리나!

바람개비가 있는 용서의 고개를 넘어 오빠가 누이를 죽인 전설이 있는 오바노스를 지났다. 우리 앞에 아르가 강을 건너는 유서 깊은 다리가 있다. 이 다리는 11세기 나바라의 왕 산초 3세의 왕비 도냐 마요르가 비싼 뱃삯을 치르고 건너는 순례자들을 위해 세워주었다고 한다. 고마운 후대 사람들은 왕비의 다리 Puente la Reina라고 불렀다. 왕비처럼 우아한 로마네스크 양식의 아름다운 다리이다. 여왕의 다리를 건너 좌회전해서 에스떼야로 가는 도로N-111아래를 지나 다시 우회전 아르가 강이 보이는 수도원이 있는 수녀마을을 지나 까미노 길은 서쪽으로 이어진다.

해발 470m 되는 오르막을 올라가면 순례자길을 지켜준 템플기사단과 성요한기사단과 관련이 많은 마네루Mañeru가 나온다. 여기에는 '피할 수 없는 길'이라는 뜻을 가진 포르소사Forzosa 까예Calle, 길, 街가 묘지로 이어진다. 죽는 길만은 피할 수 없다. 한가로운 풍경과 함께 포도밭과 밀밭 올리브밭을 지나면 '독사들의 보금자리'라는 무시무시한 뜻을 가진 시라우끼Cirauqui에 이른다.

언덕 위에 중세풍 마을로 13세기에 지어진 오래된 2개의 성당산로만, 산따까딸리나과 스페인 내전 기념비가 있다. 헤밍웨이의 소설 '누구를 위하여 종은 울리나'의 배경이 스페인 내전이다. 미국의 소설가는 스페인 내전을 어떻게 표현했을까? 이 소설의 제목은 16세기 성공회신부이자 영국시인 '존 던'의 'For whom the bell tolls'를 제목으로 삼고 있다.

당시에는 섹스피어의 후예들이 세계를 지배하고 있었다. 스페인 내전을 배경으로 한 이 소설은 영어권은 물론 스페인어를 쓰는 스페인 본토와 남미의 지식인 독자를 겨냥하고 있다. 정의롭게 행동하는 젊은 대학교수는 당연히 미국인들의 국제주의적 양심을 상징하고 있었다. 정확히 말해 '누구를 위하여 종은 울리나?' 묻는다면 미국과 헤밍웨이를 위해서 울린다고 할 수 있겠다. 어린 시절『마농레스꼬』,『누구를 위하여 종은 울리나』,『춘희』등 누런 갱지에 세로쓰기로 인쇄된 소설들이 책장에 꼽혀 있었던 것을 본 기억이 난다.

헤밍웨이는 1, 2차 세계대전에 모두 참전한 행동주의자였다. 1차 세계대전 때는 고등학생 신분으로 이탈리아 전선에서 앰불런스 운전사를 지원했다가 폭격을 받고 부상을 당해 목숨을 잃을 뻔한 경험을 살려『무기여 잘 있거라』를 썼다. 이후 '스페인 내전'에 직접 참전한 경험을 토대로 누구를 위하여 종을 울리나를 쓰게 되었고 전쟁의 참상을 체험하면서 점차 반전주의자가 되었다. 주인공 로버트 조던은 행동주의자이던 헤밍웨이 자신의 희망과 의지를 담아낸 인물alter ego이라고 할 수 있다.

이 작품은 1943년에 영화화되었다. 헤밍웨이는 영화화할 때 남자 주인공은 친구인 게리쿠퍼, 여자 주인공은 스웨덴 출신으로 당대 최고 세계적인 여우 '잉그리드 버그만'이 그 역을 맡도록 해서 샘 우드 감독은 두 사람을 주인공으로 캐스팅했다.

'피할 수 없는 길'이라는 뜻을 가진
포르소사(Forzosa)까예(길, calle)의 묘지가 또 쇠창살에 갇혀 있다.

13

공존과 중용과 관용을 위해 건배

우리 모두 Vino의 이름으로,

Jesus의 이름으로,

산띠아고Santiago의 이름으로

건배!

세월은 함께 자연이 된 건축물들!

인공적인 구조물들도 오랜 세월에 부대끼고 시달리다보면 점점 자연에 가까워진다. 시라우끼 마을의 좁고 구불구불한 길, 옛 문장들이 새겨진 건물, 화려한 발코니, 마을 광장 등이 오래되고 낡아서 자연스럽고 편안하게 느껴진다. 까미노를 따라가다 보면 유난히 튼튼한 돌집들이 많다. 흙과 나무로 지어진 집에서 태어난 이방인에게는 돌집이 이채롭게 와 닿는다.

돌집은 균형감이 있으며, 품위 있고, 튼튼하다. 겉보기에만 튼튼한 것이 아니라 실제로 여러 세대가 흘러가도 변함없이 굳건히 서 있다. 돌집이 관리하는데 돈이 덜 들고, 페인트 칠을 안 해도 되며, 간수하는 데나 수리하는 데 거의 신경 쓸 일이 없다.

돌집은 불에 타지도 않는다. 여름에는 시원하고 겨울에는 따뜻하다. 이런 장점들을 모두 살려 적은 비용으로 돌집을 지을 수만 있다면, 돌이야말로 확실히 우리에게 흠 잡을 데 없는 재료였다. 돌에 기록된 역사가 가장 오래되었듯이 돌로 지어진 집들이 가장 오랫동안 인류를 보듬고 지금까지 버텨온 것^{그리스 로마의 많}은 유적들 같다.

시라우끼의 마을 꼭대기 산로만 광장에서 아치를 통과하여 마을을 벗어나면 로르까로 가는 내리막길인 로만 로드<small>Roman road</small>에 들어서게 된다. 두개가 나란히 놓인 농로의 우측이 로마시대에 만들어진 길이다.

별의 도시 에스떼야

시라우끼에서 도로 우측으로 나가서 살라도<small>Salado</small> 강을 건넌다. Sal은 소금을 뜻하므로 소금기 있는 강이란 뜻이다. 앞에서 언급한 '에메릭 피코'는 그의 순례기에서 이 강물을 마시면 안 된다고 경고하는데 이유를 모르겠다. 이 강을 건너는 다리가 중세 다리<small>Puente medieval</small>이다. 이 다리를 건너 좌측으로 도로 밑을 지나가면 로르까가 나온다. 여기에는 12세기의 산살바도르 성당이 있다. 로르까에서 이란수강을 지나 비야뚜에르따 다리에 이르면 에스떼야<small>Estella</small>는 멀지 않았다.

까미노는 늘 그렇지만 만만치 않은 오르막과 내리막이 반복된다. 에스떼야에 도착하기 전 벽에 'Socialism<small>사회주의</small>', 'Basque Liberation<small>바스끄 독립</small>' 등 지저분한 스프레이 낙서들이 보인다. 에스떼야 입구에 있는 샘을 중심으로 좌 조가비<small>Conc</small>

이 아치 문을 지나면서 로마로드는 시작된다.
마을을 이렇게 단단한 문으로 지키고 있다.
위쪽에 총을 발사하는 구멍 같은 것이 보인다.

ha 우측 지팡이Bastón의 부조가 있다. 여기에 '좋은 빵, 좋은 물과 포도주, 고기와 생선이 있으면 인생은 행복하다'는 말이 새겨져 있다. 좋은 빵과 물과 포도주, 맛있는 고기와 생선은 배고픈 순례자의 제일의 희망사항이리라.

여기에서 물 한 모금이라도 마셔야 행복해질 것 같다. 온 종일 구름 낀 날이지만 바람에 오래 부딪히면 피부가 건조해 따갑게 느껴진다. 마지막 오르막을 올라서면 내리막에 별들의 도시 '에스떼야'가 나온다. 곧 에스떼야의 번잡한 시내로 진입한다.

에스떼야는 인구 1만 5천 정도 되는 생기발랄한 별들의 도시이다. 애초에 에가강Rio Ega 북쪽이 순례자 길이었다고 한다. 1090년 나바라왕국의 산쵸왕은 손재주가 뛰어난 프랑스인 순례자들을 불러서 성당 다리 도로와 각종 편의시설과 숙박시설 등을 건설해서 순례자 자치구를 만들게 하여 순례자들이 에스떼야를 지나가게 했다. 원래 이곳 지명이 바스끄어로 '별'을 뜻하는 리사라Lizarra로 스페인어로 '에스떼야Estella'가 되었다. 그래서 자연스럽게 산띠아고 데 꼼뽀스뗄라 Compostela로 가는 은하수길Via Lactea, 별과 관련 있는 에스떼야Estella가 되었단다.

까미노를 거쳐 가는 마을은 거의 모두 손재주가 뛰어난 석공과 공인 장인 예술가들을 환영하였다. 이름 없는 장인들이 다리, 도로, 하수도, 성당, 병원, 광장, 건물 등 수많은 건축물을 지었다. 이들이 꾸준하고 근면하게 이룩한 부와 여러 성과물들은 나바라 인들의 질투심을 불러일으키고 그 질투심은 텃세로 이어졌다. 자치구와 원주민구역은 1266년에 합쳐졌지만 앙금은 오랫동안 지속되었다. 14세기에는 세계 어디를 가든 유대감과 태생적인 생명력을 발휘하는 유대인 공동체가 나바라인들에게 미운 털이 박혀 추방되었다. 순례자 길에서도 유대인들의 디아스포라Diaspora, 離散가 일어난 것이다.

에스떼야에는 12세기 말 나바라 왕궁이 있었는데 지금은 작품을 전시하는 미술관이 되었다. 산미겔 교회와 산뻬드로 교회가 있다. 에스떼야는 별의 도시답게 빛나는 무엇인가가 있다. 시내를 벗어나 좌측으로 까미노에 들어서면 꿈에 그리던 이라체 수도원이 나온다. 이 수도원은 가나안 땅에 흐르는 젖과 꿀물보다 더 달콤한 Vino가 흘러나오는 와인의 샘Fuente de Vino이 있다. 와인은 콸콸 쏟아지는 것이 아니고 어머니의 젖처럼 찔끔찔끔 흘러나온다. 별들의 도시 에스떼야는 이라체의 와인의 샘이 있어서 더 반짝인다는 주장이 새롭게 관심을 끌고 있다

좌파는 Vino와인, 우파는 Agua물

와인의 샘의 좌측은 와인이 흘러나오고 우측은 Agua스페인어. Aqua가 아님가 흘러나온다. 우리는 물통에 있던 물을 버리고 붉은 핏빛이 도는 와인을 담았다. 와인의 샘 옆에 있는 사람들은 모두 즐겁고 행복한 표정이었다.

고달픈 여로에 지친 이들을 위해 이 샘은 자비의 감로수를 쏟아내고 있었다. 여독과 굶주림으로 무장된 우리는 와인을 홀짝홀짝 마시면서 언제 다시 올지 모를 와인의 샘에 추억을 심었다. 와인의 힘을 빌렸지만 계면쩍은 마음에 호쾌, 창쾌, 명쾌하게 현지인들과 대화를 나누면서 3번의 건배를 선창했다. 'Everybody cheers in the name of Vino, in the name of Jesus, in the name of Santiago!'우리 모두 Vino의 이름으로, Jesus의 이름으로, Santiago의 이름으로 건배!

스페인 출신 중년 순례자는 다소 선동적인 우리를 보고 미소 지으면서 오늘

샘의 좌측은 조개, 중간이 샘, 우측은 지팡이,
위는 지명인 Estella(별) 표식 삼각형 밖에는 순례자!

은 가는 길이 좋아서 비노를 충분히 마셔도 문제가 없을 거라는 일기예보를 해준다. 신들이 우리를 축복한다. 적당한 취기가 그 동안 억눌려서 우울했던 기분을 좋게 했다.

아직 갈 길이 멀다. 이라체를 지나면 두 갈래 길이 나온다. 작년에 갔던 좌측 길보다 약간 더 멀지만 우측길로 가기로 했다. 털가시나무와 소나무가 있는 비교적 쉬운 길이다. 와인의 샘 앞에서 이런 말을 하면서 회희낙락했다.

대파가 되건 쪽파가 되건, 탱자가 되건 유자가 되건 서로 불가분의 관계가 있는 사상과 양심의 자유Freedom of thought & conscience는 대한민국 헌법 제19조에서 정한 국민의 기본권이다. 사람의 정신적 활동을 법률로 금지 강제하지 않고 타인의 견해나 대중의 보편적인 관점에 관계없이 하나의 사실이나 관점 혹은 사상을 유지하고 생각하는 개인의 기본권을 말한다. 양심良心의 자유는 외부사회의 구속과 속박을 받지 않고 자신의 양심에 따라 행동하는 자유이다.

모든 정신 활동은 인간의 내면적 자유 중에서 '사상과 양심의 자유'가 기반이 된다. 그런 '정신적 자유'가 없다면 표현의 자유나 경제적 자유도 그 존립 기반이 없어진다. 인간 내면의 자유는 다듬어지지 않고 거칠고 조악한 면도 많다. 그러나 기본적으로 가지고 있는 모든 자유의 기초인 만큼 이 씨앗과 새싹을 짓밟아서는 안 된다. 다른 여타의 자유보다 더 잘 지켜져야 한다.

쪽파를 거부하는 혁명의 실천-호모바이쿠스Homo Bikus

좌파左派든 우파右派든 한 '쪽에 몰린 파'를 이름하여 '쪽파'라고 한다. 기본적으로 호모바이쿠스Homo Bikus, 자전거 인간들은 바이크를 통해서 사색하는 인간무리들이다. 자전거를 탈 때 좌측과 우측이 서로 공조하여 100이라는 결과가 나왔다고 하자. 좌측발과 우측발이 서로 다퉈 '좌는 좌대로', '우는 우대로' 따로따로 행동하면 각각 50%의 지분을 얻을 수 있을까? 더 쉽게 10km를 60분에 달릴 수 있는 사람이 있다. 한쪽발로 달리면 10km를 120분에 달릴 수 있을까? 또는 5km를 60분에 달릴 수 있을까?

산술적으로는 가능할 것 같다. 그러나 한쪽 발로 10km를 달려보면 120분이 아니라 240분 안에 달리기도 어렵다. 논쟁에 들어가면 한쪽 발로 10km를 120분 안에 달릴 수 있다는 궤변이 그럴듯하게 통용된다. 평소에 안 믿던 이들도 누군가 선동하면 대부분 궤변을 믿고 따른다. 역사적으로도 히틀러나 무솔리니의 궤변에 수많은 민중들이 따르고 동조했다.

좌우를 가르고 자르는 것은 '황금알을 낳는 거위'의 배를 가르는 짓이다. 좌측과 우측이 찢어지면 합작을 했을 때보다 겨우 절반에 절반, 그 절반에 절반의 효율도 얻기 어렵다. 좌우 따로국밥은 절대 성공할 수 없다. 그러니 거위의 배를 가를 생각은 말아야 한다.

자전거가 없다면 외발로 계단을 오르내려 보라. 젊은이는 2층으로 올라가보고 늙은이는 2층에서 내려와 보라. 좌우가 찢어지면 이렇게 매우 힘들다. 이런 비효율은 시간이 길어지고 거리가 늘어날수록 더 심해진다. 공존과 중용과 관용도 없이 단순한 쪽파타령만하는 짐승 인간Homo Brute의 말은 의외로 대중적인 설득력과 호소력이 있다. 생각이 단순하니 심금을 다 바쳐 올인해 말하기 때문이다. 그러나 말은 말일 뿐! 바이크를 타고 전후, 좌우, 상하라는 육합의 공간을 달려 보면 좌파 우파 같은 쪽파들의 하찮은 편견을 쉽게 극복할 수 있다.

Revolution의 어원은 revolutus고 re는 '다시', volu는 '감다'의 조합이다. 회전을 뜻하는 레볼루션Revolution은 코페르니쿠스Nicolaus Copernicus, 1473~1543가 1543년 발표한 '천체의 회전에 관하여De revolutionibus orbium coelestium'란 논문에서 찾아볼 수 있다. 우주와 지구는 모두 구형이며 천체가 원운동을 하는 것처럼 지구도 원운동을 한다고 주장했다. 이런 자연과학의 획기적인 전환을 '코페르니쿠스적 전환Copernican Revolution이라고 한다.

천동설을 주장한 사람들이 판치는 세상에서 지동설을 주장한 그의 외로운 발상의 '전환'은 하나의 '혁명'이었다. 패달을 돌리며 발상의 전환을 해볼 수 있다. 보수와 진보, 좌파와 우파는 함께 바이크를 타고 바퀴를 돌리는 회전을 통해서 혁명Revolution을 꿈꿔보자. 타이어 바퀴를 살펴보면 반드시 Revolution이라는 말이 적혀 있다. 바퀴를 돌리는 것으로 혁명은 시작된다. 호모바이쿠스들이여, 그대들이 앞장 서서 혁명의 선봉이 되라!

14

체사레 보르자 혹은
우아한 냉혹

벗이여,

푸짐한 술상을 차려 놓고 새 장가 들던 나를 기억하는가?

불모의 이성일랑 침실에서 몰아내고

포도 넝쿨 따님을 아내로 맞이했지

— 오마르 카이얌

와인의 샘

이라체 와인의 샘을 떠나기 싫었다. 자리 깔고 떡 본 김에 제사도 지내고 싶었다. 즐거운 것은 비노고, 괴로운 것은 나그네 길이라! 그러나 나그네는 길에서도 머물지 않는다! 와인의 샘을 지나 양조장, 수도원, 박물관 등 고색창연한 석조 건물이 나오고 한 500m쯤 더 가면 갈림길이 나온다. 전년도에 간 루낀Luquin으로 가는 길은 좌측길이다. 후라산Mounte Jurra:1045m의 낮은 산기슭을 따라서 가는 길로 여름이면 황홀한 라벤더 꽃향기가 만발한 길인데 지금은 텅 비어 있다.

근경近景 원영遠影! 까미노 앞에 멀리 앞산에는 결코 낮지 않은 암벽이 가로로 하얀 밴드를 형성하고 있다. 짙은 갈색 대지에서 뿌리를 내린 오래된 올리브나무의 작은 가지에 달린 초록의 잎과 열매는 강한 생명력을 느끼게 한다. 자갈 돌멩이 길의 거부감이 없는 포근하고 정감어린 흙길을 따라서 마냥 달린다.

우측 길은 전통적인 까미노이다. 소나무와 털가시나무들이 오순도순 살고 있는 숲을 지나서 아스께따Azqueta까지는 완만하고 행복한 길이다. 스페인의 오지 구석이라고 할 수 있는 이런 조용한 시골 마을에도 단단한 돌집들이 든든하게 수백년 간 자리를 지키고 있다.

아스께따를 지나 비야마요르를 향해서 가파르고 긴 길은 S자 행진을 하면서 올라가야 한다. 가파른 경사를 오르다보면 등에 땀이 흥건하게 적신다. 고개마루의 13세기에 지어진 무어인의 샘Fuente de los Moros은 쉬기에 적당한 곳이다. 뾰쪽 지붕과 화려한 아치의 샘 계단을 내려가면 넉넉하게 물이 고여 있다. 오래된 우물 앞에서 가장 좋은 에너지인 포도당으로 요기를 했다.

비야마요르 몬하르딘은 해발 650m의 높은 마을이다. 이 마을에는 성안드레아스 성당의 뾰쪽한 첨탑이 하늘을 향해 솟아 있다. 이곳의 까스때요 봉Castillo Alt .890m 정상에는 산 에스떼반성이 마을을 바라보고 지키고 있다. 이제 다시 고달픈 몸을 이끌고 포도나무 과수원이 있는 옆길을 달려서 내려간다.

순례자들이 거의 보이지 않는 조용한 길에서 속도를 올린다. 주위 곳곳에 올리브나무가 굳건하게 땅에 뿌리를 내리고 서 있고 그보다 훨씬 나이가 어려 보이는 포도나무들이 부대를 이루며 주둔하고 있다. 완만하고 너른 들은 가시거리를 넘어 아득하고 멀게 느껴진다. 건초를 사각형으로 압축하여 벽돌처럼 4, 5층 건물 높이로 쌓았다. 나무가 없는 평원에서는 건초더미도 반갑다. 넓은 들을 지나가다 해가 저물면 고달픈 객수가 물밀듯이 밀려온다.

'흐르는 것이 물뿐이랴/우리가 저와 같아서

강변에 나가 삽을 씻으며/거기 슬픔도 퍼다 버린다 ~~'

—정희성, 저문 강에 삽을 씻고

단단한 건축물과 튼튼한 인프라

이 길을 가면서 튼튼한 길과 단단한 돌집과 예배당, 다리Puente와 샘Fuente, 상수도, 하수도 등 아주 깔끔한 토목과 건축에 매료된다. 석회를 구워 만든 생석회와 점토, 흙 등과 섞은 반죽Mortar으로 돌과 벽돌을 붙인 거대한 석조건물의 건축술과 예술성에 놀란다. 성당, 교회, 예배당은 장엄하면서 거대하다. 석조건축물은 천년을 간다. 서구문명이 우리보다 앞선 것은 '단단한 건축물과 튼튼한 인프라' 때문이라는 생각이 든다.

600여 년 전 조선이 건국1392하면서 한 위정자가 의해서 내려진 바다로 나가는 것을 금지한 '해금海禁정책'은 스스로 배달의 민족을 울타리에 가둬버렸다. 자유를 향한 출발점이 될 바다로 향하는 삼면이 철조망이 되어버린 것이다. 그 안에 갇혀서 모든 것을 자급자족해야 했다.

조선의 집들은 주위 돌들을 이용해서 주춧돌과 구들장을 놓고, 뒷산에 나무를 베어 기둥을 세웠으며, 황토 흙과 볏짚을 반죽하여 담을 쌓고 벽을 바른 다음 볏짚이나 억새를 이용해 지붕을 덮었다. 쉽게 짓는 장점은 있었지만 주거의 편의성이나 내구성이 짧아 때가 되면 허물어지고 사라졌다. 그냥저냥 지은 좁고 낮은 오막살이 오두막집에 사는 민초들 허리는 더 굽어졌다.

모사라베(이슬람지배하의 카톨릭교도들)양식으로 지은 13세기의 무어인의 샘
왼쪽 뒤에는 에스테반성

단단한 건축과 튼튼한 토목은 세기를 넘어 수세기 동안 사용할 수 있어서 경제적이었다. 쉽게 지을 수 있는 초가집과 너와집 큰 비만 오면 떠내려가는 섶다리와 외나무다리는 수명이 너무 짧았다. 봄여름가을겨울 상전을 먹여 살려야 하는 민초들에게 1회용 인프라는 너무나 가혹한 노동을 선사했다. 한탄스러운 일이지만 조선에는 수레가 다닐 만한 변변한 길이 없었다. 오직 역축役畜의 등짐을 이용하거나 남부여대男負女戴하며 물건을 운반해야 했다. 땔나무를 운반하던 소들은 6개월이 지나면 무릎이 망가져 선농탕先農湯집으로 직행했다고 역사는 전한다.

서양의 기본적인 토목은 도로와 제방, 수로와 다리였다. 이들은 수많은 장인들과 예술가들의 기술과 노하우를 버리지 않고 축적해서 우리와 비교할 수 없게 축적된 인프라Infrastructure를 만들었다. '단단한 건축물과 튼튼한 인프라'를 선택하면 합리적이고 경제적이어서 선진문명에 좀 더 가깝게 접근할 수 있는 토대가 된다. 수명이 100년인 건축물보다는 1000년인 건축물이 처음에는 노동력과 시간과 비용을 많이 들어가지만 나중에 훨씬 더 편리하고 경제적이며 거시적이다.

하부구조와 하부조직으로 사회적 인프라인 도로, 하천, 댐, 상수도, 하수도, 항만, 농수로, 교통, 전기, 통신, 도시가스 등은 기본적인 인간의 삶과 경제활동의 바탕이 되는 사회적 자본이다. 학교, 도서관, 탁아소, 병원, 복지관, 요양원, 공원, 스포츠센터 등 생활환경시설과 사회복지시설도 사회적 인프라에 들어간다. 3D에 속하는 화장장, 납골묘, 공동묘지, 쓰레기매립장, 하수종말처리장 등 혐오시설들도 없어서는 절대 안 될 인프라이다. 하부의 인프라가 튼튼하면 상부 구조와 조직도 건실해질 수밖에 없다.

'하던 짓도 멍석을 깔아주면 안 한다'는 말은 예외적이다. 하던 짓도 멍석을 깔아주면 더 잘 하는 것이 일반적이다. 지금 한국을 비롯한 개발도상국들도 전부 이런 하부구조와 조직의 인프라에 신경을 많이 쓰고 있다. 그들이 존경스러운 것은 낭비하고 버려지는 것이 우리보다 적고 경제적이기 때문이다. 소비에 기초를 둔 경제를 역설한 케인즈적 미국문화를 보면서 자란 사람들에게 좋은 경험이 된다.

석조건물과 돌집은 튼튼해서 지진이 일어나도 쉽게 무너지지 않는다. 석조건물은 당장 짓기는 어렵지만 한 번 지으면 수백 년 간 집 걱정을 하지 않아도 된다. 천년이 된 건축물과 다리, 2천년이 된 로만가도는 사람과 거마車馬와 물류의 이동이 이루 헤아릴 수 없이 많다. '최소의 노력으로 최대의 효과'를 얻는 자본주의 정신은 모든 인간의 내재된 효율을 짜내고 찾는 본능이다. 인간에게 자본주의는 본능이다.

비아나, 알베르게 안드레스무노스

오후 4시쯤 로스아르꼬스에 도착했다. 우회전해서 들어간 지점에 순례자의 조가비 문Portal de la Concha이 있다. 12세기 건축인 산따마리아 성당은 종탑이 사각형으로 큼직하게 솟아서 당당하다. 환자가 있어 이곳에 머물 작정이었으나 3, 4명의 순례자들이 알베르게 문이 잠겼다고 다른 곳으로 가고 있다. 다른 곳을 찾으니 가던 길을 더 가기로 의견의 일치를 보았다. 로그로뇨는 못 가더라도 비아나에서 1박을 하기로 했다.

다시 출발하여 경작지를 달려가면 산솔이 나온다. 산솔에서 길을 건너 '또레스 델 리오'는 벽촌 같지만 전망은 좋다. '누에스뜨라 세뇨라 델 뽀요'는 이 구간에서 가장 높아 멀리 비아나는 물론 로그로뇨가 보여 희망이 생긴다. 로스아르꼬스에서 비아나로 가는 길은 3개의 산을 넘고 그 사이에 있는 3개의 강을 건너야 했다. 마치 천당과 지옥을 오가듯 쓰디쓴 길이었다. 천천히 걷는 것이 아닌 바이크를 타고 내려가고 올라가야 했다.

생어고난生於苦難, 고난에 산다이라고 하지 않던가? 우여곡절, 고진감래, 좌충우돌하면서 내 안의 내연기관에서 찌들고 뜨거운 기운이 뿜어져 나온다. 이제 가파른 내리막을 조심스럽게 내려가 꼬르나바강을 건너 도로를 통과하고 다시 가파르게 올라가면 비아나가 나온다.

사연이 많은 비아나의 '산따마리아성당'을 둘러보고 곧장 찾아 간 곳이 지자체 알베르게 '안드레스 무뇨스'이다. 안드레스는 까미노의 친구Amigo de camino의 회원으로 알베르게를 운영하고 있다. 알베르게에는 아무도 없고 나무 대문 위에 전화번호만 적혀 있어서 전화를 했더니 파출소다. 지금 같은 비시즌에는 파출소에서 관리한다. 이 알베르게는 수도원으로 작은 성Castle같아 테라스에서 보면 멀리 서쪽으로 로그로뇨가 뿌옇게 보인다.

작은 시골마을에 1천년이나 된 문화유적이 오늘의 삶의 현장에 같이 공존한다는 사실이 많은 상상력을 낳는다. 이 커다란 수도원을 3인이 전세 내어 쓴다. 아침에 여자 경찰이 와서 문을 당기면 잠기니 그냥 닫고 가면 된다고 한다. 마을 광장에 산따마리아 성당에는 이 부근에서 살해당한 체사레 보르자Cesare Borgia, 1476~1507의 무덤이 있다.

초록 올리브나무와 전방에 붉게 탈색된 포도밭
12월에도 열매가 달려있어 단맛이 더하는 주로 와인용 포도이다.

체사레 보르자를 아는가?

르네상스 시대에 이탈리아를 통일하려고 각종 정복 전쟁을 벌인 체사레 보르자를 여기에서 만난 것은 뜻밖이었다. 그는 마키아벨리가 지은 군주론의 실제 모델이었다. 스페인의 아라곤 지방의 보르자Borgia, 스페인어 보르히아로 발음 가문 출신이다. 삼촌이자 교황이었던 칼릭스투스 3세의 적극적인 후원으로 바티칸에 입성해서 추기경이 된 로드리고 보르자가 체사레의 아버지였다. '로드리고 보르자'는 1492년 콜롬부스가 신대륙을 발견하던 해에 정적 줄리아노 델라 로베레를 꺾고 교황알렉산드르 6세이 되었다. 스페인에서 이슬람 세력을 완전히 물리친 해였다. 『로마인 이야기』를 쓴 시오노나나미『체사레보르자 혹은 우아한 냉혹』의 일부를 인용해 본다.

교황의 아들은 있을 수 없고, 있어서도 안 되지만 당시 최고 실세로 최고 권위와 권력을 가진 교황은 무소불위였다. 그리고 가톨릭 교회의 힘을 빌어 여타의 교회와 이탈리아 반도를 뒤흔들었다. 교황의 아들로 18세 젊은 나이에 추기경이 되어 권세를 누렸다. 얼마나 가관인지 상상해 보라. 1498년 아버지를 받들어 교황군 총사령관이었던 동생 후안 보르자가 의문의 죽음을 당한다. 총사령관을 잃은 아버지 교황은 중요한 세속적인 참모가 필요했다. 아버지와 체사레 보르자는 정치적 야심이 맞아 떨어졌다. 그는 답답한 추기경직을 사퇴하고 환속(?)하여 교황군 총사령관이 되었다.

탐욕으로 가득한 교황을 보필하여 이탈리아 반도의 통일 왕국 건설을 실천에 옮겼다. 교황은 빈틈 없고 야심만만한 두목이라면 체사레는 거침없고 잔인한 행동대장이었다. 교황의 정치 경제적 지원을 받아 이탈리아 통일 군주로서

확고한 기반을 다져 나갔다. 그가 28세 때 로마냐 지방이 그의 지배 아래 들어갔고 23세 연상인 레오나르도 다빈치가 그에게 재능을 바치겠다고 찾아왔을 정도였다.

체사레Cesare는 라틴어 카이사르Caesar의 이태리식 발음이라고 한다. 그는 자신과 카이사르를 동일시했다. 'Aut Caesar, aut Nihil카이사르이거나 아무것도 아니거나' 라는 말을 자신의 군대 깃발에 새기고 다녔다. 체사레 보르자는 자신의 일족이 당한 수치나 모욕에 대해서는 수단과 방법을 가리지 않고 반드시 보복하여 보르자 가문을 당대의 모든 이들에게 확실하게 각인시켰다. 자신의 노선에 거슬리면 가까운 친지를 죽이는 일도 서슴지 않는 철면피이자 냉혈한이었다. 그러나 권불십년이라고 했다. 종교인답지 않고 탐욕스런 아버지 교황이 말라리아에 걸려 세상을 뜨면서 모든 세력을 잃고 통일의 꿈도 접어야 했다.

우리는 역사의 교훈을 얻기 위해 주목할 바가 있다. 교황의 시신은 그의 탐욕만큼 심하게 부패했고 영결미사는 추기경 한 명 없이 주위의 외면 속에서 거행되었다. 매장할 때 시신이 심하게 부어올라서 관에 들어가지 않아 두 명이 발로 밟아 겨우 집어넣었다고 한다. 악인의 전형적인 죽음의 모습이다.

르네상스는 변혁기라 여기저기에서 소용돌이가 많이 생겼다. '신본주의에서 인본주의로', 높은 곳에만 머물던 신이 인생세간 저잣거리로 내려왔다. 그동안 하늘보다 높은 곳에서 하늘을 돌리天動던 신본주의적 교회의 권위가 바닥에 떨어지자, 수많은 민중들이 지구를 돌리地動면서 비로소 르네상스는 시작되었다. 교회와 신에 대한 생각과 행동들이 소용돌이치며 급속도로 바뀌던 르네상스 시대의 체사레 보르자 같이 잔인하고 냉혹한 결단력과 민첩한 행동이 21세기에 두드러진 인터넷, SNS, 페이스북, 트위터 같은 첨단 미디어로 급변하는 풍속도와 비슷한 것과 같다.

피렌체 공국의 대사이던 마키아벨리는 지근거리에서 그를 지켜보면서 '군주론'을 썼다. '정치는 종교적 신념과 도덕적 가치에서 자유로워야 한다'며 체사레를 두둔했다. 마키아벨리의 '군주론'은 동양의 패도霸道정치의 전형이라고 할 수 있다. 인의仁義로써 통치하는 왕도정치는 유토피아적이다. 그렇다면 현실적으로 '왕도정치를 이상으로 삼는 패도정치'가 정답일 것 같다. 마키야벨리의 명언을 소개하는 것으로 체사레 보르자의 소개를 마무리 한다.

"운명의 여신은 젊은 여자와 같아서 힘과 빠른 결단력으로 잡지 못하면 미꾸라지처럼 도망가 버린다". 그는 과연 운명의 여신을 사로잡았을까? 천만에, 체사레는 칼에 25 군데나 찔려 이곳 비아나 부근에서 죽었다. 참고로 그가 존경한 카이사르도 23 군데가 찔려 죽었다.

도대체, 31세 젊은 나이에 어쩌자고!

15

불완전한 코스모스에서
다시 카오스로

죽음을 가벼이 하고 날뛰는 것은 소인의 용기니라.

죽음을 소중히 여기고 의로써 마음을 늦추지 않는 것은 군자의 용기니라.

— 순자

종교에 꼭 필요한 이성과 양심

이탈리아 반도에서 최고 잘 나가던 교황의 아들 체사레 보르자가 어떻게 스페인 북쪽 작은 동네 비아나 부근에서 칼에 찔려 죽었을까? 아버지 교황이 죽자 보르히아 가문과 철천지 원수인 율리우스 2세가 교황으로 선출되면서 그의 운명은 비바람 앞에 추풍낙엽의 신세가 되었다. 이후 그의 인생은 스페인으로 추방되어 감금되었다가 탈출한 후에 자신의 처남인 나바라왕에게 몸을 의탁하는 신세가 되었다. 우리가 지나온 빰쁠로나는 나바라 왕국의 수도이고 비아나는 나바라 왕국과 까스띠야 왕국이 접한 국경지대 요새이다.

교황의 아들로 카톨릭 교회의 권력과 막대한 자금력을 등에 업고 이탈리아 반도를 통일하기 위해서 수많은 전쟁을 일으켰다. 전쟁과 전투에 일가견이 있는 보르자가 1507년 처남인 나바라왕을 대신해 비아나 외곽에서 반역자들과 소규모 전투를 벌였다. 믿는 도끼부르투스에 발등을 찍혔던 카이사르처럼 그도 별 볼일 없는 반역자들의 허접한 칼에 수십 곳이나 찔려 전사했다. 인생은 위기가 곧 기회가 되고 고통이 삶의 의미가 되고 원동력이 된다. 그러나 믿고 방심하고 무관심한 순간에 치명적인 칼날이 심장을 겨누었다. 그래서 25곳이나 찔린 낭자한 상처와 함께 비아나의 산따마리아 교회에 묻혔다.

추기경, 교황 같은 고위 성직자들이 여러 명의 첩을 두고 많은 자식을 낳고 자식을 심복으로 삼아 모든 권력과 이권을 갈취했다. 교회와 성직자의 비리와 부패와 가식은 종교적인 의식과 장엄한 성물, 웅장한 교회건축 뒤에 숨겨지고 가려져왔다. 혹세무민하면서 착취한 것들이 그들의 욕망의 출구에서 향응饗應되었다. 모든 '거울이 되어야 할 계율'을 지하 비밀 금고에 밀봉해 버렸다.

그러나 부조리와 불법이 곪고 삭고 부패하면서 작은 바늘구멍 사이로 스미어 나오는 냄새까지 막을 수는 없었다. 너무 썩어서 부패하고 타락한 악취가 수없이 많은 곳에서 나왔지만 오랫동안 이성과 양심이 마비된 사회에서는 악취를 감지하지 못했다.

악의 상징인 체사레 보르자가 죽은 후 10년 뒤인 1517년 신부인 마르틴 루터가 당시 로마 가톨릭 교회와 성직자들의 부패와 타락을 비판하는 내용의 95개조 반박문을 발표하면서 종교개혁은 시작되었다. 기나긴 종교개혁의 결과 하나이던 기독교는 크게 개신교와 로마 가톨릭 교회, 동방정교회로 구분되어 지금에 이르렀다.

물론 이보다 훨씬 더 많은 교단이 생겼지만 기존의 보수교단은 이단으로 차단하며 그들이 교단에 들어오는 것을 막고 있다. 늘 이렇게 대의가 맞더라도 사소한 불의가 종횡하는 것이 세상살이인 듯하다. 주류들이 주장하는 신앙과 교리보다는 냉철한 '이성과 양심'을 믿고 싶다. '사이비似而非는 사이버Cyber'같아서 가면 갈수록 가면을 쓰고 다양하게 나타난다. 사이버인지 사이비인지 구분이 안 가는 경계에 있는 대상들이 많아질 것이란 생각이다. 사회가 세분화 될수록 공적인 역할은 작아지고 사적인 판단이 더 많아지기 마련이다.

망치 소리 들리는 공업도시 라 리오하

비아나는 그 옛날 국경인 탓에 군인들이 주둔하는 요새형 높은 언덕에 인구가 3, 500명 정도 되는 큰 마을이다. 마을의 서쪽 방벽은 지금도 튼튼하게 잘 버티고 있다. 마을을 벗어나면 경사가 가팔라서 서쪽에서 쳐들어오는 적들에게는 난공불락으로 여겨질 만한 지형이다. 새벽 여명이 밝아오고 나서 마을 서쪽 편 가파른 길을 지그자그로 내려가 비아나를 떠난다.

까미노에는 서리가 와서 땅이 얼어 있다. 동굴의 성모 마리아 예배당을 지나면 로그로뇨의 상수도원인 까냐스 습지 저수지가 나온다. 소나무 숲길을 따라 황토 마사토로 곱게 깔아놓았다. 소나무 숲길을 지나면 나바르주 경계를 벗어나 라 리오하의 유명한 와인 생산지에 들어선다.

라 리오하 자치구 공업단지는 깐따브리아 언덕선사시대 로마시대 유적지이 있는 순환도로 안에 있다. 종이공장이 있는 곳에 로그로뇨 표지판이 있다. 라 리오하의 순례자 표지는 두 개의 돌기둥에 놋쇠로 된 조가비가 붙어 있었다. 지루한 길

N-111을 따라가다가 도로 아래 굴다리를 지나서 거친 길을 가다 보면 라 리오하 지방에 도달한다.

북아프리카에서 올라온 이베로족과 북쪽에서 내려온 켈트족이 교류하면서 이루어진 켈트-이베리아족이 스페인 원주민이다. 이 이베리아족이 살았던 지역이 에브로강 유역이다. 에브로의 옛 이름에서 스페인과 포르투갈을 아우르는 이베리아 반도의 유래가 되었다.

라 리오하 지방에 들어서면 나바라 지방과 달리 약간 세속적인 낮은 햄머와 망치소리가 들리는 공업도시가 나온다. 놋쇠로 된 조가비가 라 리오하식으로 디자인되어 돌기둥과 길바닥에 붙어서 우리를 안내하고 있다. 이 바뀐 조가비를 보면 주州가 바뀐 것을 알 수 있다.

대학도시 로그로뇨

에브로 강의 삐에드라 다리Puente de Piedra, 돌다리를 건너면 로그로뇨이다. '라 리오하'의 주도 로그로뇨는 인구가 13만에 이르는 대학도시로 중세와 현대가 유쾌하게 섞여 있다. 이 곳은 스페인 전역을 연결하는 기찻길과 도로망이 발달된 교통의 요지이다. 스페인에서 가장 작지만 다양한 자치구이고 최고의 와인을 생산하는 곳이다. 11세기 이전부터 유명한 와인과 물건을 유럽에 소개하고 수출할 방안으로 예술가와 건축가, 석공들을 불러 성당과 수도원, 순례자 숙소 등은 물론 각종 조형물과 다양한 인프라를 깔아서 까미노가 이곳을 통과하도록 했다.

이베리아반도의 어원이 된 에브로강
건너편은 로그로뇨

하루가 시작된 자들은 서둘러 오래된 구도시의 까미노를 갈 것이고 하루가 저물어 늦게 도착한 자들은 서둘러 알베르게를 찾아서 안식을 찾으리라. 다리 건너 우측편 12세기에 지어진 피라미드형 종탑으로 유명한 산따마리아 데 빨라시오 성당이 있고 옆에 공립 알베르게가 있다. 문에 들어서니 'Complato full 滿員'이란 표지가 문 앞에 붙어 있다. 마당에 테라스의 조형이 멋이 있어서 머물고 싶지만 아쉽다. 여기에서 물만 마시고 새로운 잠자리를 찾아 나섰다.

'체크인 알베르게'라는 곳으로 갔다. 날이 어둡고 길이 먼데 빗방울이 떨어지니 마음이 스산하다. 우리가 묵은 알베르게는 비싸지만 여러가지 부족한 것이 많았다. 좁고 영세하며 직접 요리할 수 있는 주방은 싱크대와 전자레인지밖에 없었다. 알베르게 여성에게 간곡히 부탁하니 밥을 해다 주었다. 어찌되었든 늦었음에도 밥은 잘 먹었다. 알베르게에서 쿠킹이 안 되면 여러가지가 고달파진다.

나그네는 길에서도 쉬지 않아야 한다

비가 안 오면 계속 가지만 하루라도 비가 오면 계획이 어긋날 수 있다. 로그로뇨에서 나헤라로 가는 붉은 황토길은 멋지고 곳곳에 포도원으로 풍요로운 길이지만 비가 오면 진창으로 변한다. 우려대로 다음날 아침 추적추적 비가 내렸다. 여러 의견을 모아 레온까지 대중교통을 이동하기로 했다. 9시쯤 우비를 입고 알베르게에서 나와 로그로뇨 기차역에 가니 역무원은 버스를 타라고 한다. 다시 내리는 비를 맞으면서 사람들에게 '버스 터미널'을 물으니 모르고 아

날씨가 흐리건 날씨가 맑건 나그네는 길에서도 쉬지 않아야 한다.

우또부스 에스따시온Autobus Esctacion이라고 해야 알아듣는다.

　버스 예약을 하고 남는 시간에 추석 세레모니로 어느 아파트 앞 벤치에 차례 상을 차렸다. 조율이시棗栗梨⬚, 좌포우혜左脯右醯, 반좌갱우飯左羹右, 홍동백서紅東白西, 두동미서頭東尾西, 어동육서魚東肉西 등 수없이 듣고 보아온 의식을 참고해서 차례 상을 차렸다. 마트에서 산 육포 과일 와인 가져온 밑반찬 빵 등을 진설陳設했다. 차례를 지내고 나서 다같이 음복을 하였다. 자고로 음복까지 제사라고 한다. 제사를 끝내고 자유시간으로 끼리끼리 주위 바르Bar로 자리를 옮겨 화기애애한 명절 분위기를 이어나갔다. 3시 15분차를 놓쳐버리면서 모든 것이 삐꺽거리기 시작했다. 직접 보지 않아 잘 모르겠는데 검표하는 자들이 다른 승객을 태우고 우리 짐을 모두 내려버렸다고 한다. 말이 안 통하니 해명도 항의도 제대로 할 수 없었다. 억울하고 원통한 일이었다.

　오후 날씨가 개이고 있었다. 이 사건은 나그네는 길에서도 쉬지 않아야 한다 는 경고 같았다. '늦었더라도 행동하라'는 주문에 따라 로그료뇨를 떠나 서쪽으 로 향한다. 서쪽으로 서서히 도시를 벗어나니 그라헤라 저수지가 평화롭다. 그 저수지를 거쳐서 친근한 소나무 숲을 지나간다. 길 옆 철망을 따라 그라헤라봉 에서부터 도로와 함께 나바레떼를 향해 가는 길이다.

　격자무늬 철조망에는 수많은 나무 십자가들이 붙어 있다. 순례자들이 이곳 에서 쉬면서 나무껍질로 나무를 묶어 십자가를 만들어서 철조망에 걸어놓은 것이다. 저마다 각각 염원을 담아서 걸어놓은 이 나무 십자가들은 생각과 기억 이 희미해질 때쯤 떨어질 것이다. 그 빈 공간에 또 다른 염원을 담은 십자가가 붙을 것이다. 국도와 고속도로 길을 지나고 건너서 완만한 평야에는 포도밭이 일색이다.

나바레떼에서 벤또사로 가는 길에 비에 씻긴 신선한 포도를 사온다. 바이크 라이딩은 체력 소모가 심하므로 어디든 기회만 되면 포도를 챙긴다. 신선한 포도의 작은 알맹이는 신의 선물로 라리오하 와인의 영광을 만들어준 양조용 포도다. 포도는 무조건 빨리 삼키는데 작은 알갱이를 통째로 삼키고 걸리는 것이 있으면 그냥 뱉어내면 된다. 포도를 오래 머금고 있으면 떫은 맛이 입에 붙어 불편해지기 때문이다. 우리 몸에서 포도당은 가장 고급스런 에너지로 제일 먼저 뇌로 간다. 뇌에서 소모하는 에너지는 일상에서 근육에서 사용되는 에너지와 맞먹는다. 그래서 머리가 멍해질 때 포도당이 도움이 된다. 링거로 맞는 수액에도 포도당이 섞여 있다.

로그로뇨에서 매년 9월 말 일주일 동안 열리는 산마떼오 축제는 한해의 수확을 알리는 축제이다. 이 지역은 나바르 산맥과 메세따 평원 사이에 끼어 있다. 북쪽 고지대에 리오하 알트Rioja Alt는 주요 와인 생산지이다. 저지대를 라오하 바하Rioja Baja라고 한다.

844년 로그로뇨 남쪽 20km에서 벌어진 클라비호 전투Clavijo에서 가톨릭 교도들은 이슬람 교도를 물리쳐서 전세를 잡은 분기점이 되었다. 그후 기독교가 급속히 퍼졌고 산띠아고 가는 까미노도 부흥하게 된다. 이것을 기념하는 산띠아고 성당Iglesia de Santiago이 세워졌다.

16

먹어야 산다
솥단지를 세우는 정립

행복의 문 하나가 닫히면 다른 문들이 열린다.

그러나 우리는 대게 닫힌 문들을 멍하니 바라보다가

우리를 향해 열린 문을 보지 못한다.

— 헬렌 켈러

포도원 사이 길

포도원 사이에 난 까미노는 매년 이십 만 명 정도가 지나가는 길이라 사람의 손을 타니 철조망 같은 것이 있을 법한데 울타리가 보이지 않는다. 과수원 주인들은 그저 '당신의 뜻대로 하소서!'라는 듯이 개방해 두었다. 벤또사와 나헤라 중간에 해발 600m 가량의 산이 있는데 좌측으로 안톤 기사단의 흔적이 있는 안톤 봉과, 우측으로 롤단의 언덕이 있다. 롤단은 8세기 이곳에서 골리앗의 후손이라는 사라센군의 거인 페라군을 돌을 던져서 죽였다_{창으로 가장 취약한 배꼽을 찔러 죽였다는 설도 있음}고 한다.

이제 내리막길을 가다가 다리를 지나 나헤라에 들어선다. 오전에 내린 비로 날씨는 청량하고 공기는 찰지고 맑았다. 인간은 상당부분 날씨에 지배를 받는다. 환경의 지배란 포괄적인 개념 중에 가장 중요한 것이 기상이라고 할 수 있다. 하늘에 구름이 끼어 빠르게 변화하고 날씨는 스산하다. 비가 와서 로그로뇨에서 무의미하게 소요하다가 오후에 늦은 감은 있지만 25km를 내쳐 달려 나헤라까지 갔다.

나헤라 지자체 알베르게에는 사람들이 많아 북적거린다. 이 알베르게는 단층으로 군인들 막사처럼 2층 침대가 수십 개 놓여 있다. 미학적 측면은 언급할 여지가 없지만 수용인원은 매우 많아 수용소 같다. 빵모자를 쓴 가톨릭 수사가 관리인이다. 여기에는 기부금함Donativo이 있어서 7유로 정도를 집어넣으면 된다.

라운지에서는 많은 사람들이 가벼운 음료를 마시며 떠들고 대화를 나누고 있다. 기타가 있어서 저마다 가진 솜씨를 교대로 뽐내고 있다. 가벼운 술과 음악을 곁들인 소란스런 파티가 억눌린 마음을 풀어준다.

이 작은 마을 나헤라가 11~12세기에 나바르 왕국의 임시수도였다. 원래 수도였던 뺌쁠로나가 이슬람 교도에 의해 점령되자 천도한 곳이다. '나헤라'는 '바위 사이에 있는 곳'이란 아랍어에서 유래되었다고 한다. 구도시의 뒤로 붉은 암벽 아래에는 '산따 마리아 데 라 레알 수도원'이 있다.

1004년 당시 산체스 왕은 매사냥을 갔다. 자고새를 따라간 매가 숲 속으로 들어가 돌아오지 않자 왕은 새를 찾으러 숲속에 들어갔다가 광채가 흘러나오는 동굴을 발견했다. 동굴 안은 램프가 켜져 있었는데 성모마리아 상과 종鐘이 있고 자고새와 사냥용 매가 함께 평화롭게 앉아 있었다. 왕은 국토 재정복운동에 대한 계시로 알고 이곳에 교회를 지었다. 지금도 교회에는 램프와 성모상, 종이 놓인 제단이 있다. 이 당시 왕족들의 유골이 안장된 빤떼온 레알도 있다.

요리의 즐거움, 솥을 세우는 정립鼎立

이 알베르게에는 주방이 있어 밥을 지었다. 낯선 곳에서 밥 짓고 요리하여 먹고 마시는 것은 귀찮기보다 오히려 무료함을 달랠 수 있어서 좋다. 쌀이 넉넉해서 내일 아침식사와 주먹밥까지 만들었다. 인간은 형이상학적인 동물이라지만 먹는 즐거움을 빼면 얼마나 삶이 단순하고 무미건조해질까? 사람은 의식주라는 3대 기본적인 생존의 수단이 갖춰져야 설 수 있는 존재이다. 그 중에서 지금 주제는 정립鼎立이다. 솥단지를 세워야 '먹어야 산다'는 명제를 세울 수 있다. 출발할 때 심란하던 것들이 하나하나 정돈되기 시작했다. 젓갈, 묵은 김치, 밑반찬 등을 준비해가서 의외로 잘 먹을 수 있었다.

알베르게 정식은 비싸지 않지만 지루하고 메뉴도 다양하지 못했다. 2, 3일 지난 후 슈퍼마켓에 가서 식량을 구입했다. 대형 마트에 가면 없는 것이 없어서 넉넉하게 구입해 자전거에 싣고 가면서 호구지책을 해결했다.

까미노를 가는 사람들은 취사장비는 가져갈 필요가 없다. 다만 머릿속에 몇 가지 간단한 레시피Recipe만 기억하고 가면 된다. 구하기 힘든 고추장, 된장, 멸치볶음, 묵은 김치, 젓갈, 라면스프 정도만 간단히 준비했다. 김치는 기내機內에서 상당량을 징발해 와서 풍족한 식단을 꾸밀 수 있었다. 쌀, 양파, 마늘, 고추, 올리브 등은 흔하니 가져갈 필요가 없다.

포도는 신이 내린 실수

포도는 신이 내린 선물이다. 혹자는 신들이 따 먹는 열매를 실수로 인간에게 잘못 내려준 것이라고 한다. 그러나 애초에 신들은 이 세상에 '씨 뿌리고 번성케 하라'는 마법을 걸어놓았다. 아무리 진지전능한 신의 일이지만 돌이킬 수 없는 일도 있는 법! 이미 인간들은 여기저기에 씨를 뿌려서 새로운 싹Bud들이 솟아나와 걷잡을 수 없었다.

이 귀한 포도를 아끼거나 남는 것을 보관하려고 오랫동안 질그릇에 담아두니 발효가 서서히 진행되었다. 포도알에 하얗게 붙은 효모가 따뜻한 날씨의 도움을 받아 발효를 시키고 있었던 것이다. 상했다고 버리기도 했지만 달달한 포도가 아깝고 변한 맛이 궁금해서 변질된 포도를 먹기도 했다. 변질된 포도를 많이 먹으니 기분이 좋아지고 흥분되며 비틀거렸다. 그래서 호기심 많은 누군가가 변질된 포도를 모아 즙을 짜 마시니 황홀한 느낌이 온 몸을 적셨다.

우연이 반복되면서 일관된 경험이 도출되었다. 이렇게 와인의 역사가 시작된 것이다. 포도가 많이 나는 지방에서 질그릇에 담아둔 포도 열매에 붙어 있는 효모의 도움으로 저절로 발효된 것을 인류가 마시기 시작한 것이 최초의 술이었다. 신들만 마시던 넥타nectar, 神酒와 암브로시아ambrosia, 神饌가 인간에게 전해진 것이었다. 인간도 술에 취하면서 신에 가까이 갈 수 있는 가능성이 생긴 것이다.

오래전부터 사람들은 이런 와인의 양조과정이나 와인의 효능에 관심이 많았다. 와인은 색깔로 구분하는 것이 가장 대표적인 분류법이다. 대략 레드 와인과 화이트 와인, 그 중간에 핑크 와인 즉 로제Rose라는 것이 있다. 와인을 잘 알면 와인을 마셔 단순하게 취하기만 하는 것이 아니라 와인을 즐길 수 있다.

지구상에는 약 8, 500여종의 포도가 있지만 그 중 양조용 포도는 약 50종 정도에 불과할 정도로 선택적이다. 양조용 포도는 식용 포도에 비해 포도알이 작고 열매가 촘촘하며 껍질은 더 두껍다. 포도 껍질에 허옇게 붙어 있는 것이 천연효모이므로 따로 효모를 배양해 넣을 필요가 없다.

이 효모가 포도의 포도당을 알코올과 탄산가스로 분해시키고 코르크 마개를 통해서 호흡을 한다. 라이스 와인막걸리과 비슷한 면도 있다. 와인은 병당 100칼로리 정도의 열량이고 성분은 수분 85%, 알코올 9-14% 정도, 나머지는 당분, 비타민, 유기산, 철분, 칼슘, 칼륨, 무기질 폴리페놀이 들어 있는 알칼리성 식품이다.

와인에는 카테킨이란 성분이 들어 있다. 이 카테킨은 동맥경화, 뇌혈전에 치명적인 '혈관의 때血栓'를 없애주는 역할을 한다. 그러나 아무리 좋은 것도 지나치면 독이 된다. 좋은 와인도 적당히 마셔야 건강에 좋다. 레드 와인은 혈관의 때를 벗겨주므로 심장병 뇌혈관질환이 있는 사람들은 적당히 적포도주를 마시면 도움이 된다.

스테이크를 먹다가 질긴 힘줄 같은 것이 있을 때 와인을 고기에 약간 뿌려주면 고기가 아주 부드러워져서 씹기 편하다. 산미는 상근酸味傷筋한다는 원리를 적용해서 고기요리에 포도주를 넣는 것이다. 옛날에 서커스단 배우들이 유연한 몸매를 만들기 위해서 식초가 든 음식을 많이 먹었다는 말도 있다.

와인의 어원은 라틴어의 '비넘'Vinum으로 '포도로 만든 술'이라는 뜻이다. 와인의 명칭은 이태리에서는 비노Vino, 독일에서는 바인wein, 프랑스에서는 뱅Vin이라고 부른다. 스페인에서는 이태리와 같이 비노Vino라고 부른다. 와인은 다른 희석식 술과 달리 물이 전혀 첨가하지 않는다. 그야말로 포도 원액 그대로이다.

'라 리오하'지방에서 '까스띠야 이 레온'지방으로 가는 관문, 레데시야 델 까미노

술은 여유로운 음식이다. 여유가 있을 때 술을 담근다. 그래서 술에는 문화가 녹아 있다. 티베트나 라다크인도의 티베트에서는 식량을 하고 남은 나머지 보리로 술을 담는다. 8개월이 겨울인 곳이라 추위를 떨쳐주고 활력을 줄 음료가 필요하다. 보리로 만든 음료창는 양식의 보완이 되고 우울하고 음산한 겨울에 얼어붙은 가슴을 녹여주는 역할을 했다. 이들은 기나긴 겨울을 이렇게 술과 잔치와 축제로 보낸다. 술은 결자해지의 명수이다. 억눌리고 울체된 것을 풀어주고 신명과 흥이 나게 하는 묘약이다. 술로 인해서 문화가 생겼다고 하면 어폐가 있다고 눈을 흘길 수 있다. 그러나 술이 문화에 기여한 점이 적지 않다는 주장도 만만치 않다.

그러나 빛이 강하면 그림자도 강한 법! 술의 장점이 많으면 많을수록 그 폐해도 크다는 말이다. 한동안 세상을 풍미하던 기라성같은 준걸, 호걸, 쾌걸들이 작은 술잔에 빠져죽은 적이 얼마나 많았던가? 물에 빠져 죽은 수보다 훨씬 더 많다는 것이 정설이다.

길 위에 성인, 산또 도밍고

한 여인의 선동으로 캄캄한 새벽 숨 막히고 단조로운 도로를 질주했다. 그러나 그런 단순 무식 지루한 야만을 비토veto, 거부하고 역사의 향기가 스며있는 오래된 까미노로 들어섰다. 천천히 그러나 꾸준히 가면 된다. '서두르지 말고, 멈추지 말라Sin prisa, sin pausa'라는 순례자의 잠언을 지키면서 갈 것이다.

'산또 도밍고 데 깔사다Santo Domingo de Calzada'란 유서 깊은 오래된 마을로 들어섰다. 11세기 '길 위의 성인 도밍고Saint Dominic of the Road'의 이야기를 안 하고 갈수 없다. 그는 문맹이라는 이유로 산미얀San Millan수도원에서 쫓겨났다. 가난하고 비천했지만 신앙심이 깊고 성실했다. 체격이 커서 힘이 좋고 손재주가 많은 그는 순례자 길과 다리를 만드는 데 평생을 헌신했다.

여기에서 길은 깔사다Calzada, 돌로 포장된 도로로 마을이름 뒤에 붙인 것이다. 그가 길을 내기 위해 숲 속에서 낫질을 하다가 기도를 하였는데 천사들이 나타나 나무를 베고 길을 만들어주는 기적을 체험했다. 이후 순례자 숙소를 짓고 아픈 순례자를 돌보았다. 그래서 이곳을 '라 리오하의 꼼뽀스뗄라'라고도 부른다.

앞으로 갈 '산후안 데 오르떼가'도 그의 뒤를 이어 순례자들에게 헌신했다. 이 마을 산토광장에는 지금 빠라도르Parador, 고급 국립호텔가 된 순례자 병원과 대성당大는 그 지역의 가장 대표적인 교회에 붙이는 접두사임을 처음 지었다. 박물관은 대성당에 붙어 있고 산토광장 맞은편에 빠라도르는 중세의 고풍스런 모습을 하고 있다. 마요르 까예Mayor Calle, Main Street와 번잡한 빠세오Paseo, 골목길들이 연결된 곳은 사람들로 붐빈다.

도밍고의 헌신적인 행동은 귀족, 성직자, 서민들로 하여금 진심으로 그를 존경하게 했다. 위에서 활약하고 선정을 베푼 위정자의 기록이 역사의 대부분이다. 이런 경우는 하층, 기층, 민중들이 주도한 역사라서 중요한 의미가 있다.

이곳은 수탉과 암탉의 기적이 있는 곳이다! 이 길을 따라가다보면 가늠할 수 없는 세월이 묻어 있는 이끼가 낀 전설이 많기도 하다. 14세기 멀리 독일에서 온 순례자 부모와 아들이 이곳의 어느 여관에 묵었다. 여관집 주인 딸은 잘 생긴 총각에게 눈이 멀었다. 물불을 안 가리고 구애를 했지만 믿음이 깊은 청년의 마음을 움직일 수 없었다. 처녀는 앙심을 품고 훔친 금잔을 몰래 청년의 짐에 감춘 뒤에 신고를 하였다. 무고한 청년은 너무 억울하게 절도죄로 몰려 교수형에 처해졌다.

부모는 미어지는 아픔을 가슴에 안고 산띠아고에 갔다가 돌아오는 길에 이곳에 들렀는데 교수형에 처해진 아들이 아직도 살아 있었다. 부모는 아들에게 교수형 판결을 내린 재판관을 찾아가 이 사실을 알렸다. 그 때 닭고기를 먹고 있던 재판관은 한심한듯 '당신 아들이 살아 있다면 이 접시에 닭들도 살아날 것이다'라고 말하는 순간 닭들이 접시에서 뛰어나와 큰 소리로 울기 시작했다.

재판관은 즉시 교수대로 달려가 아들을 풀어주었다. 나머지는 권선징악형 해피엔딩이다. 대성당 뒤 닭장에는 '수탉과 암탉의 기적 Miracle of the Coke & Hen'을 상징하는 닭들이 살고 있다. 작년에 보았던 닭들은 잘 있을까?

가는 길에 그라뇽을 지나가면 라 리오하 주와도 이별이다. 레데시야 델 까미노 Redecilla del Camino가 까스띠야 이 레온 Castilla y Leon주의 첫 마을이다. 여기에서 2.2km를 더 가면 산또 도밍고가 태어난 곳이 나온다. 그는 까미노 여정인 '빌로리아 데 라 리오하 Viloria de la Rioja'에서 태어났다. 산또 도밍고의 후광이 가득 찬 곳이란 느낌이 드는 곳이다.

『순례자』『연금술사』라는 소설을 써서 유명해진 브라질 작가 '파울로 코엘료'가 이곳에 있는 호스텔의 열렬한 후원자이자 대부 padrino라고 한다. 까미노 순례자 시설의 개선을 위해 많은 일을 한 네트워크협회를 발족시키고 성야고보협회인 '파소 아 파소 paso a paso, 한걸음 한걸음'의 활동에 열정적인 회원이 관리하고 있다. 산또 도밍고의 은총의 가피 加被라고 할 수 있겠다.

무신론자도 구원을

비야마요르 델 리오 마을을 지나간다. 이제 조금 더 달리면 벨로라도^{Belorado}이다. 벨로라도는 2천명 정도의 인구로 목가적인 삶을 살아가는 소박한 동네이다. 큰 도로를 건너 마요르 광장에 가면 중세풍 상점 바 식당들이 줄지어 있다. 절벽의 수도처 동굴 앞에 산따마리아 성당에는 16세기 무렵 산띠아고의 상이 있다.

마드릿에서 왔다는 두 젊은 라이더를 만났다. 20대로 보이는 그들의 수다에 경악했다. 대화의 소재가 얼마나 풍부한지! 이들은 비닐 봉지를 이용해서 신발을 방수했다. 잠시 속도가 빠른 이들을 따라서 갔다. 이 수다쟁이들과 계속 같이 가고 싶었지만 사정이 여의치 않아 자연스럽게 헤어졌다.

이 길을 가면서 오른 쪽 산 능선을 바라보면 바위의 성모마리아 암자가 보인다. 왠지 사이비에 가까운 우리의 삭막한 영혼에도 따뜻한 자비를 베풀어 줄 것만 같다. 까스띠야 이 레온 지방에 들어서면서 오늘 묵어갈 알베르게를 찾았다. 사람도 별로 없는 겨울 까미노를 달리면서 만나는 주민들에게 묻고 또 물었다.

우리가 기대하고 찾았던 알베르게는 모두 문이 닫혀있고 현지인들이 가르쳐 준 곳도 번번이 문이 닫혀 있어 지치도록 다시 물어물어 어둑어둑할 때까지 달려간 곳이 비얌비스티아의 산로께 알베르게였다. 활달한 여주인이 우리를 반겨준다.

피부에 돋은 차갑고 무겁고 음산한_{gloomy} 사기^{邪氣}를 쫓아내기 위해서는 발산^{發散}이 필요했다. 작지만 난방이 잘 되고 뜨거운 물이 잘 나와서 하루종일 여독에 시달리고 아드레날렌으로 찌든 때를 씻어내준다. 1층은 바가 있고 2층에 베드가 있는 숙소라 아래로 내려가 요기를 했다. 오랜만에 깊은 숙면을 취할 수 있었다.

이곳은 시골 벽촌이라 닭 우는 소리에 잠이 깼다. 낡고 궁하고 퇴락한 전형적인 시골 분위기이다. 출발 준비를 끝낸 한 대원이 작은 키에 검은 머리를 한 약간 뚱뚱하지만 성격이 활달한 세뇨라senora에게 기습적으로 포옹을 하면서 행복한 이별의식을 거행한다. 바람 없는 초겨울 아침 서리가 내려 대지를 덮으면서 싱싱한 초목의 이파리들이 붉고 노랗게 변해 때로는 피멍이 들어 떨어지기도 한다.

17

바람이 성성한 순례자길을 달리는
겨울 나그네들

아내인 동시에 친구일 수도 있는 여자가 참된 아내이다.

친구가 될 수 없는 여자는 아내로도 마땅하지 않다.

— 윌리엄 펜

쉬지 않고 달리는 겨울 나그네

초겨울 음산한 바람이 불고 자욱한 구름이 만든 어두운 잿빛 하늘이 어둠을
재촉한다. 길손들에게는 날이 저물고 어둠이 찾아오는 밤은 보레아스Boreas, 북풍의
차갑고 매서운 채찍과 같다. 날이 저물어 가고 있다. 꾸물대지 말고 서둘러 가야
한다. 슈베르트Franz Peter Schubert, 1797~1828의 연가곡인 「겨울 나그네Winterreise」가 연상
되는 풍경이다. 세 남자는 바람이 성성한 길을 달리는 겨울 나그네들이다.

슈베르트는 당대의 독일 민중시인 빌헬름 밀러1794-1827를 좋아했다. 시인과
음악가는 모두 불행했다. 밀러는 33세에 슈베르트는 그 다음 해 31세에 가난과
고독과 질병으로 죽었다. 이 가난한 예술가는 무상으로 650곡이 넘는 가곡, 교

향곡, 실내악, 기악곡, 교회음악 등 모두 1200여곡을 인류에게 유산으로 남겼다. 거의 매일 1곡씩 작곡을 해도 3~4년이 걸리는 방대한 양이다. '불꽃같은 삶'은 이런 경우를 두고 한 말일 것이다.

가곡이란 시에 음악을 붙여 만든 서정적인 노래를 말한다. 뮐러의 시에 곡을 붙인 가곡집 '아름다운 물방앗간 아가씨1823'와 '겨울나그네1827'는 '백조의 노래'와 함께 슈베르트의 3대 가곡집이다. 이것으로 그는 훗날 독일 가곡 리트Lied의 완성자로 평가받는다. 서양 3대 가곡歌曲은 독일의 리트Lied, 이태리의 칸초네Canzone, 프랑스의 샹송Chanson을 말한다.

가곡은 역사, 사회, 전통, 관습, 지역, 정서, 민족성 등에 따라 기본적인 틀을 바탕으로 독자적으로 자연스럽게 만들어진 노래이다. 이 3대 가곡 역시 각국의 고유한 문화적 특성과 언어로 만들어졌으므로 문화적 언어적 배경을 잘 알아야 한다. 가곡은 시에 음악을 결합한 장르이므로 시적인 내용이 전달되는 것도 중요하다.

어려서부터 재능이 있던 슈베르트는 궁정 성가대에 들어가 배울 때 모차르트1756-1791에 경도되기도 했다. 15세에 샤레리에게 배운 후에는 정식 음악 교육은 받지 않았다. 그는 가난하고 고독하며 병약한 아픔을 자양분삼아 예술에 몰두했다. 안경을 쓴 촌스런 외모 때문에 열등감이 많아 오로지 펜과 오선지로 자신의 음악세계를 열어갔다.

그는 결국 당대에 세상의 인정을 받지 못했다. 같은 빈에 살면서도 존경하는 베토벤1770-1827을 겨우 한번 만났다고 한다. 베토벤이 죽은 다음 해에 슈베르트도 따라 죽었다. 훗날 이러한 사연을 전해들은 빈 사람들은 빈의 중앙묘지에 좌측은 베토벤 우측은 슈베르트의 무덤을 나란히 묻어 늘 함께 있게 해주었다.

앞에서 소개한 까미노길 비아나 부근에서 칼에 찔려 죽은 체사레 보르자도 슈베르트처럼 31세에 요절한다. 한참 인생을 즐기고 고뇌해야할 젊은 나이였다. 가난에 찌들리고 병약해 지친 몸에 무거운 멍에를 지고 영원히 돌아올 수 없는 길로 떠났다.

"사랑에 실패한 젊은이가 한겨울 이른 새벽 여인의 집 앞에서 이별을 고한다. 실연의 아픔을 잊으려고 눈 덮인 들판을 방황한다. 얼어붙은 스산한 겨울 들판을 헤매는 자의 심연 속으로 절망과 죽음의 어두운 그림자가 찾아든다. 늙은 떠돌이 악사에게 함께 겨울 나그네 길을 같이 떠나자고 한다."

가사가 된 뮐러의 시도 그렇지만 곡에도 어두운 절망과 비애가 깔려 있다. 사람들이 이렇게 절망과 비애가 깃든 음악을 좋아하는 이유는 뭘까?

비극은 사람을 강하게 한다!

그리스 아테네가 페르시아와 전쟁에서 승리한 후 민주주의의 전성기를 구가했지만 비극이 성행했다. 승리의 전승가戰勝歌가 울려 퍼지면 점령군들은 일단 무거운 소총과 탄띠를 풀고 무장해제를 한다. 더 이상 사람을 죽이는 짓이 아닌 술과 미식을 즐기고 여인과 사랑을 꿈꾼다. 커다란 술잔을 앞에 두고 점령지의 여자들을 옆에 끼고 술을 마시는 화려한 휴가가 시작된다. 그러나 이런 휴가는 도끼자루가 썩는 신선놀음이 될 수 있다. 이런 상황에서 비극을 관람하는 것은 아주 성숙한 사회적 의미가 있었다.

태평성대에는 사람의 마음도 늘어지고 나태하며 이완弛卽氣緩된다. 승리감에 젖어 있는 자들의 오만하고 무례하며 불경하고 방자한 마음을 비즉기소悲卽氣消하면서 없애준다. 전쟁이 끝난 후 늘어지고 나태하며 이완된 마음을 울결憂卽氣鬱시켜준다. 슬픔과 우울함을 통해서 태평성대에 젖어서 오만방자한 마음을 추스르고 가다듬으면서 강해지는 것이다. 그리스의 비극 관람은 동양의 와신상담臥薪嘗膽 같은 것이다.

'겨울나그네'의 연가곡처럼 슬프고 절망적인 노래가 게르만인들에게 미친 영향은 슈베르트의 의도와 상관없이 강한 '사회적 메시지'를 주기도 했다. 게르만족이 다른 민족에 비해 깨어 있는 것은 슈베르트의 음악적 성향과도 관련이 있다. 독일이 유난히 깨어 있는 정신이 필수적인 철학, 고전음악, 정밀 기계, 인쇄, 광학 등이 발달한 이유를 상상해 본다.

한국인을 대표하는 정서가 한恨과 흥興이라고 한다. 이것은 동전의 양면과 같고 수레의 양쪽 바퀴와 같다. 한恨이라는 것은 오랜 세월을 두고 쌓이고 맺히는 것이다. 맺히고 쌓인 감성을 풀어내는 것이 흥興이다. 일본의 친한파로 한국의 문화와 민예에 깊은 관심을 가진 야나기 무네요시유종열. 1889~1961가 조선의 대표적인 정서를 한恨이라고 한 것은 반쪽만 본 편견이다.

태평성대에는 비극이라는 상대성을 즐길 줄 안 그리스인들의 지혜를 엿볼 수 있는 대목이다. 그리스가 성숙한 사회였다는 반증이고 예술이 국가를 지키는 무형적인 힘이 되기도 한다. 나태하고 헤이해질 때 슈베르트의 '겨울나그네'를 들으며 마음을 추슬러 보자.

아이를 낳게 하는 영험이 있는 산후안 데 오르떼가의 산니꼴라스교회

쐐기풀의 성인, 후안 산 후안 데 오르떼가

벨로라도를 지나 또산또스에 이른다. 도로에 인접한 넓은 주차장, 약국, 보건소, 학교 등과 인접한 휴게소가 있는 비야쁘랑까 몬떼스 데 오까이다. 비야쁘랑까Villafrancas라는 지명은 Villa집, 마을+ Francas프랑스인들로 '프랑스인들의 마을'이란 뜻이다. 성지순례를 왔거나 초청받은 장인匠人으로 프랑스인들이 모여 사는 마을에서 유래되었다.

9세기 이전부터 순례자들을 받아온 오래된 마을이지만 지금은 넓은 주차장에 트럭과 자동차들로 연중무휴 활기를 띠어 시끄럽고 번잡하다. 이곳 휴게소에서 많은 순례자들이 쉬고 있었다. 우리도 빵과 과일과 0.9유로되는 맥주Cerveza를 사서 노역의 갈증을 풀어본다. 휴식과 에너지 보급을 하고 가파르게 오르면 바로 산안똔 성당이 나온다. 14세기 말 까스띠야 왕국의 왕비 후아나 마누엘Juana Manuel의 명으로 지어졌다.

자비 넘치는 왕비의 구호소Hospital de la Reina로 알려진 만큼 다른 곳보다 음식을 풍성하게 주어서 많은 순례자들로 붐볐다. 성당에 들어가니 신부님 한 분이 순례자 여권에 세요스템프를 찍어준다. 천천히 느긋하게 세세하게 성당을 살펴보고 다시 가파른 언덕을 땀이 흥건하도록 올라가니 푸엔떼 데 모하 빤Fuente de Moja pan, 빵을 적시는 샘이 있다. 참나무 신갈나무 소나무 숲이 시원하게 펼쳐진다.

여기에서 조금 더 가면 '누구를 위하여 종은 울리나' 소설의 배경이 된 스페인내전1937~1939 때 전사한 이들을 기리는 까이도스 기념비가 있다. 내전이 한창이던 1938년 숫자가 보인다. 이제 내리막이 주를 이룬다. 소나무 숲을 가로지르는 까미노를 달려간다.

아름다운 성당이 있는 유서 깊은 마을에 도착한다. 이 마을의 이름은 앞에서 설명한 산또 도밍고의 제자인 '산 후안'의 이름을 따서 산 후안 데 오르떼가이다. 한적한 오지에 오래된 건물들이 성스러우면서 기품을 잃지 않고 오랜 세월 단단히 버티고 서 있다. 산 후안은 스승 산또 도밍고처럼 순례자 길을 만들고 보수하며 다리, 병원, 호스텔, 성당 등을 지으며 일생을 바쳤다. 이 지역은 순례자들의 소지품과 지갑과 목숨을 노리는 위험한 산적, 강도, 좀도둑, 맹수 등이 있고 쐐기풀오르떼가이 무성한 깊은 오지에 수도원과 교회당을 세웠다. 먼 길을 오가는 순례자들에게 이 수도원의 존재 자체가 얼마나 큰 안도감을 선사했겠는가!

산 후안은 예루살렘으로 성지 순례를 갔다가 배를 타고 돌아오는데 폭풍우를 만나 난파되어 익사할 뻔한 것을 구해준 이가 있었다. 그는 순례에서 돌아와 수도원과 교회당을 지어 그San Nicolas de Barri에게 봉헌했다. 물론 예배당은 개인의 사유물이 아니므로 고마움의 표시를 그렇게 했다는 뜻이다.

산후안은 다산多産과 관련된 전설이 있다. 산후안이 죽은 후 누군가 석관을 열었더니 꿀벌 떼가 날아오르고 향긋한 냄새가 피어올랐다. 사람들은 이 꿀벌들이 아직 태어나지 않은 수많은 영혼으로 산 후안이 그 벌을 돌보는 존재라고 생각했다. 그래서 신앙심이 깊은 여인들이 여기에서 기도를 해서 아이들 갖는 일이 많았다고 한다.

그 소문을 듣고 오랫동안 아이가 없던 까스띠야의 여왕 이사벨라가 이곳을 방문해서 기도하고 사내아이를 낳아 그의 이름을 따서 후안Juan이라고 지었다. 그러나 아이가 죽자 다시 이곳을 방문한 후에 딸아이를 낳아 후아나Juana라고 이름을 지었다. 아이를 얻은 기쁨에 여왕은 '산 니꼴라스 데 바리 교회당'을 다

오래되고 낡은 흔적이 있는 폐허가 된 발뿌엔떼쓰 공소와 낡은 이정표

시 세우게 했다. 12세기에 지어진 교회는 후에 폐허가 되었지만 부르고스의 주교에게 돕도록 하여 15세기에 복원되어 오늘에 이르렀다. 이 예배당은 춘분과 추분 각각 오후 6시와 7시에 태양빛이 동방박사에게 수태고지하는 성모 마리아를 비추게 지어졌다.

산 후안은 이 교회당의 지하에 묻혀 있다. 이사벨라 여왕은 그에게 고딕양식의 석관 덮개를 하사하였다. 이 석관에는 그의 일생, 꿀벌의 전설, 바다에서 나타나 자신을 구해준 '산 니꼴라스 데 바리'가 함께 조각되어 있다고 한다. 그래서 산 후안 데 오르떼가쌔기풀의 성인 후안가 되어 역사에 길이 남게 되었다.

우리는 지금 부르고스로 간다!

잠시 휴식을 취한 후 다시 부르고스를 향해서 패달을 밟았다. 전년에 도로를 타고 가서 이번에는 철저하게 까미노로만 가기로 했다. 관목 숲과 소나무 숲을 통과하면 정상 부근에 큰 나무 십자가가 있다. 여기에서 아헤스Ages를 지나 아따뿌에르까Atapuerca까지는 도로와 함께 간다.

아따뿌에르까 인근에서 1994년 인류의 조상으로 간주되는 80만년 전에 살았던 호모 엔티세서Homo Antecessor가 발굴되어 UNESCO의 세계 문화유산으로 지정되었다. 이곳에서 다시 거친 오르막을 힘들게 타고 올라가면 십자가가 있는 봉우리Cruceiro, 1070m가 나온다. 이 봉우리에서 멀리 부르고스가 보인다. 전형적인 아름다운 MTB코스이다. 이 고개를 지나면 완만한 평야와 밀밭과 해바라기 밭들이 전개된다.

부르고스여 기다려라. 그리고 언덕이여 안녕! 까미노 부근의 오래된 집들은 대부분 돌로 지은 단단한 집들인데 이 지역에서는 가끔 나무와 흙으로 벽을 바른 집들이 보인다. 물론 이 흙들도 회가루와 섞여서 시멘트처럼 단단하긴 하다. 부르고스까지 가는 이 완만한 평야의 육감적인 모습이 기억에 남는다. 평평한 대신 바람이 다소 세게 불어 더디게 간다. 드디어 부르고스에 도착한다. 부르고스Burgos는 성城이나 산山을 뜻하는 베르그Berg와 어원이 비슷하다. 부르고스는 '튼튼한 마을 방어탑'을 일컫는다고 한다.

메세따

18

메세따의 황량한 대지와
거침없는 하늘

인생에는 진짜로 여겨지는 가짜 다이아몬드가 수없이 많고,

반대로 알아주지 않는 진짜 다이아몬드 역시 수없이 많다.

— 타거 제이

가톨릭 교회가 토지의 대부분을 독식하는 경제구조

부르고스의 13세기 건축물로 산따마리아 대성당의 위용은 장엄하고 아름답고 감동적이다. 이 성당은 세비야에 있는 이슬람교 모스크를 개조한 '히랄다 대성당' 다음으로 스페인에서 제일 큰 성당이다. 외양에 떨어지지 않게 정교한 내부의 새김과 장식은 감탄을 자아내기에 충분했다. 상상을 초월한 대성당을 건축하기 위해 얼마나 많은 백성, 기술자, 장인, 예술가가 동원되었을까? 수많은 사람이 흘린 땀과 고혈과 눈물이 성스럽고 거룩함으로 다가온다. 의외로 생각하겠지만 유럽의 스페인과 아프리카 모로코에서 제일 가까운 곳이 약 14km 정도로 최근 기사를 보니 장애인 2명이 5시간 만에 수영으로 종단하였다고 한다.

북아프리카를 서진해서 지중해의 병목이랄 수 있는 지브롤터 해협을 배를 타고 건너온 당시 선진문명인 이슬람 세력이 들어와 젖과 꿀물이 흐르는 스페인 남쪽을 지배하였다. 까미노를 통해서 피레네 너머 서유럽의 지원을 받은 북쪽의 여러 가톨릭 왕국들은 남쪽보다 더 기름진 일망무제 메세따의 깜뽀스Campos, 농경지를 지키면서 남쪽 이슬람교 왕국들과 종교를 빙자한 영토전쟁을 벌인 것이 국토 재정복운동Reconquista이다.

사람의 삶에서 땅은 종교보다 상위개념이었다. 이 전쟁 기간에는 중앙집권적인 강력한 왕권과 가톨릭 교회들의 신권은 무소불위한 힘을 가지면서 땅에 집착하였다. 20세기 초까지 가톨릭 교회가 500년이 넘게 토지의 대부분을 독식하는 경제구조여서 기층민중들은 노예적인 삶을 살았다.

순례자길을 가면서 시골 오지에 어떻게 거대한 성당과 교회 성채들이 세워졌을까 의문을 가진 적이 많았다. 답은 이러한 창과 방패矛盾를 살펴보면 쉽게 알 수 있다. 권불십년도 긴 세월인데 수백 년5백여 년 길고 긴 세도에 지친 민중들은 까스띠야-아라곤 연합왕국의 탄압에 반발하여 지역들끼리 세력을 규합한 크고 작은 저항운동을 계속했다.

부르고스는 1037년 까스띠야 왕국의 수도였고 레꼰끼스따가 완료된 1492년까지 까스띠야 이 레온 연합왕국의 수도였다. 17세기에 중앙정부가 마드릿으로 옮겨간 이후 쇠퇴했다. 스페인 내전1939~1939에서는 친 프랑꼬 측에 섰다. 집권 후 선물로 직물, 화학, 고무 공장 등을 세워주어서 오늘날 중요한 산업도시의 기틀을 잡았다.

먹어야 달린다! 에로스eros와 아로스arroz

먹어야 산다는 실존적인 용어는 우리에게 '먹어야 달린다'로 적용된다. 산후 안 데 오르떼가에서 멀리 보이는 도시를 향해서 질주하듯 달렸다. 스산한 바람이 온 몸을 스치면서 rpm이 높아진 공랭식 엔진을 식혀주고 있다. 아 얼마만인가! 도시에 자동차와 건물들 수많은 간판과 네온 불빛들 모든 인공적인 대상들이 그립고 반가웠다. 인간의 위대함은 도시를 보면 안다.

우리가 도시에 살 때에는 회색빛 도시의 비정함을 이야기하면서 늘 자연을 그리워한다. 그러나 거친 오지와 낯선 시골에서 며칠간 달리다보면 지겨웠던 도시도 그리워진다. 인간이 익혀온 습習이 오래되어 버릇이 되면 습관習慣이 된다. 이러한 단순한 고행으로 익숙함과 버릇은 쉽게 지워지지 않는 모양이다.

'오르막이 오래되면 반드시 내리막升久必降이 있고 내리막이 오래되면 반드시 오르막降久必升이 있다'란 음양의 운동이 시공간 속에서 완급을 조절하면서 이어진다.

도시에 대한 갈증도 시간이 지나가면 권태와 지루함으로 변해서 다시 흙냄새가 그리워진다. 시내에 들어와 노란 화살표와 조개표시를 따라간다. 부르고스의 아파트 지대를 지나 대형 SIMPLY 체인점에 들어갔다. 먼저 우리가 일용할 쌀을 사기로 했으나 라이스Rice를 아는 사람이 없다. 다른 것은 몰라도 한국인은 쌀에 관한 한 포기나 양보는 없다. 젊은 여성에게 메모지에 'RICE'라고 써주었다. 이 사람 저 사람 수소문해보니 라이스Rice가 스페인어로 아로스Arroz였다. 우리는 아로스를 배웠고 그들은 라이스를 배웠다.

인류역사를 지탱해 온 것은 쌀의 역사이다. 쌀 한 알이 썩어 싹이 트면 44알이 나오고 밀은 그 절반인 22알 정도 나온다. 인류가 번성한 것은 에로스eros, 관능적 사랑가 없었으면 불가능했다. 인류를 번성케 한 에로스eros를 가능하게 한 것이 아로스Arroz였다. '내가 죽고서 네가 사는 삶'을 실천한 가장 낮은 곳에 아로스Arroz, 쌀가 있다. 이제 충분한 쇼핑을 했으니 적당한 자리를 잡은 후 몸 속에 넣어 무장하기로 했다.

버드나무 노란 낙엽들이 포장도로를 휩쓸고 지나간다. 가을의 가슴 저리는 숙살지기가 사무치게 피부를 감싼다. 부르고스 시내 서쪽 끝 무렵에 있는 조용한 교회당 옆 한적한 공터에 자리잡고 쇼핑해온 음식을 자르고 쪼개고 마시고 먹었다. 빵, 오렌지잼, 올리브유, 쵸리소, 하몽, 꼬냑 등 성찬이다. 이렇게 늘 에너지 소모가 많은 먼 길을 갈 때는 맛있는 음식을 먹는 즐거움은 달리기 위해서 먹는다는 냉혹한 목적성으로 변한다. 프랑스 현대 실존주의 철학의 쌀샤르트르과 보리보브와르중 쌀이라고 할 수 있는 샤르트르의 '실존은 본질에 앞선다'는 이야기일 것이다.

고요한 평화의 땅, 메세따를 향해서 달린다!

나그네는 길에서 머물지 않는다. 지나간 수많은 선행객들을 따라가야 한다. 버드나무, 미류나무 이파리들이 대지에서 뒹군다. 까미노는 어디를 가든 정겹다. 오래되어 친근해져서 날을 드러내지 않기 때문이다. 배가 부르니 충만한 연료를 소모하기 위해서는 달려야 한다. 따르다호스를 향해서 달리고 그 다음 메세따 봉950m을 넘어 메세따Meseta 고원으로 들어간다.

원죄를 묻는 길고 가파르고 고통스런 모스뗄라레스 고개(1,050m)지만
위에는 용서와 자비가 기다리고 있다.

스페인어로 Mesa는 '책상'을 의미하므로 '책상처럼 우뚝 솟은 평평한 곳'을 뜻한다. 이곳은 평화롭고 고요한 흙길로 끝없는 평야의 연속이다. 비가 오면 처절한 길로 변하지만 지금은 그렇지 않다. 완만한 평야에는 주로 밀과 보리가 심어져 있고 가끔 해바라기를 심은 곳도 있다. 양떼들이 지나가면서 길을 막기도 한다.

대개 이 지역은 600~700m정도의 평평한 고원이다. 메세따는 놀랍게도 스페인 전체 면적의 2/5 정도로 중부고원까지 이어진다. 나무 한 그루 없는 끝없는 밀밭이 일망무제로 펼쳐진다. 가슴이 막히고 답답하며 억울하고 화병이 있는 사람들은 메세따의 하늘과 바람과 펼쳐진 대지를 보면서 걸으면 자연스럽게 치유가 될 것 같다.

따르하도스를 지나간다. 쁘라오또레 샘을 지나 메세따 봉을 올라가면 내리막길 이름이 '노새를 죽이는 내리막길Cuesta atamulos'이다. 당나귀 또는 말보다 훨씬 힘이 좋고 강한 놈이 노새인데 이 내리막은 노새를 닮은 라이더들은 조심해야 한다. 앞 브레이크를 잘 잡고 내려가야 한다.

더 내려가면 오르니요스 델 까미노란 마을이 나온다. 오르니요스Hornillos라는 이름은 '작은 화로, 오븐'이란 뜻이다. 광장 교회 앞에 푸엔떼 델가요Fuent del Gallo, 수탉의 샘가 있다. 오르니요스에서 오르막길을 오르면 평지가 나온다. 6km를 더 가면 발병을 치료해주는 샘이 있는 산 볼San Bol이 나온다. 계속 메세따를 가면 계곡 아래 숨어 있는 오아시스 같은 순례자 마을 온따나스Hontanas가 있다. 순례자를 제외하고 들르는 사람이 거의 없는 은둔의 마을이다.

산 미겔을 지나면 산 안똔이 나온다. 다시 5km를 더 가면 까스뜨로헤리스가 나온다. 이 마을은 인구 1천 명 정도의 조용한 마을이다. 7월에 마을 축제가 있어 마늘 줄기를 엮는 경연대회가 있다. 이 고요한 마을의 과거는 화려하다. 파괴된 성과 여러 개의 수도원들이 그것을 증명하고 있다. 이곳에서는 북쪽 그리스도 교인들과 남쪽의 이슬람교도 간에 접전이 일어난 곳이다. 중세시대에는 8개의 순례자 병원이 있는 중요한 까미노의 기착지였다. 산꼭대기에 지어진 성 Castillo은 아름다운 경치의 중간에 우뚝 솟아 있다. 이 성은 로마시대 시이저와 폼페이우스가 세웠다는 설이 있지만 고고학자들은 그 이전에 세워졌다고 한다. 서고트족, 이슬람교도, 가톨릭교도 순으로 주도권이 넘어갔다. 언덕 아래 와인 저장고Bodega가 지하에 묻혀 있다.

마을을 지나면 이름만큼 긴 모스뗄라레스 고개를 힘들고 지루하게 올라가야 한다. 이 고개는 오전에는 바이크를 타고 올라가도 되지만 오후에는 내려 걸어가는 것이 예의이자 겸손이다. 고개가 한없이 길고 가팔라서 힘이 있는 오전에는 타고 올라가지만 지친 오후에는 끌고 가야 한다는 말이다. 고개에 오르면 멀리 아득한 지평선에 하얀 풍차가 열을 지어 서 있는 모습이 보인다. 이 고개에는 나무로 지어진 소박한 쉼터가 있다.

우리만의 천국, 이떼로 데 라 베가

석양이 저물어 가면서 마지막으로 강렬한 붉은 노을을 만들어내는 서쪽 하늘을 향해 내리막길을 질주하기 시작했다.

오늘 달려 온 길은 부르고스 지방이었다. 삐수에르가 강을 건너 빨렌시아Palencia 지방에 들어선 것이다. 이 지역에는 나무와 돌이 별로 없고 붉은 태양에 물

까스뜨로헤리스에 있는 멋진 성(유적)

든 붉은 땅이 만연하다. 그래서 주요 건축재가 흙벽돌이다. 도작稻作문화권에서는 짚을 황토와 잘 섞어서 벽을 바르지만 이곳에서는 밀짚과 붉은 흙을 잘 반죽해서 흙벽돌을 만든다. 강과 운하가 비옥한 땅을 관개하여 넓은 경작지에서 많은 밀을 생산해낸다. 저문 하늘을 보니 마음이 바쁘다.

오늘 우리가 머물 곳은 무조건 제일 먼저 만나는 알베르게이다. 먼저 내려가서 마을사람들에게 알베르게를 물어 빨리 잘 곳을 마련해야 한다. 동네 할아버지의 안내를 받아 간 곳이 성당 뒤에 있는 '이떼로 데 라 베가' 지자체 호스텔이었다. 이 할아버지는 관리인 집으로 차를 태워다 주어 관리인 아주머니를 만나 문을 열 수 있었다.

메세따의 이 알베르게는 우리가 유일한 손님이었다. 안내해준 할아버지에게 간단한 보디랭귀지로 설명하고 한방파스를 드렸다. 그러나 알베르게 여주인은 소화불량에 구취가 심하게 나서 komsta의 명약 영신환을 처방해주었다. 이 알베르게는 1인당 7유로였다. 이곳에서도 밥짓고 국 끓여서 풍성한 식사를 하기로 했다.

망중한忙中閑과 독립된 공간의 자유를 음미한다. 아무 것도 없는 메세따의 황량한 대지와 거침없는 하늘이 어느새 마음 한 곳에 자리 잡고 있다. 이제는 겨울의 앙상한 바람소리가 두렵지 않다. 내일 또 메세따 평원을 바람과 맞서서 달릴 것이다.

19

끝이 보이지 않는 들판
끝이 없는 순례

채우려면 먼저 버려야 한다.

버리고 비우는 일은 결코 소극적인 삶이 아니라 지혜로운 삶의 선택이다.

버리고 비우지 않고는 새것이 들어설 수 없다.

공간이나 여백은 그저 비어 있는 것이 아니라

그 공간과 여백이 본질과 실상을 떠받쳐주고 있다.

— 법정

까스띠야 운하

오늘 가는 곳은 빨렌시아 지방이다. 3명이서 너른 방을 독차지하는 호사를 끝내고 아침 일찍 식사를 하고 출발했다. 장갑과 양말을 든든하게 무장했지만 손과 발이 시려온다. 이렇게 추울 때는 순례자 보기가 아주 드물고 희귀한데 안개 자욱한 너머로 순례자 2명이 가고 있다. 아버지와 세뇨리타señorita, 딸로 보이는 에스빠뇰Español, 스페인 사람이다. 이들과 간단히 안부를 묻고 떠난다. 허술한 옷 사이로 밀려드는 차가운 바람은 기분을 잠시 서늘하게 한다.

이떼로데라베가를 떠나서 바로 삐수에르가 강과 연결된 삐수에르가 운하를 건너면 만나는 널따란 언덕이 빨렌시아 지방의 띠에라 데 깜뽀스Tierra de Campos

의 정점이다. Tierra는 '땅, 대지'이고 Campo는 '경작지 들판'이란 뜻이다. 띠에라 데 깜뽀스는 사하군의 뻬수에르가와 시아 강 사이에 펼쳐져 있는 광대한 평야이다. 이 언덕을 넘어가면 나오는 보아디야 델 까미노를 지나 까스띠야 운하 Canal de Castilla를 따라가는 버드나무 길을 달린다.

프로미스따에서 가장 근대적인 인프라는 까스띠야 운하로 까리온 강과 뻬수에르가 강의 물을 띠에라 데 깜뽀스 평원에 고루 관개하기 위해 만들어졌다. 1753~1859년 약 100여 년 간 만들어진 까스띠야 운하는 약 207km이고 수문이 49개가 있다. 까스띠야 내륙 지방과 북쪽 대서양 깐따브리아 해안과 이어졌다. 이 운하는 관개는 물론 곡물 운반, 낙차를 이용해 밀 방앗간을 돌리기도 했다.

한창 때는 '띠에라 데 깜뽀스'의 곡물을 하루 400척에 달하는 노새가 끄는 곡물 운반선에 실어 운반하다가 1959년 이후에는 화석연료를 쓰는 대형트럭으로 바뀌었다. 이후엔 경작지를 적셔주는 관개목적으로 사용되고 가끔 배를 타고 운하를 따라 이동하거나 말을 타고 운하를 따라 달리기도 한다. 이 운하를 따라가다가 까스띠야 운하의 갑문閘門 위를 조심스럽게 건너간다.

종려 이파리를 들고 가는 예루살렘 순례자, 빨메로Palmero

내륙인 프로미스따에 뱃사람 수호성인이 있는 것은 기이한 일이다. 뱃사람의 수호성인 산뗄모St. Elmo가 12세기 프로미스따에서 태어나고 갈리시아에서 설교하며 살았고 까미노 데 포르투갈에서 죽었다. 이곳에는 그의 이름을 딴 산뗄모 광장이 있다.

프로미스따Fromista는 어원이 '곡식'을 뜻하는 라틴어 Frumentum에서 유래될 정도로 고대 로마에 많은 밀을 제공한 주요 곡창지대였다. 그래서 곡물 운반선에 편승하여 로마나 예루살렘으로 성지순례를 가는 지점이기도 했다. 이곳 유서 깊은 순례자 병원 Hosteria Las Palmeros의 이름에는 '종려나무palm잎을 들고 예루살렘으로 가는 순례자'를 뜻하는 빨메로Palmero가 있다. 여기에서는 정통 까스띠얀 음식을 맛볼 수 있다.

스페인 북단에서 로마나 예루살렘을 가려면 육로로는 너무 멀어 불가능하다. 로마를 오고 가는 곡물 운반선을 타는 것이 가장 쉽다. 그래서 산띠아고 순례자길에서 특이하게 프로미스따가 예루살렘으로 성지순례 가는 거점이 된 것이다.

11세기에 봉헌된 순수하고 완벽한 스페인식 로마네스크 양식의 아름다운 산 마르띤 성당Iglesia de San Martin은 절묘한 비율을 자랑한다. 1900년 쯤 복원된 이 성당에는 특이한 것들이 많다. 날씬한 탑과 문과 아치, 여러 가지를 상징하는 얼굴, 동물, 당나귀, 음악가, 곡예사 등 각각 다른 장식의 주두柱頭와 300개가 넘는 추녀 받침이 매우 독특하다.

성당 내부는 완벽한 로마네스크 양식으로 식물, 동물, 복잡한 장식이 새겨진 주두가 있고 13세기의 십자가상과 조각상들도 있다. 성당 내부 주두에 새겨진 인물들은 중세 석공들의 비밀결사 장소를 가리키는 것으로 알려져 오늘날까지도 그 후손들에게 은밀한 상징이고 수수께끼라고 한다. 산 마르띤 광장이 한 쪽에는 치즈queso박물관이 있다. 이곳 치즈는 알폰소 12세의 황실에 공급하면서 유명해진 최상의 치즈이다.

프로미스따 운하의 수문-하루 400여대의 곡물운반선이 다녔다고 한다.

끝없이 넓은 들판 깜뽀스Campos

'프로미스따'부터 포장도로와 까미노가 함께 간다. 농경지를 뜻하는 깜뽀스Campos가 붙은 곳은 대규모 들판이 있는 곳이다. 마을을 지나 '뽀블라시온 데 깜뽀스'가 나온다. 우시에사 강을 건너 '레벵가 데 깜뽀스'를 지나 다시 '비야르멘 뗴로 데 깜뽀스'가 나온다. '깜뽀스'가 많은 이곳은 한국의 김제평야나 김해평야 같이 드넓은 농경지이다.

포장도로 옆에 인공적으로 낸 길을 센다Senda라고 한다. 이 길은 원래 '동물이나 사람의 통행을 위해서 낸 좁은 길'이라는 의미이다. 자연적으로 형성된 길을 까미노, 도로를 따라서 만들어진 인공적인 길을 센다라고 부른다.

'깜뽀스' 여러 마을을 지나가며 우시에사 강과 멀리서 가까이서 거리를 유지했다. '쁘로미스따'에서 15km 정도 더 가면 13세기 순례자들을 보호했던 템플기사단 지부가 있었던 비얄까사르 데 시르가Villalcazar de Sirga, 운하뱃길마을, 약칭 비야시르가에 도착한다.

템플기사단의 '순백의 성모 마리아 성당Santa Maria la Blanca'에는 수많은 기적을 일으킨 순백의 성모 마리아상像이 있고 지하에는 왕족과 귀족들의 무덤이 있다. 남쪽에 고딕양식의 원형으로 된 장미창rose window은 대리석으로 된 장미 무늬 안에 스테인드 글라스가 붙어 있다. 이 장미창은 부르고스 대성당이나 레온 대성당 등에서 흔히 볼 수 있다.

센다Senda에 까미노 표시가 된 하얀 기둥이 계속된다. 겨울 찬 들녘 바람을 맞으면서 센다를 따라 '까리온 데 로스 꼰데스Carión de los Condes'로 들어왔다. 중세 시대에 구불구불한 길이 그대로 남아 있는 골목길로 들어가 식품점 슈퍼마켓을 찾았다. 바케트 빵과 잼, 버터 치즈, 포도, 사과, 우유, 쥬스 등을 구입한다. 나그네들은 무게가 무거운 순으로 먹는 것이 원칙이다. 이곳은 한때 국경지역의 중요한 요지였다. 14개의 순례자 병원이 있을 정도로 번성했다. 지방 지역의 중심지로 까리온의 백작 레오네세 베니 고메스Leonese Beni Gomez의 가문이 있다.

이 곳은 만 명이 넘는 주민들이 살았지만 농업이 기계화되면서 타지로 떠나 지금은 2,500명 정도 살고 있다. 이 근처에 13세기 이탈리아 아시시의 성 프란치스코San Francisco de Asisi가 머물다 갔던 '라 삐에닫 예배당Ermita de La Piedad'이 있다. 12세기의 까미노의 성모마리아 성당Santa Maria del Camino 입구에는 기적을 묘사한 부벽扶壁, Buttress이 있다.

이슬람 지배자들은 매년 '100명의 처녀doncellas를 바치라'고 했는데 이 지역에 4명의 처녀가 할당되었다. 무어인들이 왔을 때 처녀들과 마을 사람들은 성모마리아에게 간절히 기도했다. 지성이면 감천! 목장에 있어야할 황소들이 갑자기 나타나 무어인들을 향해 질주해 처녀들을 구했다고 한다. 이 황소는 간절한 처녀들에게만 보였지만 믿음이 없는 사람에게는 안 보였다. 조주선사의 선문답에 '개에게도 불성이 있는가' 라는 화두가 있다. 그렇다면 묻는다. 황소에게도 영성이 있는가?

2천년 된 길 깔사다 로마나

이 마을에서 까리온 강을 건너면 포플러가 심어진 비포장 까미노가 나와 속이 후련해진다. 무거운 간식부터 먹기 시작했다. 넉넉한 꼬냑도 한잔씩 하면서 무게를 줄였다. 산소일로에는 과거에 웅장한 수도원이 있었다는데 지금은 호텔만 있다. 조금 더 가 우측편에 '좋은 삶'Bene vivere을 뜻하는 산따 마리아 데 베네비베레Benevivere 수도원 유적이 있다.

조금 더 가면 깔사다 로마나Calzada Romana, 로마가도, 2천년전길로 일망무제 망망대로 12km나 뻗은 고대 로마시대 때부터 있었던 길Via Aquitana이 있다. Via Aquitana 는 Via Trajana로도 불린다. 로마가도는 2천년이 넘었지만 지금도 멀쩡하게 남아 있어 사람과 역축은 물론 역사와 문화가 흐르는 길이다. 이 길을 만들면서 이곳에서 나지 않는 토목용 자재 수천 톤을 멀리서 운반해왔다.

샘터를 지나 고대에 가축이 지나다니는 '까냐다'를 지나간다. 깔사다 로마나 는 사아군에서 '까미노 데 마드릿Camino de Madrid'과 이어져 리베리아 반도의 남쪽과 연결된다. 유적에서 4.5km를 전진하면 사거리가 나오는데 다시 7km를 전진하면 긴 이름의 깔사디야 데 라 꾸에사Calzadilla de la Cueza 라는 작은 마을이 있고 여기서 5.2km를 가면 레디고스가 나온다.

레디고스를 지나서 당도한 '떼라디요스 데 뗌쁠라리오스Terradillos de los Templarios' 는 생장피에드포르와 산띠아고 사이 꼭 중간이다. '별들의 들판'까지 한 400km 정도 남은 것이다. 이곳은 템플기사단의 근거지였으나 흔적도 없고 뗌쁠라리오스Templarios라는 지명에만 남아 있다. 여기 뗌쁠라리오스 강은 비알까사르 데 시르가 사이를 흐른다. 이곳 역시 템플기사단과 관련 있는 마을이다. 프랑스 출신 마지막 기사단장Grand master '쟈끄 드 몰레Jacques de Molay'만 알베르게의 이름이 되어 남아 있을 뿐이다. 용사들이여 힘을 내라. 이제 중간을 넘었으니 갈 길이 멀지 않도다. 청천하늘에 별도 많고 까미노에는 교회도 많아라!

이곳을 지나면 모라띠노스 마을엔 샘이 있고 멋진 지하 와인저장고가 있다.

다음에 '산니꼴라스 델 레알 까미노'란 이름만 긴 작은 마을의 교구 성당은 진흙에 밀짚을 넣고 비벼 만든 흙벽돌로 지어졌다. 이곳은 빨렌시아 주의 마지막 마을로 곧 레온 주州의 사하군이 나온다. 조금 더 가서 세끼요 강을 건너고 나면 빨렌시아와 레온의 경계 표석이 나온다.

중세 교회권력 중심지, 사하군Sahagun

발데라두에이 강의 다리를 건너면 바로 나오는 '다리의 성모 예배당Ermita de la Virgen del Puente은 사하군에서 많이 볼 수 있는 이슬람의 무데하르Mudejar 양식 건축이다. 철도를 건너 마을로 들어가기 전 좌측편에 투우장Toro이 있다. 사하군은 남쪽에서 온 '까미노 데 마드릿Camino de Madrid'과 동쪽에서 온 '까미노 데 프란세스Camino de Frances'가 만나는 곳이다. 남쪽 마드릿에서 북상하여 사하군에서 만난 다음 방향을 서쪽으로 돌려 레온을 거쳐서 산띠아고로 가는 것이다. 번거롭지 않게 마드릿에서 출발해 사하군에 도착하는 방법도 생각해볼 만한 코스이다. 사하군은 이 지역의 수호성인 산 파꾼도가 자기 이름의 산파꾼도 수도원을 세우고 나중에 여기에서 순교했고 지금은 산 후안 교회에 묻혀 있다. San Facundo를 뜻하는 라틴어 Sanctum Facundum聖所에서 이름이 유래했 다.

알폰소6세는 자기 형 산쵸 2세와 전쟁을 하면서 사하군의 산베니또 수도원베네딕트회의 도움을 많이 받아 승기를 잡았다. 이에 대한 보답으로 많은 경제적 지원과 스페인 내에서 가장 강력한 교회 권력을 부여받아 100여 개의 수도원을 관장한 전성기를 구가했다. 강력한 권력과 경제력 덕분에 사하군은 중세 시대에 교회권력의 중심지로 예술적 가치가 넘치는 유적과 보물들이 아직도 많이 남아 있다. 18세기 대화재로 사하군과 수도원은 쇠퇴의 길을 걸었다. 이 메세따 지역은 석재가 부족해 흙벽돌로 지은 많은 수도원이 있었지만 세월이 가면서 사라지고 무너져버렸다. 오늘날 남은 것은 12세기의 산만시오 예배당, 17세기 산베니또 아치, 18세기에 세워진 시계탑 등이 있다.

산 로렌소 광장의 랜드마크인 탑과 산로렌소 교회는 멋진 무데하르 양식의 건축이다. 더 가면 중앙 광장과 멋진 시청사가 있는 부근의 까페와 바르에서 요기를 할 수 있다. 산띠르소 광장에 특이한 4층 종탑이 있는 산띠르소 교회는 12세기에 무데하르 양식과 로마네스크 양식이 조화를 이루고 있다. 이 성당은 사람 동물 문양을 금하는 무데하르 양식의 영향을 받아 장식이 매우 단순하다.

박물관을 지나서 화려한 영화 뒤에 남은 잔재인 '산베니또 아치'를 통과해 사아군의 로마시대 다리 '뿌엔떼 데 깐또'의 다섯 개의 아치를 건너면 포플러 나무가 많은 '샤를마뉴 창의 숲'이 나온다. 이슬람과 전투를 앞둔 샤를마뉴군이 창을 땅에 꽂아둔 채 잠을 자고 일어나보니 모두 포플러 나무로 변해버린 불길한 일이 일어났다. 그들은 이 전투에서 4만 명이 목숨을 잃었다고 한다.

스페인에서 가장 완벽한 로마가도

이제껏 주도로와 함께 가던 센다에서 A-231 고속도로를 넘어가니 깔사다 데 꼬또가 나온다. 우측에 마을 공동묘지가 담으로 둘러싸여 있다. 비포장길Via Romana을 달리다보면 에스파냐 철도RENFE를 만난다. 까미노에서 기차를 보니 왠지 반갑다. 한참을 가면 '깔사디야 데 로스 에르마니요스'가 나온다.

고요한 동네에 도착하니 남자 한 명이 나와서 바르Bar에서 쉬어가라고 한다. 그러나 너무 지체되어 계속 가야한다. 온종일 800~900m 고도의 고원지대를 지나간다. 어디까지 갈 수 있을지 모르겠다. 다만 이 마을에서 렐리에고스까지 17km는 스페인에서 가장 완벽한 로마가도Calzada Romana로 평가 받는다.

아우구스뚜스 황제가 수행원들과 함께 이곳을 지나갔다. 이 길은 라스 메둘라스 금광金鑛에서 아스또르가를 거쳐 로마로 향하는 동서횡단 아키타나 가도Via Aquitana의 일부이다. 길은 힘의 흐름과 권력의 통로가 된다. 사를마뉴의 군대, 이슬람 군대, 가톨릭 군대 등이 이 길을 이용했고 이제는 조용한 순례자 길이 되었다.

수시로 나타나는 물웅덩이가 우리를 막고 있었다. 자전거는 흙투성이가 되어도 내려서 신발을 버릴 정도가 아니어서 달릴 만하다. 날이 저물어 붉게 물든 하늘에는 레온에서 이륙한 경비행기의 소음이 공간을 채우고 있다. 철도와 만나는 곳에 이르니 컴컴하다. 빨리 서둘러야 한다. 캄캄해진 후에 렐리에고스에 들어서니 키가 작은 할머니 한 분이 우리를 알베르게로 안내해준다. 문이 잠겨서 두들기자 좀 시끄러운 세뇨라부인가 문을 열어준다. 우리는 그녀의 수다에 속아서 알베르게의 관리자인 줄 알았다. 그녀는 알베르게에서 오스삐딸레로관리인로 일하다가 휴가를 내어 까미노를 걷는 중이라고 한다.

렐리에고스에는 가게가 없어 동네 바르에서 빵과 포도주를 구입해 온다. 생각보다 크고 좋은 알베르게로 주방시설과 샤워시설이 괜찮다. 하루의 치열한 고행을 달래주고 씻어줄 수 있는 이런 잠자리가 있다는 것이 얼마나 다행한 일인가. 언젠가는 이 흙투성이 메세따Meseta고원이 그리워질 것 같다.

'까리온 데 로스 콘덴스'에는 14개의 순례자병원이 있었던 곳이다.
석재가 귀한 곳이라 교회의 아래 부분은 부서지고 마모되고 있는 흙벽돌이 보인다.

20

메세따에서 온 촌놈들
레온에 입성하다!

낙원에는 모든 꿈이 실현되고 모든 것이 다 완벽하다.

사람들은 아무런 위험도 없는 낙원 같은 세상을 꿈꾼다.

그러나 낙원은 지루하다. 우리 인간에게 맞지 않다.

우리는 꿈을 이루기 위해 위험을 감수한다.

위험과 도전은 삶의 의미를 부여하고, 살아있음을 본질적으로 느끼게 한다.

— 엘링 카게

소금 짐을 질 수 있는 메세따의 천하장사 노새

렐리에고스의 이른 아침 알베르게를 떠나서 만시야로 향했다. 해가 뜨지 않고 서리가 자욱한 춥고 음산한 길을 갈 때는 고달픈 회의가 생긴다. 메세따의 마지막 구간을 지나가다 비가 오는 농사철이 되면 얼마나 땅이 더 질척거릴까 생각하면서 지금의 고달픔을 달랬다. 순례자 한 명만 텅 빈 까미노에 고요한 파문을 남기며 걸어가고 있지만 아는 체하는 것도 귀찮아 그냥 지나갔다.

만시야에 도착하니 막 알베르게를 나서는 순례자들이 보인다. 입도 얼어 있고 춥고 별로 할 말도 없어서 그들에게 'Buen Camino'라고 간단히 손 인사만 했다. 월동장비가 허술해 콧물이 줄줄 나와 누가 볼까 부끄럽고 창피하다. 잠시 쉬면서 몸을 녹일만한 식품점이나 슈퍼마켓을 찾았지만 보이지 않아 서점이자 문구점에 들어갔다. 이곳에서 시린 손에 온기가 돌 때까지 머뭇거리면서 에스빠뇰 미녀들이 나온 잡지를 뒤적거렸지만 글을 모르니 전혀 눈에 들어오지 않는다. 어느 정도 몸을 녹인 후 자리 값으로 신선한 바께뜨를 사서 담고 다시 출발했다. 레온은 멀지 않다.

만시야는 프랑스 왕실의 길Real Camino Frances과 순례자의 길Calzada de los Peregrinos이 만나는 곳으로 중세시대 이래 순례자 휴식처였다. Mansilla de las Mullas가 정식 명칭으로 그 옛날 '가축 시장'으로 유명한 마을이다. 'Mansilla'의 옛 명칭이 마노 엔 시야Mano en Silla로 '안장 위의 손'이란 뜻이다. 'de las Mullas노새. 영mule'는 '노새의' 라는 뜻이다. 이곳은 서기 70년 로마시대 성곽으로 둘러싸여 있는데 '로마—서고트족—이슬람 군대—가톨릭 군대' 순으로 지배를 받았다. 12~13세기에 넓은 평원이 있는 이 지역에서 가장 큰 시장이 있었다.

노새는 당나귀 아빠와 말 엄마 사이에 낳은 자식이다. 노새는 인류가 기른 대표적인 역축役畜인 말과 소, 당나귀 중에 가장 편리하고 건강하며 힘이 센 동물로 평가 받고 있다. 무거운 소금 짐을 제대로 질 줄 아는 이는 노새밖에 없었다.

노새는 튼튼하고 편리하며 내구성이 좋은 명품 동물로 수천 년 동안 검증을 받았다. 거친 먹이를 먹고 혹독한 환경에서도 병에 걸리지 않으며 무엇보다 모래나 자갈 또는 소금처럼 무거운 짐 운반에서 노새를 이기는 장사가 없다. 일할 것이 천지인 메세따의 너른 평원에서 노새들이 얼마나 대단한 역축이었을까?

그렇다면 숫말과 암나귀 사이에 태어난 새끼는 뭘까? '버새'라고 부르는데 노새보다 훨씬 성능이 떨어진 마이너리티라고 한다. 슬프게도 노새나 버새는 후손을 잇는 생식능력이 없어 출산, 육아 휴직과 생리휴가가 없으니 고용주에게 최고 좋은 조건이지만 평생 일만 하다가 세상을 마치는 외롭고 짠한 노동자다.

만시야 버스정류소에서 30분마다 출발하는 차가 있어 레온까지 무미건조하고 삭막한 길을 버스를 타고 갈 수도 있다. 몸이 약하거나 질병으로 일행과 떨어졌을 때 쓰는 비상 수단이다.

레온Leon은 '군대'를 뜻하는 레지오Legio에서 유래!

만시야를 지나 '비야를모로스 데 만시야'를 지나 뽀로마 강을 건너면 몸이 불편한 순례자를 레온까지 태워다주는 당나귀 택시를 운영하던 비야렌떼에 알베르게가 있었다고 한다. 뽀로마 운하를 건너 아르까우에하, 발델라 푸엔떼를 지나 또리오 강을 건너면 레온이다.

진흙투성이 메세따 시골길을 달리다 번쩍이는 레온에 이르니 촌놈 근성이 두리번거리며 작열한다. 메세따는 2일 만에 주파했다. 까미노에서 속도는 자랑이 아니라 부끄러움이다. 그러나 우리는 수시로 서두르고 헐떡거리며 심지어 서로 얼굴까지 붉히며 달렸다. Santa Ana 광장의 교회를 지나 금전의 문Puerta Moneda을 지나면 산따 마리아 교회와 광장이 나온다. 시청이 있는 산마르벨로 광장을 지나 바로 우측으로 돌아가면 레그라 광장이 있고 드디어 레온 대성당이 나온다.

우리는 장엄한 레온 대성당을 제일 먼저 찾았다. 이 성당은 1205년에 고딕 양식으로 짓기 시작해서 자금부족과 붕괴 등으로 19세기에 비로소 완공되었다. 대성당 입구 문의 기둥은 '눈의 성모상'과 '산띠아고 뻬레그리노'가 있다.

성당 벽은 돌보다 스테인드글라스 창[125개]이 더 많아 '돌과 빛'의 기적이라 불리기도 한다. 빛이 들어오는 3개의 큰 장미창과 57개의 창을 통해 실내로 빛이 들어온다.

'산 이시도로 왕립 바실리까[Real Basilica de San Isidoro]는 스페인에서 가장 화려하고 보존이 잘 된 로마네스크 양식의 프레스코화가 있는 곳이다. 이곳은 7세기에 세계 최초 백과사전을 만든 학자이자 세비야의 대주교의 유해를 모시기 위해 11세기에 지은 성당이다. 이 또한 산띠아고처럼 무덤 속에 누워 있다가 국토재정복운동에 강제 징병된 경우라고 할 수 있겠다.

이 바실리까[공공목적인 직사각형 회당] 성당 우측에 '용서의 문'을 통과하면 몸이 불편해 산띠아고에 못 간 순례자도 똑같이 용서받을 수 있다고 한다. 이 문의 조각은 산띠아고 대성당의 '은 세공 문'을 만든 장인 에스떼반의 작품이다.

바실리까 옆에 11세기에 세워진 '빤떼온'에는 11명의 왕, 12명의 왕비, 왕자 23명이 안치되어 있다. 이곳은 석회 위에 그림을 그린 프레스코화가 잘 보존되어 있어 스페인의 '시스티나 채플'로 불리기도 한다. 이 그림에는 예수의 일생이 다양하게 그려져 있다. 빤떼온[Pantheon, Pan은 all+the는 神, on은 장소]은 말뜻대로라면 만신전[萬神殿]인데 유명인 왕족의 영묘[靈廟] 또는 공동묘지이다.

까사 보띠네스[Casa Botines]는 1892년 부유한 상인의 저택으로 지어졌으나 지금은 은행이다. 전설적인 안또니오 가우디가 지은 신고딕양식으로 파사드[건물 출입구 정면 외벽]는 가우디 양식의 특징을 보여준다.

산마르꼬 수도원[르네상스 양식]은 12세기에 세워진 순례자를 위한 공간으로 순례자를 보호하는 산띠아고 기사단의 본부였던 곳으로 현재 객실이 많아 빠라도르[parador, 고급 국립호텔]로 사용되고 있다. 레온과 산띠아고의 빠라도르는 여유가 있

레온에서 만난 반갑고 친절한 알베르게 안내판(나무와 집 표시는 유스호스텔 로고)

레온대성당으로 안내하는 까미노에 황동으로 된 조가비(Concha)와 명문(銘文)이 된 황동판

레온의 심장 레온대성당.
정면에 아름다운 장미꽃 문양의 스테인드글라스 창(Rose window)

다면 하룻밤 묵어가고 싶은 곳이다. 레온에서는 문명의 이기에 기대어 휴식하는 즐거움을 만끽할 만하다. 부속 고고학 박물관에는 로마시대 유물 아스또르가에서 발굴된 마라가또인 유물들이 전시되어 있다. 레온에는 기념비적인 건축물들이 수없이 많다. 이 양식들은 정확히 알고 기억하지 못하지만 모두 '거대하고 아름답고 장엄하다'는 공통점을 갖고 있었다.

요리하는 손맛과 먹는 입맛의 즐거움을 위해서 하루 이상 묵으면서 오랜만에 직접 요리하는 즐거움을 포기할 수 없다면 알베르게에 식당Cousin 유무 확인이 중요하다. 프랑스 길 정보가 나온 리스트A4용지 양면는 어디서심지어 인터넷에서도든 구할 수 있다. 알베르게 Refuge, 식당, 난방, 자전거 수용 여부, 레스토랑 바르 유무, ATM, 버스기차 연결 여부 등이 잘 나와 있다. 전자책으로 나온 가이드북을 스마트폰에 저장하면 쉽게 정보를 얻을 수 있고 책을 휴대할 필요도 없다.

천주교 신도들의 레지오 활동과 레온은 무슨 관계가 있을까? 레온Leon은 '군대', '군단'이란 뜻인 레지오Legio에서 유래했다. 천주교 평신도들 모임인 '레지오'와 어원이 같다. 서기 68년 로마인들이 여기에서 채굴된 금을 안전하게 관리하고 운반하기 위해 이 도시를 건설해서 3세기까지 정치 군사의 중심지로 흥망성쇠가 반복되었다.

Legion은 영어로 리쥔이라고 발음하고 프랑스어로 레지옹으로 발음한 이곳은 로마의 제7군단 주둔지였다. 이후 서고트족 치하에 있다가 10세기 레온 왕국 오르도뇨 2세가 수도를 오비에도에서 현재 레온으로 옮겼다. 996년 남쪽에서 온 알만수르가 이끄는 이슬람 군대가 도시를 파괴했다. 알폰소 5세999-1027가 다시 찾아 도시를 재건하고 수도로 삼았다. 1230년 부르고스에 수도를 둔 까스띠야 왕국에 합병되었다. 레온의 역사는 '베르네스가 강'과 함께 흘러오면서 다

양한 시대의 양식들이 도시의 뼈대가 되고 살이 되었다. 로마시대의 유적 위에
중세 성벽이 쌓여지며 장구한 역사도 쌓여갔다.

까미노 길에서 가장 큰 도시로 인구가 15만 정도 되는 해발 840m 고원의 도
시 레온은 오래된 성당 석조건물 유적 청동상들이 수많은 세월동안 사라지지
않고 남아서 그들의 역사를 증언하고 있다. 버스터미널과 기차역으로 가는 다
리 다음 서쪽 다리를 건너면 께베도 공원이 나온다. 께베도는 스페인 황금시대
의 풍자가이자 시인이었다. 시대를 희롱하는 풍자와 시를 꾸준히 발표하다가
1639년 체포되어 산마르꼬 수도원에 갇혀 있다 풀려난 후 병사한 그를 기념해
붙인 공원 이름이다.

오래된 도시 레온에는 큰 축제가 있다. 6월 21일부터 말일까지 10일간 열리
는 산 후안과 산 페드로 축제가 있고 가을이 한참 절정인 10월 5일부터 12일까
지 열리는 산 프로일란 축제가 있다. 이 축제는 다양한 행사와 퍼레이드는 물론
레온을 지나면 나오는 유명한 '까미노의 성모 Virgen del camino'까지 다녀오는 지역
순례 여행인 로메리아 Romeria가 행해진다. 레온은 조형미가 넘치고 화려하다.
길바닥에 황동으로 된 조가비 금속 조각을 따라가면 레온의 모든 명소와 만날
수 있다. 까미노 표식을 따라가면서 레온의 진수를 만난다.

우리들은 레온 대성당을 들락거리면서 감탄을 거듭하고 있었다. 지나온 깔
사다 델 꼬또에서 만난 19세에 키가 너무 작아 꼬마 같은 자전거 순례자를 다시
만났다. 그는 바르셀로나에서 캠핑을 하면서 여기까지 왔다고 한다. 우리보다
훨씬 다양하고 많은 짐을 챙겨 온 자전거 여행의 고수였다. 꼬마가 어른 흉내를
내면서 담배를 맛있게 피운다. 부엔 까미노!

대성당 앞길을 지나가다 엉덩이 Pelvis, 골반를 선정적으로 흔들어 '펠비스 프레

슬리'로도 불리는 엘비스 프레슬리의 상을 만난다. 부르고스에서 레온까지 달려온 메세따 지역은 높은 고원이지만 평탄한 지역이라 달리기 쉬운 편이다. 끝없이 펼쳐진 평원은 가슴에 맺힌 잡다한 인생세간의 염려와 우려를 날려보냈다. 일망무제로 뻗은 완만한 경작지는 풍만한 곡선을 자랑하고 있었다. 멀리 능선에 열을 지어 있는 풍차는 물을 양수하는 대신 발전기를 돌려 전기를 생산해내고 있어 새로운 스페인의 풍경이 되었다. 레온을 떠난다.

21

잔인한 순정과 위험한 집착,
목숨건 결투!

'커피는 지옥처럼 검고

죽음처럼 강하며

사랑만큼 달콤하다'

— 터키 속담

장미꽃을 들고 가는 레온의 로메리아Romeria,
라 비르헨 델 까미노

자유 영혼을 가진 레온의 사나이 께베도의 풍자諷刺를 생각하면서 까미노 길을 따라 레온을 벗어나니 변두리는 정돈이 안 되어 혼란스러웠다. '라 비르헨 델 까미노la Virgen del camino, 까미노의 성모'에는 2개의 전설이 있다. 16세기 초 양치기에게 성모가 나타나 이곳에 교회가 생길 것이란 계시를 레온의 대주교는 믿지 않았다. 그러나 목동이 새총을 쏠 때마다 작은 돌이 바위로 변한 것을 보고서야 믿었다.

북아프리카에서 이슬람 교도에게 붓잡혀 쇠사슬에 묶여 궤안에 갇힌 상인이

이 교회에 간절히 방문하고 싶다는 간절한 기도를 들은 성모마리아는 상인과 쇠사슬과 궤를 모두 '라 비르헨 델 까미노'로 유체이동시켰다고 한다. 은택을 받은 두 남자는 일생을 성모 마리아에게 바쳤고 이곳은 까미노의 순례지가 되었다고 한다.

이곳 교차로는 복잡하여 차분하게 지도를 보고 잘 살펴가야 한다. 가장 오래된 길로 가는 것이 왕도라는 생각이 들었다. 걷는 순례자들이 차츰 많이 보인다. 사람은 밤에 행동하는 것보다 낮에 행동하는 것이 익숙한 주행성晝行性 동물이기 때문이다.

온사나 강을 건너면 '온사나 데 라 발돈시나'마을에는 샘과 작은 성당이 있다. 탁 트인 고원을 지나가면 예쁜 '치사스 데 아바호Chizas de Abajo, 아랫마을 초가집'가 나온다. 비포장길 초록의 나무군집이 점박이 같은 초원을 지나면서 한국여성과 만나 기념사진을 찍고 헤어졌다.

비야르를 데 마사리페에서 Pan이라고 써진 빵집에서 빵과 과일 음료수를 챙겼다. 성경에 나온 오병이어五餠二魚의 기적을 알 것이다. 이때 餠떡병의 중국어발음 '빙bīng'으로 Pan과 통한다. 스페인 pan빵, 포르투갈 pão팡, 그리스 pa, 라틴어 panis로 어원이 비슷하다. 밀알을 씹어 먹다 갈아서 먹고 물에 불려 걸러먹고 죽으로도 먹었다. 도우dough, 반죽를 판판한 팬pan 위에 구운 Pan과 또르띠야, 짜파띠, 낭 등은 기원이 오래되었다. 이스트를 섞은 부푼 빵은 선사시대까지 추적할 수 있는데 최초 이스트 넣은 빵은 고대 이집트에서 발견되었다.

여기에서 쭉 가다가 바르 하나와 '촛불의 성당'만 있는 '비야반떼'에서 지그재그로 된 철도를 넘는 육교를 바이크를 타고 건넜다. 오르비고로 가는 도중에 한국 남자 2명과 여성 1명을 만났다. 별로 심각해 보이지 않는 밝은 표정의 젊은 이들로 명랑한 만남이었다. 이 두 젊은이는 기사도 정신이 투철해 아가씨의 별로 심각하지 않는 요통과 발병을 치료받게 했다. 특이한 점이 없는 이들을 언급한 것은 잠시 후 심각한 중중 여성 치벽癡癖 환자의 이야기를 하기 위해서다.

과대망상증은 있었지만 순수하고 고결하며 용감한 기사!

오르비고 강Rio Orbigo을 두고 이쪽 편은 뿌엔떼 데 오르비고Puente de Orbigo이고 강을 건너가면 오스뻬딸 데 오르비고Hospital de Orbigo이다. 이 오르비고의 다리는 13세기에 로마시대 다리 위에 증축된 까미노에서 가장 긴 아치만 20개인 아름다운 다리이다. 이 다리는 로마시대 이래 사람과 가축의 통로로 강을 사이에 두고 활발한 상업적인 교류가 있었다.

다리의 넓이는 차 한 대 정도 지나다닐 정도이고 가축이나 사람은 동시에 왕래할 수 있다. 이 다리를 지나가면 어여쁜 '오스뻬딸 데 오르비고' 라는 마을이 나온다. 예전에 산후안 바우띠스따 성당과 순례자 구호시설을 운영한 '성요한 기사단'의 영지였다. 고달프게 달리느라 아름다운 다리를 지나칠 뻔했다. 다리 풍경을 감상하고 그에 얽힌 사연을 찬찬히 음미하였다.

이 길고 멋진 다리에는 남자의 지조와 절개, 명예가 뭔지 적나라하게 보여주었던 역사가 서린 곳이라 남성과 여성들은 모두 옷깃을 여미고 경의를 표하며 지나가야 한다. 레온의 귀족 '돈 수에로 데 끼뇨네스Don Suero de Quiñones'는 과대망상증이 있었지만 순수하고 고결하며 용감한 기사였다. 1434년 아름다운 귀부인에게 모욕을 당하고 명예를 더럽혔다고 역사는 전한다. 한 여인에게 실연당

했다는 설이 설득력이 있다.

그는 오르비고 다리를 지나가려는 당대의 모든 기사들에게 '마상 창 결투'를 하겠다는 도전장을 내었다. 이곳을 지나가는 기사가 누구든지 맞서 싸우겠다는 것이다. 그 해 7월 25일聖日.산띠아고의날 전후로 돈 수에로는 한 달 동안 3백 개의 창이 부러질 때까지 싸워 이겼다고 한다. 목숨을 건 결투를 하면서 짝사랑한 여인에 대한 집착에서 벗어났다. 진정으로 사랑했고 목숨을 걸고 사랑했다는 것을 여인에게 인식시켜주고 실추된 자존심과 명예를 지켰다고 생각한 그는 갑옷을 벗고 무기를 버리고 동료들 몇 명과 산띠아고로 순례를 떠났다. 이루어질 수 없는 사랑이었지만 그 여인을 진심으로 사랑했다는 사실을 당대의 모든 사람들과 역사에 길이 기억시키는 데 성공한 것이다. 이것을 기념한 마상창술 시합은 매년 6월초마다 다리 옆에서 재현되고 있다.

누구나 인생을 살면서 다반사로 당하는 실연에 목숨을 걸고 3백여 개의 창을 부러뜨리는 목숨을 건 사투를 벌인 사건은 사랑은 순수하고 고결하며 위대하다는 사실을 웅변한 것이다. 남자에게 자부심과 명예가 목숨보다 소중하다는 것을 온몸으로 보여주었다. 그러나 단지 짝사랑한 여자에게 인정받기 위해 목숨을 건 결투는 잔인한 순정과 위험한 집착이었다. 자부심과 명예라는 기사도 뒤에 숨은 민낯은 지나친 허영심과 과대망상이라는 평가도 있다.

수세기가 지나도록 타의에 추종을 불허한 이 남자의 광기에 가까운 명예욕을 기념하고자 오르비고 다리에 '명예의 통로'라는 이름을 붙였다. 이 사건은 여자들에게 '남자란 무엇인가'라는 화두를 던져주었다. 무엇보다 소설가 세르반떼스에게 '돈끼호떼'에 대한 풍부한 영감을 제공했다. 옛스런 정취를 간직한 이곳에서 하루밤 묵을 것을 추천한다.

돌과 모르타르(Roman mortar)를 이용해 예쁘게 쌓은 오르비고 다리는
끼뇨네스의 순진한 망상과 착각을 존중하여 '명예의 통로'라고 불렀다.

소설 '돈끼호떼'에 영감을 준 '돈 수에로 데 끼뇨네스'의 만행

스페인이 낳은 소설가, 극작가 시인인 세르반떼스는 1547년 스페인의 가난한 외과의사이발사?의 아들로 태어나 정규 교육을 거의 못 받았지만 타고난 재능과 노력으로 불후의 명작을 남겼다. 그의 파란만장한 삶이 곧 소설이었다.

1571년 '레판토 해전'에 참가하여 가슴 두 군데와 왼손에 부상을 입어 장애자가 된 후 그는 이탈리아 각지를 돌아다니며 말기 르네상스 문화를 섭렵했다. 1575년 배를 타고 에스파냐로 귀국하던 중 해적들에게 잡혀 1580년까지 5년간 알제리에서 노예로 지냈다. 1584년 18세 연하의 여성과 결혼하고 1585년 처녀작 『라 갈라떼아』를 출간했다. 이후 20~30편의 희곡도 썼고 1605년 『돈 끼호떼』를 출간하지만 1616년 죽을 때까지 어려운 생활은 나아지지 않았다.

『돈 끼호떼』의 원명은 『El Ingenioso Hidalgo Don Quixote de la Mancha라만차의 재치 발랄한 향사鄕士 돈 끼호떼』라는 긴 이름으로 그 당시 유행하던 시대착오적인 기사의 허상을 꼬집기 위한 것이었다. 이 소설은 단순 풍자소설로 취급받기도 했지만 이상을 위해 뜻을 굽히지 않고 나아가는 진실한 인간을 그린 최초이자 최고의 소설이라는 평가를 받기도 했다.

이상주의자인 돈끼호떼와 현실주의자인 산초빤자의 대조적인 성격을 내세워 이상과 현실 사이에서 방황하고 고뇌하는 인간의 내면세계를 적나라하게 보여 주었다. 고매한 이상은 실리적이고 비속한 현실에 의해서 무참히 깨지고 과대망상증으로 취급받았다. 반복된 실패에도 불구하고 자신의 신념을 굽히지 않고 우직하게 나아가는 어리석은 주인공은 동정과 측은지심이 일어나게도 한다.

인간사 몽상夢想이 너무 심하면 망상妄想이 되고, 자각自覺이 너무 심하면 착각

錯覺이 된다. 창을 들고 풍차를 향해서 돌진하여 '망상과 착각'이 부딪히면서 폭발적이 된다. 풍차가 빙빙 돌아가는 모습을 볼 때마다 일어나는 어지러움으로 인해 몽상과 망상, 자각과 착각이 혼돈스럽게 와 닿는 것이 나만의 생각은 아닐 것이다.

세르반떼스가 돈끼호떼를 쓴 배경이 된 까스띠야 라만차 지방Castilla-La Mancha은 바람이 많이 부는 평원으로 스페인의 자치주 중 가장 인구밀도가 낮은 곳이다. 지명인 만차mancha는 아랍어로 '평평한 땅'을 뜻하는 '만사manxa'에서 유래된 것에서 짐작하듯이 이곳은 이슬람교 무어인들이 지배할 때 지정학적으로 이슬람과 기독교가 대적하면서 무수한 전투가 일어났던 곳이다. 무어인들이 떠난 15~16세기에는 까스티야와 아라곤 왕국의 전투가 빈번하게 일어났다.

라만차는 세르반떼스의 인생처럼 황량했다. 사람도 없고 바람만 거센 황량한 땅에는 해바라기만 일신교도처럼 태양을 받들고 있었다. 오직 몽상과 망상, 자각과 착각을 오가는 돈끼호떼와 산초빤자로 하여금 이 삭막한 라만차를 지키게 했다. 라만차 지방은 우리가 지나왔던 순례자길 까스띠야 이 레온지방의 남쪽으로 마드리드, 아라곤, 발렌시아, 안달루시아, 무르시아 지방과 접한다.

까미노를 걷는 순례자 견Pilgrim Dog

다리 건너 마을을 지나 3km 정도 가면 '비야레스 데 오르비고'의 마을 중간에 뻥 뚫린 십자가가 있는 샘이 나온다. 이 쉼터에서 물통에 물을 채우고 의자에 앉아 쉬어가면 된다. 두 자리 이름에 익숙한 우리도 '산띠바녜스 데 발데이

알사스에서 리어카와 유모차를 끌고 온 진짜 순례자 가족
앞에 순례견(Pilgrim Dog)보다 어려 보이는 두 아이

글레시아' 같이 긴 지명에 서서히 익숙해져간다. 이 시골 천방지축 소박한 '성삼위일체 성당'엔 순례자 산로께와 무어인 처단자 산띠아고가 모셔져 있다. 기독교도들이 이웃에 대한 사랑을 역설한 예수의 가르침을 받은 산띠아고를 무덤에서 끌고 나와 '무어인의 처단자'로 만든 것은 '예수천국 불신지옥'식 맹신이었다.

이제부터 평화가 함께 하는 과수원과 신갈나무 숲이 펼쳐진 아름다운 비포장길에서 물고기처럼 맑은 산소를 마시면서 달린다. 북부 까미노길 주위에는 겨울까지 올리브나무 열매가 주렁주렁 열려있다. 작은 호수를 지나 숲이 끝나는 오르막길에 짧은 상고머리를 한 사내가 낑낑대며 짐을 실은 소형 리어카를 끌고 언덕을 오르고 있어 수레를 밀어주었다. 앞에는 건장한 여인이 유모차를 밀고 간다.

프랑스 알사스에서 온 가족 순례단이었다. 이 남성은 각종 살림도구를 싣고 캠핑을 하며 여기까지 왔단다. 유모차에는 아기 한 명이 타고 조금 더 큰 아기는 엄마 옆에서 강아지와 함께 걷고 있었다. 그는 이 강아지를 'Pilgrim Dog순례자견'이라고 소개한다. 먼 길을 오느라 꺼칠해진 부모와 달리 두 아이는 천진난만하고 건강했다. 기저귀를 갓 졸업한 연년생 아이들을 보고 일행 중 한 명이 기념품을 찾아 선물을 한다. Buen Camino! Your God Bless with you! 까미노는 관용심이 넘쳐서 두발足로 각각名 걷는 길足名이지만 바퀴를 인정한 도道이기도 하다. 말이나 당나귀, 개는 물론 자전거, 리어카와 유모차를 끌고 순례를 할 수 있게 했다. 내연기관으로 움직이는 오토바이나 자동차가 아니고 사람의 힘으로 가는 것은 모두 다 허용했다.

넓고 넓은 스텝 지역을 연상시키는 개활지 평원이 계속된다. 멀리 흰구름 아래 깐따브리아 산맥이 눈에 들어오고 아스라이 오래된 도시 '아스또르가'가 눈에 들어온다. 황토빛 흙길 옆에 적벽돌로 된 낮고 매우 넓은 집 옆 포장마차 앞에서 장발과 맨발을 한 발발이 같은 사나이가 과일, 빵, 커피, 음료수 등을 팔고 있다.

그는 동물적 감각으로 한국인이라는 것을 알아차리고 '어서 오세요', '반갑습니다', '안녕하세요', '감사합니다' 등 한국말 멘트로 고객감동주의를 비수처럼 날린다. 이 멘트에 감동한 대원이 뭘 팔아주고 순례자 여권에 세요스템프까지 찍어왔다. 조금만 더 가면 5세기 무렵 모함을 당해 아스또르가에서 추방된 또리비오 주교가 마지막 무릎을 꿇고 작별인사를 한 곳에 '산또 또리비오 돌십자가'가 세워져 있다.

아스또르가의 뒤에 펼쳐진 레온산맥해발 1500m대은 우리가 가는 길이다. 아스또르가가 눈앞에 보이는 이 지명은 '아스또르가의 기쁨의 산'으로 불린다. 산띠아고 대성당의 작은 탑들이 보이는 Monte de Gozo기쁨의 산에서 패러디한 명칭이다.

격정적으로 아래를 향해 내리막을 달려 '산 후수또 데 라 베가' 마을을 지난 후 이성을 회복하고 육교를 지그재그로 넘어 철도를 건넌다. 성채의 도시 아스또르가가 코 앞에 버티고 서 있다. 곧장 오르막길을 가파르게 올라 성채를 향해 간다.

깐따브리아 산맥

22

깐따브리아 산맥을 넘다!

내려갈 때 보았네

올라갈 때

보지 못한

그 꽃

— 고은, 그 꽃

마라가떼리아 지방의 수도, 아스또르가Astorga

이 도시의 이름은 아스뚜리아스 왕국에서 유래되었다. 가파른 언덕위에 세
워진 성채의 도시라서 눈에 잘 띄어 이정표가 되는 곳이다. 이곳은 몇 개의 큰
길과 만난다. 우리가 지금까지 달려왔던 '프랑스 길Camino Frances, 보르도에서 오는 Via Traj
ana와 합류됨'과 메세따 고원을 지나오면서 만났던 '로마 길Calzada Romana, Via Aquitania와
同', 남쪽 세비야에서 오는 '은의 길Via de Plata, 그라나다에서 오는 Camino mosarabe와 합류됨'과 만
나는 지점이다. 이렇게 여러 길들이 만나는 도시는 엄청난 역동성을 부여받는
다. 중세시대에는 수많은 상인들과 순례자들로 약 20여 개의 순례자 숙소가 성
시를 이루었다.

왕실의 가축을 몰고 리베리아 반도를 가로지르며 오가는 가축 이동로Cañadas Reales의 교차점이기도 하다. 오늘날 아스또르가에 양들이 통과할 때 가축 이동축제Fiesta de Transhumanica가 열린다. 이런 복잡한 환경이 현지인인 마라가또인들로 하여금 대대로 운송업에 종사할 수 있게 해주었다.

당시 스페인 교역량의 절반이 마라가또인의 손을 거쳤다고 한다. 마라가또인들에게 북쪽 비스께 만에서 마드릿까지 1톤의 보석운반을 맡겨도 될 정도로 신용이 탄탄했다. 16세기부터 19세기 말까지 마라가또인들은 노새 고삐를 잡고 갈리시아 지방의 생선 귀금속, 우편 등을 내륙으로 운송하는 주도적인 역할을 했다. 철도가 생기면서 이들의 역할은 저녁 노을처럼 역사 속으로 사라져버렸다.

아스또르가는 마라가떼리아 지방의 '수도'이다. 이 지역 현지주민인 마라가또인들은 8세기경 무어인들이 쳐들어올 때 스페인의 남쪽이 아닌 북쪽 외딴 지역에 엉뚱하게 정착한 베르베르Berber족의 후손이라는 설이 있다. 서고트족의 왕 마우레가또 왕과 관련이 있다는 설도 있으며, 소모사에서 대규모 무덤을 발굴한 고고학자들에 의하면 페니키아인과 문화적 연관성이 있다는 새로운 사실도 밝혀졌다.

이 아스또르가 성채에는 다양한 가게와 식당, 까페, 레스또랑, 시장, 호스텔, 호텔 등의 숙소들이 성벽 안에 오밀조밀 붙어 유사시에는 독립적일 수 있다. 부르주아는 성城, bourg에서 나온 말로 '성안 사람'이란 뜻이다. 성안 사람들은 경제력과 생산수단을 소유한 유산계급有産階級, bourgeoisie이다. 성 밖 사람은 마라가또인들처럼 생산수단은 없고 '혈혈단신 노동력'만 소유해서 무산계급無産階級, proletariat이라고 했다.

이 도시를 이곳저곳 오가면 유서 깊은 로마시대의 건축물들이 많고 성벽, 목욕탕, 하수도시설, 감옥, 홍등가, 매춘부 거주지, 노예 거주지 등이 곳곳에 보물찾기처럼 숨어 있다. 기득권을 가진 부르주아들이 얼마나 많은 편리와 혜택을 누려왔는지 짐작하게 한다.

아스또르가의 태양의 문Puerta del Sol을 시작으로 산프란시스꼬 광장에 도착하여 일단 자전거를 멈추고 기념사진을 찍는다. 아시시의 산프란시스꼬 성당 옆에 풀에 덮힌 로마시대 유적이 있다. 여러 개의 화려한 광장들이 이어진다. 산바르똘로메 광장에는 산바르똘로메 성당이 있고 로마시대 건축물로 에르가스뚤라가 있다. 노예 주거지 또는 감옥 등으로 사용되었다.

마요르 광장Plaza Mayor에는 17세기의 바로크 양식의 파사드건물 앞 외벽 얼굴로 장식된 시청사가 있다. 기계장치를 한 마라가또인 인형 2개가 매 시각 종을 친다. 광장 주변은 로마시대 성벽, 목욕탕, 하수시설과 로마 박물관이 있다. 흥미로운 것은 2천년 전 로마의 남자들은 목욕을 하고 홍등가에서 술을 마시고 여자를 만나 사랑을 했다는 것이다. 그 시절에도 할 짓 다하고 볼 일을 다 보며 인생을 즐겼다. 로마시대에 대중목욕탕을 퇴폐적으로 보는 견해가 있는데 몸을 정결하게 씻었다는 점에서 다른 어느 문화보다 비교우위적이었다. 그에 비하면 씻지 않고 향수만 뿌린 프랑스 귀족과 귀부인들은 야만인들이었다. 그들이 쓴 '양산과 하이힐'은 변소가 없는 파리에서는 똥오줌을 누면 창문 밖으로 그냥 버리는데 이것을 피하기 위해 상하로 각각 고안된 것이라고 한다.

산또실데스 광장은 영국, 스페인, 포르투갈 연합군과 나폴레옹이 아스또르가에서 벌인 반도전쟁을 기념하는 사자상이 있다. 사람과 물류의 이동통로이자 길목이다 보니 18~19세기에 벌써 초콜릿 산업이 번창했고 건너편에 초콜릿 박물관이 있다. 다음 오비스뽀 아꼴레아 광장에는 성채도시로 들어오는 또 다른 입구로 왕의 문Puerta Rey이 있었다.

아스또르가의 보물들이 모여있는 대성당 광장Cathedral Plaza에 이르자 안또니오 가우디의 신고딕양식 '주교의 궁'이 있다. 주교관이 화재가 나자 주교는 친구인 안또니오 가우디에게 설계를 부탁해서 건축이 시작되었다. 주교가 갑자기 죽자 위원회의 반대로 원래 설계와 다르게 변형된 곳도 있다. 건물은 우여곡절 끝에 1913년 완공 후에도 오랫동안 비어있었다. 스페인 내전 당시 프랑꼬 군사령부였다가 1963년부터 '까미노 박물관'이 되었다. 이 박물관에는 북부 스페인의 순례길, 군사로, 교역로 등 여러 까미노와 관련된 기록과 유물과 예술품들이 전시되어 있다. 앞으로 가는 이라고 산의 '철십자가' 진품도 여기에 보관돼 있다.

이 지역은 로마시대 매춘부 숙소가 있었다. 대성당 광장에서 색색의 순례자들이 이합집산한다. 대성당 옆에는 로마시대 건물터를 잘 보존하여 투명한 유리창을 통해서 내려다볼 수 있게 만들어 놓았다. 아스또르가를 대표하는 산따마리아 대성당이다. 이 성당은 종교개혁이 일어나기 전 1471년에 짓기 시작해서 3백년이 넘도록 완성되지 못했다. 그래서 로마네스크와 고딕양식으로 이후 양식들이 혼재되어 있다.

성당 뒤에 유서 깊은 로마시대 성벽과 로마의 문Puerta Romana이 있어 야외박물관 역할을 한다. 주위에 산후안 병원, 대성당 박물관 등이 있다. 대성당 박물관에 피니스떼레에 산띠아고 시신을 모셔서 매장하기까지 이적을 그린 그림이 있다. 소가 석관을 끌고 신이 다리를 무너뜨려 로마 군사를 따돌리는 장면 등이 그려져 있다. 이제 순례자들은 우측에 아시시의 성프란시스코가 묵었다는 산

후안 병원을 지나고 좌측 '성령의 수도원'을 지나 서쪽 주교의 문Puerta Obispo을 통해서 라바날을 향해 가면 된다.

폰세바돈Foncebadon을 향하여

주교의 문을 나서 폰세바돈을 향해 간다. 약 8km까지는 해발 8~900m로 얌전한 오르막이다. 이 길은 메세따의 흙투성이 고원과 달리 신발이나 타이어도 깔끔하고 우아하다. 멀리 깐따브리아 산맥을 넘는 오르막 길이 전개되지만 아직 걱정할 필요는 없다. 깐따브리아 산맥은 지나온 바스끄, 깐따브리아, 아스뚜리아스, 까스띠야이레온, 갈리시아 지방에 걸쳐 있는 산맥으로 동서로는 500km 남북으로는 100km정도이다.

북쪽 비스께만 해안 쪽은 급경사이고 남쪽 메세따는 완만하여 농경지가 많다. 북쪽은 사이클론의 영향을 받아 강수량이 많고, 남쪽은 강수량이 적다. 이 지역은 금, 은을 비롯한 귀금속류를 비롯해서 철이나 석탄 등 지하자원이 풍부해 늘 외적의 침입이 많았고 훗날 철도와 도로가 많이 생기는 동기가 되었다. 이곳 원주민인 마라가또인들은 현재 40여개 마을에 4천여 명이 흩어져 산다.

무리아스 데 레치발도, 산따 까딸리나 데 소모사, 엘간소 등을 지나서 고도를 높여 라바날을 향해서 간다. 무리아스 데 레치발도 마을은 전형적인 마라가또인 마을이다. 산따 까딸리나 데 소모사Santa Catalina de Somoza라는 긴 이름에서 Somoza 어원이 'Sub Montia'로 '산 아래'라는 뜻이다.

엘간소는 지나간 시절의 추억을 생각하게 하는 쓰러지고 낡아가는 초라한

라바날과 폰세바돈을 향해 가는 마라가또인들이 살고 있는 산촌 소박한 교회

마을이다. 초라한만큼 자연은 더 빛나고 아름답다. 마을에 들어가니 순하고 큰 개가 있는 바르Bar에 마라가또인으로 보이는 날렵한 남자가 주인이다. 테이블 위에는 볼트로 발목을 조인 큰 돼지다리 염장 가공식품인 하몽이 있고 빵과 술, 커피, 식사 등이 제공된다.

꼬시도 마라가또Cocido maragato는 수천 년 전통의 점심식사로 풍성하다. 고기 한 접시에는 육포 하몽 초리소, 돼지 옆구리살, 다리, 귀, 코 등이 나온다. 두 번째 감자, 렌즈콩, 양배추 등 채소류, 셋째는 스프, 마지막에 후식이 나온다. 과연 노새가 아닌 사람이 이 많은 양의 음식을 어찌 다 먹을 수 있을까? 오직 노새와 수세기를 함께한 마라가또인들만 이 음식을 다 먹을 수 있다. 바르에는 마라가또인들의 오래된 축제, 의식, 결혼식, 장례식 등이 찍힌 흑백사진이 붙어있다.

라바날 델 까미노는 본격적인 산악지역의 초입으로 12세기 템플기사단이 순례자 안전을 위해서 머물던 곳으로 그들이 세운 교회가 있다. 2001년 베네딕또 교단에서 이곳에 수도원을 지었다. 라바날을 지나면서 경사가 차츰 가파라지고 고산풍의 튼튼한 돌집을 자주 볼 수 있다.

여기에서 폰세바돈 가는 길을 물어 보니 6km를 더 가야 한단다. 마라가또인들이 노새를 끌고 짐을 운반하던 일거리를 기차와 자동차에 빼앗긴 다음부터 퇴락한 폰세바돈은 고도가 1430m쯤 되는 곳으로 3개의 알베르게와 개마고원의 화전민 마을처럼 대부분 폐허가 된 집들이다. 3개의 알베르게 중 돌로 튼튼하게 지은 몬테 이라고Monte Irago에서 머물기로 했다.

모두가 떠난 외로운 산간 마을

알베르게 뒤 헛간창고에 자전거를 보관하고 이층침대로 올라가 그 동안 밀렸던 일지를 쓰면서 이리 뒹굴 저리 뒹굴 게으르게 보낸 잠깐의 평화가 무척 감미로웠다. 저녁식사를 시키니 빵, 하몽, 샐러드 , 잼, 그리고 원형 플라스크 병에 와인이 가득 나온다. 이 동네산 하우스와인은 식품보존제가 안 들어가 진하고 구수하며 부드러운 맛이 난다. 여기는 영고성쇠榮枯盛衰의 현장, 모두가 떠나고 없는 퇴락한 마을이다. 높은 산지의 가옥은 피레네나 알프스나 히말라야나 깐따브리아 산맥이나 다 비슷한 2~3층 되는 돌집들이다. 외로운 산동네 폰세바돈Foncebadon은 황량하고 을씨년스런 겨울을 기다리고 있었다.

오랜만에 편안한 안식을 취하고 새벽에 일어나 헤드랜턴을 켜고 짐을 챙겼다. 오늘은 여정 중 가장 높은 곳을 지나간다. 이곳1430m에서 2km만 더 가면 이라고 봉Puerta Irago, 1505m의 철십자가La Cruz de Ferro가 있다. 가장 높은 전망대가 있는 정상1535m은 4.5km를 더 간다. 출발하자마자 펑크가 2번 나서 기를 죽인다.

이라고 봉의 돌무더기 위에 서 있는 철십자가 아래에 무수한 순례자들이 던진 돌무더기가 서낭당처럼 쌓여 있다. 여러 염원을 담은 상징들의 흔적이다. 이 서낭당 돌무더기는 대서양 건너 켈트Celt족 풍속에도 있다고 한다. 이곳은 잠시 쉬어가며 사진을 찍는 철십자가 옆 안내문에는 "모든 순례자들은 이 철십자가 앞에 멈추어 발밑에 돌을 놓는다. 이 돌은 다른 순례자들이 놓고 간 돌들과 함께 돌무더기를 이룬다. 자신이 살던 곳에서 가져온 돌을 놓으면 자신이 살아오면서 지은 모든 죄와 짐들로부터 해방될 수 있다"고 쓰여 있다. 마지막 구절이 의미심장하다. "단 돌은 자신이 지은 죄만큼 커야 한다"는 말로 모든 논란을

평정해버린다.

　예전에 들었던 화두를 생각해본다. 운문선사께서 이르기를 "한 생각이 일어날 때 죄가 일어난다" 하시니 한 학인이 선사에게 물었다. "생각이 일어나지 않았으면 어떠합니까?" 하니 선사께서 말씀하셨다. "죄가 수미산같이 크다!" 고 이르셨다. 이 공안公案에서처럼 죄가 수미산같이 큰 이 중생은 어찌할꼬! 우공이산愚公移山이라도 해야 하나?

　조금 더 가면 나오는 '만하린Manjarin'은 12세기 때부터 있었던 오래된 마을이지만 30개의 잠자리가 있는 사설 알베르게가 마을을 지키고 있다. 샤워는 할 수 없지만 길 건너편에 샘, 야외 화장실, 태양 전기, 태양열 온수기 등 친환경시설들이 있다. 여기에 당집처럼 현란한 장식들이 많다. 다시 두 번째 봉우리 위로 올라가면서 전망대가 있는 산 정상1535m 옆을 지나간다.

　자전거 순례는 오직 내려갈 때만 생각이 떠오른다. 이 길은 자전거에서 내리지 않고 갈 수 있는 자비 넘치는 코스이다. 산띠아고를 향해 2회나 달려보았지만 도대체 자전거를 타고 못가는 구간이 없었다. 세상에 800km 길에 계단이 없다는 사실은 경이로웠다. 곳곳에 계단을 만든 편의주의가 보이지 않아 의아했다.

계단은 획일화, 자유의 구속

　계단의 장점은 이루 말할 수 없이 많다. 그러나 까미노에서 계단은 획일화의 산물로 개개인 능력을 배려하지 않은 구속이라는 주장이 많다. 1천 년이 넘은

800여km의 길에 계단이 없다는 사실은 시사하는 바가 많다. 이 길에서 로마시대부터 중세를 거쳐 지금까지 뛰어난 토목기술을 목격했지만 계단을 못 만들 이유가 없다는 생각이 들었다. 여러 의견이 있지만 까미노는 정상적인 체력과 보폭을 지닌 걷는 자들의 전유물만이 아닌 자연을 임대해서 만든 길이다.

계단은 문명의 산물로 도시와 속세에 있어야 하지만 산에서는 있는 그대로의 지형을 존중해야 한다고 주장한다. 까미노에 오는 늙은 순례자들은 바퀴가 달린 카트를 끌고 온다. 리어카를 끌고 오는 이들도 있다. 유모차에 아이를 태우고 오는 순례자도 있고 자전거를 타고 오는 이들도 있다. 심지어는 휠체어를 타고 오는 의지의 인간들도 있다. 모든 이들을 포용하는 까미노의 관용이 존경스럽다.

아직 역사가 짧은 한국의 둘레길만 유독 각이 져 있고 너무너무 계단이 많으며 배타적이다. 자전거는 늘 불법이다. 한국의 산길 둘레길은 오직 두 발足로 각각含含 걷는 것足+含=踏만 허용한다. 우리 선조들은 외적이 쳐들어올 것을 염려하여 도로를 만들지 않았다. 그래서 징그럽게 긴 조선왕조 6백년이 이어졌는지 모른다. 수레조차 다닐 만한 길이 없는 나라에 신진대사는 거의 죽음 같아서 조선은 오직 가난하고 처참하며 고단했을 뿐이다.

까미노는 다양한 동물의 통행은 물론 바퀴를 인정한 도道라는 점이 둘레길과 결정적인 차이가 난다. 등산인구가 많아 등산로의 마모는 상상을 초월할 정도라서 대안으로 나무 계단을 만들고 있다. 사람들 대부분 어쩔 수 없는 경우에는 계단을 이용하지만 틈만 있으면 계단 옆에 반드시 샛길을 낸다. 인간은 본능적으로 계단을 피하는 걸까? 가능하면 다른 대안을 찾고 계단을 줄이는 것이 좋을 것 같다.

둘레길과 주위 야산에 완만한 길에 불필요해 보이는 계단을 보면 가슴이 답답해진다. 불필요한 예산낭비를 하고 자연을 헤치며 경관을 망가뜨리기 때문이다. 무릎관절이 안 좋은 사람은 각진 계단을 싫어한다. 우리가 산에 가는 것은 불편함을 극복하고 심신을 도야하기 위해서이다. 위험한 곳에 계단과 안전줄은 꼭 필요하지만 너무 지나친 것이 문제다. 유독성 화학물질로 처리된 내구성이 약한 나무보다는 철과 와이어를 쓰고, 단단한 로만 시멘트의 주재료인 생석회로 마모된 길을 보강하는 것이 경제적이고 친환경적인것 같다.

우리는 까미노의 관용 때문에 MTB를 타고도 종교, 풍습, 역사, 문화가 깃들어 있는 곳을 빠짐없이 들를 수 있었다. 라이더들도 까미노의 주인이 될 수 있다. 가파른 내리막이지만 앞 브레이크로 기본적인 제동을 하고 뒷 브레이크를 살짝 살짝 잡아가며 천천히 아름다운 다운힐을 한다. 자전거 순례의 장점은 까미노길라는 하나의 선을 벗어나서 주위를 돌아보기가 매우 편리한 기동력에 있다. 지나온 부르고스, 레온, 아스또르가 등도 까미노를 벗어나 구석구석 돌아볼 수 있었다. 아세보Acebo에 이른다. 산 아랫동네 가파른 아세보까지 차가 올라온다. 말도 안 되는 '송어의 샘'은 말라 있었다. 폰세바돈에서 아세보까지 1500m의 봉우리를 2, 3개 넘어서 급경사를 내려오는 길이므로 비나 눈이 내리고 안개나 구름이 끼면 길을 잃기 쉬워 여러 개의 큰 이정표를 세워 관리한 아세보 사람들에게 세금을 면제해 주었다.

아세보에서 좌측 우회로 강을 따라 가파른 침묵의 계곡을 내려가면 수력으로 물래방아가 돌아가는 중세의 대장간 에레리아Herreria, 대장간가 침묵을 깨고 있다. '리에고 데 암브로스'는 예쁜 마을이다. 이런 아름다운 마을에서 잠시 쉬고싶다. 이곳 집들은 돌출형 발코니가 있는 이층 전통가옥들이다. 이촌향도離村向

都하던 산골마을이 숙박업소, 알베르게, 바르, 까페 등 상업이 활발해지면서 귀촌하는 사람들이 늘고 있다.

템플기사단의 성지, 뽄뻬라다

몰리나세까에서 뽄뻬라다까지 도로를 이용한 길이 대부분이지만 산악지형 특유의 튼튼해 보이고 높은 돌집들로 아름다운 곳이다. 마루엘로 강을 건너는 순례자 다리를 건너면 유서 깊은 마을 '몰리나세까'는 예전 부유한 귀족들은 물론 레온 왕국 페르난도 1세의 딸 '도냐 우리까'도 여기에 살았다. 이곳은 산악지대를 벗어나는 지점이자 산악지대로 들어가는 관문이라 전략적으로 중요해서 한때 순례자 숙소가 4개나 있었다.

보에사 강을 따라 오다가 강쪽이 아닌 좌측 편에 유서 깊은 마을 '깜뽀'는 중세 유대인 거주지이다. 무슨 연유인지 모르지만 건물마다 무기 모양의 조각이 새겨져 있다. 로마시대에 만들어진 흥미로운 수조水槽가 지금도 사용되고 있다. 올리브 밭으로 둘러싸인 17세기 불라세 성당이 있다. 이곳을 지나면 보에사 강을 건너는 마스까론 다리가 있다. 드디어 뽄뻬라다이다.

마스까론 다리를 건너지 않고 좌측 길은 Camino de Otero로 2.5km 정도 더 가면 환상적인 동화를 연상시키는 '산따마리아 데 비스바요 성당'이다. 뽄뻬라다는 1082년 아스또르가의 오스문도 주교에 의해 실강rio Sil에 건설한 철다리 『Pons다리+Ferrata철』에서 유래했다. 이 도시는 2천 년 전 로마시대부터 거주했다. 여기서 남서쪽 20km를 가면 로마시대 유명한 금광 라스메둘라스Las Medulas

가 있다.

　30km떨어진 까브레라Cabrera강에서 로마시대의 수로로 공급된 물로 6만 여명이 노예들이 금을 선광選鑛했다고 한다. 인구 6만 행정중심도시 뽄뻬라다는 산띠아고까지 통털어 가장 큰 도시이다. 19세기 철도가 들어오고 20세기 초부터 석탄 철광석이 채굴되면서 도시가 발전했다.

　1178년 페르난도 2세의 법령으로 뽄뻬라다와 순례자 보호를 위해 주둔한 템플기사단이 1282년 실Sil 강가에 떡갈나무 숲을 베어내고 템플기사단의 성Castillo de los Templarios을 건설했다. 프랑스 필립 4세의 협박과 농간으로 교황 클레멘스5세가 템플기사단의 해체를 선언 했다. 1312년 이후 무주공산이 된 이 성을 차지하려는 제후들 간 기나긴 싸움이 계속되다가 까스띠야 왕국 이사벨 여왕과 아라곤 왕국의 페르난도 5세가 결혼 후 왕실 소유로 복속시키면서 싸움은 종식되었다.

　기사단이 떡갈나무Encina를 베어내면서 성모상을 발견한 일대를 엔시나의 성모 광장Plaza Virgen de la Encina이라 하고 성모를 모신 곳이 Basilica de la Encina이다. 이 성모상은 엘 비에르소지방의 수호신으로 선포되었다. 이 광장에서 시계탑 아치가 있는 길을 따라가면 1565년에 감옥이었던 곳에 비에르소 박물관이 있고 시청 광장Plaza Ayuntamiento이 나온다.

　이 도시는 보에사강 마쓰까론 다리로 들어오고, 실강의 페라따 다리Pons다리+Ferrata철를 통해서 나간다. 다른 대원들은 여기에서 뽈뽀문어로 만든 스페인 요리 안주에 비노 띤또Vino tinto, 적포도주를 엄청 마셨다고 한다. 추억은 아름답지만 그 이전에 아쉬움이란 움이 몰래 싹트고 있다. 아쉬움은 돌이킬 수 없어서 더욱 가슴 저리는 추억이 된다.

23

내가 가는 길이
방황인가 방랑인가?
인생은 저지르는 자의 것이다!

바람과 파도는

항상 가장 유능한 항해사의 편이다

— 에드워드 기번

되게 하라! 되게 하소서!

생활자전거를 탄 중년아저씨에게 길을 물었더니 도시의 외곽 멀리까지 길을 안내해준다. 비에르소 와인의 천국 '깜뽀나리아'를 향해 갈 생각을 하니 취기가 전율처럼 스쳐지나간다. 서늘한 날씨지만 등을 내리쬐는 햇볕은 강하고 따갑다. 굿바이 미스터 뽄뻬라다!

뽄뻬라다 남자와 헤어지고 얼마 안 있어 스페인 자전거 팀과 만나 앞서거니 뒷서거니 달린다. 초보로 보이는 여성은 생활자전거에 짐을 잔뜩 싣고 씩씩하게 가고 있다. 우리 인생에서 의사결정을 할 때 중요한 것은 '안 된다'와 '된다'라는 단순미래적 전제보다는 '되게 하라'는 의지미래적 전제가 중요하다.

모든 여행이나 원정도 이것저것 꼬치꼬치 따져보면 '안 가길 잘 했다'란 결론에 이르기 쉽다. 우리 속담에도 '집 떠나면 고생이다'는 말이 있지 않던가! 이 말은 집 떠나는 것을 금기시하고 또 다른 세계로 나가려는 발목을 사로잡는 주문呪文이다. 그래도 '혹시' 하면서 갔는데 이것저것 부딪히고 깨져보니 '역시'였다는 식이다.

거금 들여 직장을 쉬고 가족들 눈치봐야 하고 무엇보다 본인이 사서 고생하는 일을 왜 하는지 자문한다. 그 시간에 가족을 위해 봉사, 그 돈으로 이웃돕기, 그 시간에 공부, 그 돈으로 오디오나 MTB를 바꿀 수 있다고 생각하면 '안 된다는 전제'를 가지고 있는 것이다. 안 된다는 전제가 마음에 자리하면 모든 것이 해서 안 되는 쪽으로 물을 댄다.

사랑에 눈이 멀면 얼굴의 마마자국도 보조개로 보인다. 눈에 콩깍지가 씌면 호박에 줄을 그어 놓아도 수박으로 보이는 법, 이것을 '제 눈에 안경'이라는 말로 폄하하기도 한다. 서양에서는 'Love is blind'사랑은 맹목적이라고 했다. 이 모든 시각의 '착각'을 만들어내는 것은 무엇일까? 일체유심조一切唯心造라는 과장이 그런 심리적 현상을 설명해준다.

'인생은 저지르는 자의 것이다'라는 말이 있다. '하지 않고 아쉬워하느니, 하고 후회하는 것이 더 낫다'라는 말은 더 적극적이고 세뇌적이다. 보편적인 평범한 생각과 관념도 의식화를 통해서 단련을 하면 행동화가 가능해진다. 의식의 행동화를 위한 여러 이론을 동원해 다시금 채찍질하면서 자신을 추스린다.

모든 것을 다 알면 떠날 이유가 없다. 인류 정신의 등불을 자처했던 칸트Kant 는 평생 자신의 고향 쾨니히스베르크를 떠나지 않았다. 오대산 월정사에 딸린 상원사로 입산한 방한암 스님도 열반에 들 때까지 절 밖을 나가지 않는 동구불

출洞口不出을 실천했다. 문수보살이 상주한다는 월정사는 한국전쟁 때 국군에 의해서 불태워졌다. 군인들이 상원사까지 불태우려 할 때 꼼짝 않고 법당에 좌정하고 그대로 앉은 자세로 열반하는 좌탈입망坐脫入亡으로 상원사를 지켰다.

우리처럼 어리석고 부족한 사람들은 여행과 원정을 통해서 평소의 생각과 이념을 담금질하고 실천과 행동을 통해서 단련할 기회로 삼는다. 저 산 너머엔 무엇이 있을까? 저 바다 건너엔 누가 살고 있을까? 우자愚者는 우왕좌왕 방황彷徨하고, 현자賢者는 자유롭게 방랑放浪한다. 내가 가는 이 길은 방황인가 방랑인가?

깜뽀나라야Camponaraya, 와인 양조장

까까벨로스를 향해 포도밭을 사이에 두고 신선하고 서정적인 시골 풍경 속을 은은하게 달려간다. 온통 포도원이 계속되고 많은 사람들이 포도 수확에 바쁘다. 자전거는 꼼뽀스띠야, 꼴롬브리아노스를 지나 푸엔떼스 누에바스에서 멈추고 식품점에 들어가서 뚱뚱하고 순박해 보이는 주인에게 하몽 덩어리를 잘라달라고 부탁했다. 일용할 양식, 빵과 과일과 포도도 샀다. 길 건너편 성그리스도 성당 앞에 콸콸 나오는 순례자 샘터가 있어 이곳 지명이 Fuentes Nuevas새로운 샘가 된 것이 아닐까? 좋은 물과 달콤한 포도가 있어 유명한 깜뽀나라야Camponaraya의 산업지대에서 엘 비에르소의 명예로운 와인을 생산할 수 있다고 한다.

와인을 만드는 방법은 간단하다. 그냥 포도를 으깨어놓으면 '발효'가 되고 일정기간 '숙성'이 되면 병에 주입하면 된다. 와인은 생산지역과 다양한 제조방법에 따라 분류된다. 각 와이너리Winery, 양조장마다 독특하고 고유한 제조비법이 있지만 그것은 알 수 없고 일반적인 와인 제조방법에 대해 알아본다.

　　레드와인과 화이트와인 양조의 차이점은 레드와인은 적포도를 사용하고, 화이트와인은 청포도나 적포도 껍질을 까서 사용한다. 둘째, 레드와인은 포도알을 껍질째 으깨어 씨, 과육, 껍질이 섞인 상태로 발효하고, 화이트 와인은 포도알을 압착해서 나온 포도즙만 발효시킨다. 세째, 레드와인은 유산균 또는 젖산박테리아에 의한 유산발효 과정을 거치고, 화이트와인은 대부분 유산발효과정은 생략한다.

　　이때 줄기나 꼭지가 들어가면 떫고 맛이 변형되므로 반드시 제거한다. 포도를 넣은 통에 남녀가 들어가 맨발로 포도를 밟아서 으깨는 것을 신문이나 뉴스로 보았을 것이다. 으깬 포도를 탱크에 넣고 먼저 발효를 시킨다. 포도송이에 하얗게 서린 분말이 효소 역할을 하지만 필요에 따라 일정한 효소를 주입한다.

　　포도껍질과 씨앗은 수렴하는 성분이 있다. 껍질에서 안토시아닌이란 붉은 색소가 나오고 포도씨에서는 떫은 맛인 타닌 성분이 나와 맛을 좌우한다. 먼저 발효가 잘된 거친 포도를 잘 짜서 껍질과 씨 등 건더기를 없앤다. 맑게 잘 발효된 포도즙을 오크통이나 스테인리스 통에 넣어서 일정기간 숙성시키면 술이 된다. 숙성 기간은 다 다르지만 보통 3개월에서 2년 정도이고 숙성이 끝나면 병에 주입한다.

　　화이트 와인의 양조는 청포도나 껍질을 벗긴 적포도를 압착기로 짜서 과즙을 추출하고 필요한 효소를 주입하여 오크통이나 스테인리스 탱크로 옮겨 숙성시킨다. 숙성 기간은 3개월에서 1년 정도로 빠르다. 중간에 발효를 멈추면 단맛이 나고, 완전히 발효를 시키면 드라이한 것이다.

까미노를 지키는 돌집들!

길가에서 까까벨로스의 순례자 거리를 들어가려다 보면 산로께라는 한 칸짜리 작은 예배당이 있다. 이 작은 기도소에 신부님 한 분이 순례자 여권에 세요를 찍어주고 있었다. 그동안 크고 화려한 성당과 교회만 보다가 이렇게 작은 예배당을 보니 측은지심이 일어난다. 종교적인 냄새가 나지 않게 1유로를 헌금하고 경배敬拜했다.

이 예배당은 튼튼하고 야무지게 지어진 돌집으로 어지간한 지진으로도 무너질 것 같지 않다. 실제로 까까벨로스는 로마시대 금광과 20km지점에 있는 행정도시로 10세기에 크게 번창했지만 12세기에 일어난 지진으로 도시 대부분이 파괴되었던 역사가 있다. 작은 돌이나 석재를 쌓고 그 틈은 로만 모르타르mortar, 회반죽로 붙여서 튼튼하게 집을 지었다.

우리의 전통 시멘트인 생석회를 점토나 흙에 섞어 반죽한 것을 기와지붕의 용마루 기와와 기와 사이, 수막새와 암막새 사이 하얀 이음매를 붙였다. 생석회와 소털을 잘 섞어 반죽한 후 벽에 바른 것이 회벽이다. 산에 묘를 쓰고 회를 다지는 것을 회다지라고 한다. 이렇게 쓴 회는 양생기간이 길지만 일단 양생되면 무척 튼튼해서 거의 돌처럼 단단해진다. 이 정도로 우리의 회 사용은 제한적이었다.

이와 비슷한 로만 모르타르회반죽를 이용해 쌓은 1천년이 넘은 부르고스 성이 기억나는가? 까미노를 따라가면 정말 단단하고 내구성이 강하며 친자연적인 돌집들이 수없이 많다. 이 까미노의 장인들이 집 근처에 있는 하찮은 돌멩이를 이용해서 지은 요새처럼 튼튼한 집이 제일 부러웠다.

돌집은 처음에는 수공手功이 많이 들어가고 시간이 많이 걸리지만 한번 지어 놓으면 천년의 건축이 될 수 있다. 옛날에는 동서양 모두 가렴주구苛斂誅求와 학정虐政에 시달리는 것이 민중들의 삶이었지만 돌집에서 산다면 허구한 날 비가 새고 바람이 들어오는 집을 걱정하고 해마다 지붕을 새로 이고 부서진 집을 고쳐야했던 노동력을 절약할 수 있었으리라. 그런 측면에서 돌집은 스페인 민초들에게는 축복이었다. 이들은 회灰를 일반 건축자재로 널리 잘 활용해서 튼튼하고 오래가는 집을 지었다.

이렇게 성처럼 튼튼하고 넓은 집은 의식주衣食住의 하나인 주거를 해결할 수 있어 민초들의 삶이 덜 고달팠으리라. 오래전 학창시절 배낭여행을 할 때 로마의 유명한 콜로세움과 판테옹 등이 로만 모르타르를 이용해서 지었다고 해서 경이로웠다. 2천년이 지난 지금도 건재하고 있어서 경악하게 한다.

우리나라 석회석 매장량은 127억 톤이 넘어 세계 10위 안에 든다. 우리 선조들도 회를 잘 이용해서 집을 지었다면 삶이 훨씬 덜 피폐했으리라. 화약은 중국에서 제일 먼저 발명되었지만 서양처럼 무기의 폭약으로 사용되지 않고 폭죽놀이 용도로 쓰였다. 석회석 매장량이 세계적이지만 서양처럼 건축용자재로 널리 쓰지 못하고 용도가 극히 제한이었던 것이 참 안타깝다.

통나무집, 황토집, 초가집, 기와집의 친자연적이고 미학적이라고 하지만 그런 건축물은 관리하고 유지보수하기에 사람손이 많이 가고 내구성이 약하며 편의성에서 뒤진다. 이런 집은 사람의 손길을 목마르게 기다리다 애정이 충족되지 않을 경우 빠른 속도로 퇴락해버린다. 동양의 목조나 흙으로 지어진 건축들을 특별한 관리나 손질을 하지 않고 몇 백 년을 쓸 수 없었다. 인간의 흥망성쇠에 따라 흥興할 때 지어진 집은 집안이 쇠衰할 때 사람과 함께 몰락했다.

정말 단단해 보이는 돌집 예배당 산로께

친자연적인 집은 화재나 수재 등 자연재해에도 쉽게 무너졌다. 우리에게 가장 오래 된 집으로 꼽히는 8백년 된 봉정사의 극락전, 수덕사의 대웅전, 부석사의 무량수전 등은 그나마 종교적인 건축물들이라서 특별관리 받으며 지금에 이르렀다. 흔하고 흔한 회를 이용해서 흔하고 흔한 주위의 돌을 모아서 집을 지었다면 그 옛날 우리네 삶도 덜 고달팠으리라.

까까벨로스의 고고학박물관에는 인근 로마인 거주지에서 출토된 유물들이 많이 있다. 와인박물관에는 여러 가지 와인과 와인생산의 역사가 전시되어있다. 이제 꾸아강을 건너간다. 낮은 산과 구릉이 연속되면서 바이크는 지형을 따라 역지사지易地思之하면서 유유히 달리고 있다. 그 옛날에 힘깨나 썼을 것 같은 거대한 디딜방아가 길가에 유물이 되어 서 있다.

감로수가 흐르는 땅을 지나간다. 하늘 끝까지 밀밭 보리밭인 메세따 평원과 온 천지가 달콤하고 향기로운 포도원인 비에르소 지방은 극적이다. 포도를 사겠다고 하면 농부들은 한 무더기 포도를 그냥 건네준다. 이곳은 비에르소 와인의 고향이다.

비야프랑까 델 비에르소 Villafranca del Bierzo

이렇게 시간은 흘러가고 우리 몸도 유체이동하면서 흘러가고 있다. 까까벨로스를 지나 '라스 알구스디아스' 마을을 지나 '삐에로스' 마을을 통과하여 '발뚜이에 데 아리바'를 지나면 드디어 아름다운 '비야프랑까 델 비에르소'에 도착한다. 이 지역의 경제적 수준은 비야프랑까 델 비에르소의 망루가 있는 거대한 성채와 성당 수도원 수녀원 마을청사 등을 보면 쉽게 이해가 된다.

비야프랑까에 처음 들어와서 좌측에 산띠아고 성당을 지나면 바로 '마르께세스궁'이 있다. 이것이 유명한 후작들의 궁성 Castillo Palacio de los Marqueses이다. 16세기에 지어진 이 성은 똘레도 가문의 사저私邸로 지나가는 순례자들의 부러움과 시샘을 사고 있다. 거대하고 아름다우며 전망이 좋아 사방을 관측하기 쉽다. 높이 솟은 성벽에서 이들의 축성술을 헤아려 본다. 이렇게 오랜 세월을 견디어 온 느낌이 온몸으로 전해져 온다.

전원적이고 아름다운 이곳은 한때 8개의 수도원과 6개의 알베르게가 있었다. 현재 인구 5천명의 아담하고 살기 좋은 마을로 상점과 식당 바 등이 있다. 이곳 알베르게들은 가끔 신비의 음료 '께이마다Queimada'가 나오기도 한단다. 이것은 포도껍질로 만든 독한 오루호Orujo, 설탕, 레몬껍질, 계피, 커피빈 등으로 만든 알콜 음료로 '태우다quemar'에서 유래되었다고 한다.

11~12세기 산띠아고에 있는 대성당을 지을 무렵 사람들 속에 있는 악령을 쫓아내는 목적으로 의식을 행했다. 저녁식사 후 컴컴한 곳에 둘러앉아 이 음료를 만드는 동안 사람들은 주문을 외우고 만들어진 께이마다를 국자에 담아 불을 붙이고 나서 용기에 천천히 따르는 것으로 의식은 끝난다. 울체가 있어 우울증을 앓거나 감기 기운이 있을 때 이 음료를 마시고 발산하면 악령은 아니더라도 사기邪氣를 내쫓을 수 있으리라.

비야프랑까는 여러 성당과 수도원과 수녀원에서 종교적인 기원祈願과 발원發願이 수없이 행해졌음에도 불구하고 시련이 많았던 지역이다. 돈과 재물이 넘치면 재앙이 뒤따른다. 이곳 역사를 돌이켜보면 '쿼바디스도미네 Quo Vadis Domine, 주여 어디로 가시나이까'가 느껴진다.

비야프랑까를 떠나 산띠아고로 갈 때는 브리비아강의 이 다리를 건너세요!

16세기 전염병이 돌아서 대부분 주민들이 사망했다. 18세기 초에 홍수로 건물들이 쓰러지고 파괴되었다. 19세기가 되어서는 나폴레옹의 프랑스군이 마을을 약탈했다. 이어서 프랑스군을 축출한 영국군이 부수고 불지르며 여인들을 전리품으로 삼는 약탈과 만행을 자행했다. 영국군 사령관 존무어가 주모자를 처형하면서 약탈행위는 끝났다.

순례자가 '산띠아고 교회' 북쪽에 '용서의 문Puerta del Perdon'을 지나가면 산띠아고에 가지 못해도 산띠아고에 간 것과 같은 영적 축복을 받았다. 이 때문에 '작은 산띠아고'로 불리기도 했다.

우리는 중앙광장에 전망이 좋은 노천 까페에서 쉬면서 물과 간식으로 충전하고 앞으로 갈 가파른 길을 헤아려본다. 빠라도르국립호텔, 산프란시스꼬 수도원, 산니꼴라스 성당, 산호세 수녀원, 디비나 파스또라 수녀원, 아눈시아다 수녀원, 지자체정원, 꼴레히아따 성당 등이 화려했던 옛 영화를 들려준다. 눈앞에 아구아까예를 따라서 옛 귀족들의 저택이 있는데 저마다 가문의 문장을 새긴 방패를 간직하고 있어서 후손들은 '가문의 영광'을 회상하며 자신들 선조를 기리리라.

왠지 모르게 전원적이고 품위가 있는 비야프랑까를 떠나 부르비아강을 높이 지나가는 아름다운 아치형 다리를 건넌다. 이제부터 헐떡거리며 쁘라델라Prade la 봉 오르막이 시작된다. 중간에 바와 슈퍼마켓이 있으면 무조건 들러 마시고 먹었다. 이 산간 마을 까미노를 계속 올라 '롤단의 바위'를 지나 평탄한 길이 나오면 아래로 발까르세Valcarce 계곡의 아름다운 경치가 펼쳐진다. 멋진 밤나무숲을 지나 해발 9백m 가량 되는 길을 지나서 '뜨라바델로'를 향한다.

여기서부터 발까르세 강을 따라서 상쾌한 물소리와 상큼한 숲 향기를 맡으면서 간다. 도로 옆이라 자동차가 지나가면서 정적을 깨곤 한다. 한 10여km를 아름다운 강과 길과 함께 한다.

이 길의 중간에 만나는 마을 '베가 데 발까르세'는 스페인을 통일한 이사벨라 여왕과 페르난도 왕의 손자인 까를로스 5세가 쉬어간 곳으로 유명하다. 마을은 9세기 아스또르가 출신 사라세노 백작이 세웠다. 마을 뒤에는 2개의 성이 있어 전망이 좋다.

길을 따라 강을 따라 달리다 강을 건너 있는 에레리아스Herrerias, 대장간이란 뜻는 17세기에 철 주물공장으로 유명했던 곳이다. 이 강 옆에 끼뇨네스Quiñones의 샘 이 있다. 여자에게 실연당한 화풀이로 오르비고 다리 위에서 당대의 기사들과 한 달 동안 300개의 창을 부러뜨리며 마상결투를 한 바로 그 별난 인간 끼뇨네 스가 산띠아고 순례를 떠나며 샘에 붙인 이름이다.

에레리아스에서 머리를 짧게 깎은 뚱뚱한 젊은이에게 물어보니 에세브레이 로까지 8~9km라고 한다. 이 마을에는 산촌 특유의 돌집들이 있어 나를 또 부 럽게 만든다. 몇 개의 바와 오래된 대장장이의 집Casa de Ferreiro이 있다. 여기에 영국인 구호시설과 순례자 예배당과 공동묘지를 지나면 제법 길고 가파르며 지루한 오르막길이 시작된다.

나무숲들이 무성해서 크게 힘들지 않다. 한참 가니 라파바La Faba로 가는 두 갈래 길이 나온다. 좌측은 보행자들이 가는 발足그림이고 우측은 바이크 그림 이 그려져 있다. 아무래도 보행자로가 가깝겠지만 자전거 길로 간다. '라파바' 를 지나니 '오세브레이로'가 지척으로 가깝게 보인다. 젊은 양치기는 천천히 소 형 승용차를 타고 뒤따라가고 양치기견 한 마리가 양떼들을 잘 몰고 가고 있 다. 빗방울이 쳐서 우비를 꺼내 입었다.

갈리시아

24

비에 젖고 또 갈리시아에 젖다!

목표가 확실한 사람은

아무리 거친 길이라도 앞으로 나갈 수 있다.

그러나 목표가 없는 사람은

아무리 좋은 길이라도 앞으로 나갈 수 없다.

— 토머스 칼라일

손짓 몸짓을 초월한 발 그림!

우리는 갈리시아의 오세브레이로에서 켈트족들의 숨결이 느껴지는 빠요사초
가집에서 자고 싶었다. 그러나 오세브레이로의 직전 Raguna de Castilla 알베르게
에서 묵고 있는 5명의 대원을 만났다. 매정하게 떨치고 갈 수 없어 이 5형제들
에게 묻혀 자기로 했다. Raguna는 '연못'이나 '늪'을 뜻하는데 그날 밤 나는 늪에
빠지고 봉변을 당했다. 까스띠야 이 레온지방의 마지막 마을 마지막 밤을 마지
막 다락방 후미진 이층 침대에서 빈대의 공격을 받으며 뜬눈으로 지새웠다. 그
래도 밤은 가고 아침이 밝아 왔다. 악몽을 지우기 위해 빨리 떠나고 싶었다.

한국인들은 세계에서 가장 편리한 글자인 한글의 고마움을 모를 때가 많다.

일본, 터키, 몽골, 페르샤, 힌디어, 산스크리트어처럼 우리말 어순을 가진 언어는 어순이 다른 인도유러피언어에 취약하다. 말이 안 통하면 손짓 몸짓으로 의사표시를 하는 바디랭귀지가 있다.

이곳은 사설 알베르게라서 아침을 주문해야 한다. 부산에서 온 한 남자는 경상도 사투리로 능숙하게 빵, 커피 등 자기들 아침을 주문하고 있었다. 들고 있는 수첩을 보니 빵, 사과, 커피, 물병 등의 그림이 대충 그려져 있다. 수화手話, 필담筆談은 들어봤는데 이렇게 그림으로 화담畵談을 나눌 줄 몰랐다. 이 부산 빌리진Villagin, 마을사람의 대화법은 영어공부 코피나게 하고도 반벙어리인 우리 사람에게 중요한 귀감이 되었다. 그냥 부산 사투리로 말하면서 아는 단어만 영어를 쓰고 상대가 모르면 그림을 그려주면 거의 다 통한다.

이 팀에는 젊은 한의사, 통신사국장, 교사 등이 있는데 이 남자의 말 그림이 추종을 불허했다. TOFLE TOEIC '만점' 맞은 한국의 괴물 유학생들을 보면서 미국 교수들이 기겁한단다. 그러나 이 괴물들이 반벙어리라서 한 번 더 경악한다고 한다. 영어공부 세계 최고로 많이 하고 회화는 세계 최악인 한국의 시스템은 연구대상이다.

그의 활약으로 맛있는 것 맘껏 먹고, 한국말 맘껏 쓰고 적당히 대중교통도 이용하면서 갔다고 한다. 우리는 제일 많이 달리고 제일 적게 쓴 고행의 팀이었다. 순례자 길은 비우고 버리고 지우면서 가는 길이다. 그래서 우리는 수도승들의 절제節制와 고행苦行과 청빈淸貧을 생각하면서 전날 남은 빵과 잼으로 간단히 아침을 해결하고 비를 맞으며 먼저 출발했다.

오세브레이로의 기적Santo Milagro 두 가지

갈리시아 지방답게 안개처럼 그윽하게 비가 내린다. 비에 젖은 숲에 물안개를 타고 낮게 흘러가는 갈리시아주의 루고 지방에 들어선다. 해발 1300m에 자리 잡은 오래된 마을 오세브레이로O Cebreiro에서 산띠아고까지는 약 165km정도 남아 있다. 켈트족이 지은 기이한 초가지붕과 둥근 돌집 '빠요사Palloza'는 오세브레이로에서 본격적으로 볼 수 있다. 이 빠요사는 지붕이 뾰쪽하고 두터워서 겨울과 여름에 단열이 잘 된다.

1072년 알폰소 6세는 이 높고 척박한 오지에 수도원을 짓게 했다. 까스띠야 왕국의 유명한 이사벨 여왕이 1468년 산띠아고 순례를 가다가 머물렀던 오래된 순례자 숙소가 1854년까지 있었다. 산따마리아 왕립성당Iglesia de Santa Maria Real은 9세기에 지어진 순례자 길에서 가장 오래된 성당으로 1960년대에 복원되었다. 12세기에 만들어진 산따마리아 조각상은 오레브레이로의 기적과 관련이 있다.

순례자 길에는 청동 위에 초록 녹이 슨 전설과 석조 위에 초록 이끼가 낀 신화들이 곳곳에 숨어 있어서 가끔 뒷걸음질하다 밟혀 나온다. 오세브레이로의 기적은 1300년경 신심이 깊은 한 농부가 폭풍우를 무릅쓰고 미사에 참석했다. 이를 본 사제는 '이런 고약한 날씨에 빵과 와인 때문에 미사에 오다니 참으로 한심하다'는 식으로 비아냥거리는 순간 성찬식에 쓸 '빵은 살로, 포도주는 피'로 변하는 기적이 일어났다. 이 때 옆에 서 있던 산따마리아상이 깜짝 놀라 이 광경을 보려고 고개를 숙였다고 한다. 그래서 이 고개 숙인 성모를 '기적의 성모'라 부르고 이 '살과 피'를 '성반聖盤과 성배聖杯'에 담아 모셨다.

또 하나의 기적으로 오세브레이로 성당 교구사제Elias Valina Sampedro, 1929~1989의 마음에 일어난 기적의 불씨이다. 이 사제는 까미노를 살리고 길을 안내하는 노란 화살표Flecha amarilla를 그으며 수백 년 동안 숨도 안 쉬고 누워 있는 순례자길을 복원하는 데 일생을 바쳤다. 그의 흉상이 교회 마당에 서 있다. 그는 이곳 초가집빠요사 보존에도 힘써 빠요사 안에 박물관을 만들기도 했다.

오세브레이로는 까미노의 중요한 관문으로 중세 내내 유럽 전역에서 찾아온 수많은 신도들이 줄을 서서 통과한 곳이다. 순례자들이 어느 루트로 오든 이 오세브레이로를 통과해야 했다. 그래서 이곳은 까미노를 관리하는 중요한 거점이었다.

바다 건너 아일랜드 스코틀랜드에서 흘러온 흔적들

갈리시아는 대서양에서 불어오는 편서풍이 육지에 부딪치는 곳이다. 그래서 갈리시아의 비바람에는 바다냄새가 난다. 대서양의 비구름은 변덕스럽게 뇌우와 돌풍을 몰고 온다. 음습한 낮은 곳에 생명체들이 물을 머금고 굳건한 뿌리를 내리고 초록의 향연을 벌여서 두터운 육지를 가꾸었다. 대서양의 바다 냄새를 수시로 맡은 갈리시아의 참나무는 단단하게 자랐다. 이 참나무는 스페인 무적함대the Invincible Armada의 함선을 만들 때 요긴하게 쓰여 왕이 칙령을 내려 보호할 정도였다.

오랫동안 참나무가 주인공이 되어서 생태계의 순환이 이루어졌다. 19세기에 참나무보다 잘 자라고 건축재, 화목, 펄프 등으로 사용할 수있는 유칼립투스가 심어졌다. 1941년 독재자 프랑꼬도 참나무를 베어내고 유칼립투스를 심어 갈리시아 숲의 3분의 1이나 되었다. 이 나무는 '생물 다양성'을 해쳤다. 나무의 끈끈한 진액은 새들의 목을 막았고 다른 식물의 생장을 막고 다른 동물들이 거의 살지 못하면서 숲 전체 생태계는 커다란 위기에 처하게 되었다.

그래도 갈리시아는 친환경적인 유기농 농사를 짓는 곳이 많다. 야생화가 만발한 초원에 소들이 게으르게 풀을 뜯고 있어 그들만의 친자연적인 채식주의를 실천하고 있다. 갈리시아의 소들은 공장축산이 아니라 들에 방목되어 풀을 뜯어 먹으면서 가장 신선하고 질 좋은 유제품을 생산한다. 계곡 사이 좁은 평야, 능선과 구릉 구석구석 인간의 터전에 양과 돼지, 닭과 오리들을 키우는 모습이 향토적인 시골을 연상시킨다.

이런 음습한 날씨에는 진한 술이 어울린다. 풍성하게 채소를 넣은 스튜Stew, 고기, 감자, 콩, 야채 등이 들어간 깔도 가예고caldo gallego같은 진한 스프를 뜨겁게 먹어 습독濕毒을 풀었다. 문어요리와 조개요리 같은 해물요리도 유명하다. 10유로Euro 정도 하는 착한 '순례자 메뉴'에는 어김없이 동네산産 레드와인이 든든하게 요리를 받쳐준다. 갈리시아의 사람들은 술도 음식으로 여기는 고등한 주민이다. 바다가 가까워 수산물이 풍부하다. 담백하고 깔끔한 가리비Vieiras에는 알바리뇨나 리베이로스 같은 비노불랑꼬백포도주를 마신다.

메뉴판을 볼 때 가난한 지갑에 맞추어 메뉴를 정하지 않아도 될 정도로 가격이 모두 착하다. 중노동에 시달리는 바이커Biker들은 갈리시아의 시골 작은 바르에서 적당한 가격에 맛있는 음식을 배불리 먹을 수 있다. 이 지역은 스프트웨어보다 하드웨어가 지배하는 곳이라 부드러운 포주도 보다는 독주가 어울릴 수 있는 곳이다. 백포도주를 만들 때 벗긴 적포도 껍질을 모아 발효시켜 증류한 오루호Orujo와 이 지역 허브를 섞어 증류한 이에르바스hierbas가 있다. 불면증이 있는 사람은 이런 독주 한 잔 마시고 잠자리에 들면 혈액순환도 잘 되고 숙면을 약속할 수 있다.

갈리시아는 산띠아고의 전설 뿐 아니라 바다 건너서 온 전설도 많은 곳이다. 켈트족이 사는 스코틀랜드와 아일랜드 남서쪽의 문화와 역사적 지리적으로 연결되어 있다. 믿을 수 없지만 스코틀랜드의 짧은 치마짧은 체크 무늬 킬트와 백파이프gaita의 전통이 갈리시아에 남아있다. 아일랜드나 스코틀랜드 사람들이 북서풍과 해류를 따라 배를 타고 오면 제일 접근도가 뛰어난 곳이 바로 이 갈리시아 지방이기 때문이다.

갈리시아는 스페인의 서북쪽 외진 곳이라서 물질적으로 빈곤하지만 평화롭고 다정하며 전통과 관습이 현대문명에 짓밟히지 않고 남아있다. 지역적으로 척박하여 가톨릭의 대가족을 모두 소화할 수 없어 타지로 떠난 사람들이 많다. 여성들은 아이들과 소를 키우고, 트랙터로 밭을 갈고 바르도 운영하면서 억척스럽게 살고 있다.

비가 와도 가야 하는 순례자길

빗속을 걸어가는 나그네의 심정은 자못 비장하고 진지하다. 비오는 날은 하루 정도 쉬면 좋으련만! 갈리시아에 들어왔으니 산띠아고까지 그리 멀지 않다. 오세브레이로를 지나면 '리냐레스liñares'가 나온다. 이름이 오세브레이로에 린넨을 공급하던 아마亞麻, lino밭에서 유래했다고 한다. 비바람 몰아치는 언덕 위에 산로께San Ro que 동상이 가깝게는 계곡 아래, 멀리 산띠아고를 향해 노려보고 있다.

오스삐딸 데 라 꼰데사Hospital de la Condesa, 백작부인의 병원에는 깔끔한 알베르게가 있는데 마을 이름처럼 순례자 길에 최초로 생긴 병원이 있던 곳이란다. 퇴락한 오래된 돌집의 넓은 석판으로 덮힌 돌지붕에 풀씨가 날아와 싹튼 잡초와 이끼 등이 흘러간 세월을 느끼게 한다.

뽀요 고개Alto do Poio, 1335m로 가다 앞에 대원이 우측 포장도로인 급한 내리막길을 신들린 것처럼 달리기 시작한다. 호사다마 길을 잘못 들었다. 끔찍하게 긴 내리막길을 다시 올라오면서 근육은 금새 젖산으로 가득 차 땀에서는 우유냄새가 풍겼다. 마을 중간 한적한 교회 앞에서 사진을 찍으며 오늘 안개비 뿌리는 날 아침 힘겨운 고행을 생각하며 신의 뜻을 헤아려본다. 우리 뒤에 똑같이 어리버리한 에스파뇰들이 2명이나 있어 서로 마주보고 쓴 웃음을 지었다.

성질 급한 순례자나 라이더들에게 시험에 들게 하는 곳이다. 길을 다시 올라와 가파른 뽀요 고개를 향했다. 이곳을 내리지 않고 올라가보려 애를 썼으나 가파르고 젖고 미끄러워 오르기 어려웠다. 8백km의 까미노에서 끌고 올라간 한두 곳이었다.

비가 내리니 뽀요 고개에 있는 알베르게의 바에는 많은 사람들이 우글우글 삼삼오오 모여 시끄럽게 떠들고 있다. 초반 힘을 많이 써버린 우리도 비를 피할 겸 들어가서 밀크커피를 시켜서 빵을 먹으면서 에너지 보충을 했다.

이제 내리막길로 3.5km를 가면 차가운 샘을 의미하는 FonfriaFon샘, fria '차가운'가 있다. 이 까미노 옆에 포장도로가 있어 자전거는 대부분 도로를 질주한다. 오늘 따라 질주에 중독된 동료 대원이 빠르게 도로를 달려 사라져버린다. 레오나르도 다빈치가 말한 '혼자인 순간 온전해진다'는 경구를 되새김하면서 혼자서 까미노를 갔다.

비두에도를 지나 급경사를 내려가면 비요발이다. 소똥, 외양간, 시골냄새가 혼재된 갈리시아의 시골길을 구불구불 간다. 질주한 대원에게 체인이 끊어져 사리아까지 차로 이동한다는 문자가 왔다. 사리아까지 가는 길은 인공의 냄새가 없다. 산과 계곡, 능선, 구릉, 평야 등 자연지형에 집이 드문드문 있는 길을 따라 좌우로 오르락내리락하면서 갈리시아의 시골길을 달렸다. 이곳은 가축들과 순례자의 발걸음에 닳고 닳은 오래된 길이다.

안개비가 내리고 길바닥에 소들이 남긴 흔적을 따라서 달린다. 빠산떼스와 라밀 같은 작은 마을을 지나면 중세 순례자들의 구호시설과 넓은 수도원이 있는 뜨리아까스뗄라Triacastela, 675m가 있다. 망각에 침몰되었다 떠오른 이 마을은 우울한 가을비가 그치고 서서히 젖은 대지와 숲을 말릴 즈음 도착했다. 9세기 경에 생긴 이 오래된 마을 이름은 짐작하듯이 '세 개의 성城'에서 유래되었지만 흔적도 없고 다만 마을 문장紋章과 교구성당 종탑에 3개의 성을 표현한 부조에만 남아 있을 뿐이다.

12세기 순례자들은 이 동네 채석장에서 석회석limestone을 100km 떨어진 까스따네다의 가마터高爐까지 옮겨다 주었다. 거기서 구어진 석회는 산띠아고 대성당을 짓는 데 썼다. 그들을 기리는 기념비가 마을광장에 있다. 이것이 로마의 판테온이나 콜롬세움의 2천년 역사를 이어준 '로만 시멘트'라고 하는 것으로 일단 양생되면 천년 넘게 수명이 긴 특징이 있다.

까미노를 지나오면서 만난 수천 개의 성당과 교회, 석조건축과 토목시설들이 모두 이 오래된 회를 이용해서 지었다고 보면 된다. 걷는 자들은 여기에서 쉬어가고 자고 가겠지만 미련 없는 바이커는 물 한 모금마시고 훠이훠이 떠난다.

오리비오 강을 산 끄리스또보 그리고 렌체를 지나 한 12km 정도 가면 오래된 사모스Samos가 있다. 여기에 6세기에 세워진 사모스 베네딕또 수도원은 스페인이 아니라 유럽 전체에서 가장 오래된 수도원으로 서고트족 시절에 사용된 주춧돌들이 남아 있다. 이 수도원은 16세기에 200개의 마을, 105개의 교회 300개의 수도원을 관활할 정도로 세도가 하늘을 찔렀다고 전한다.

역사와 종교, 천문학, 의학, 물리학, 화학 등 과학과 토목, 건축 등 기술 서적과 토지문서, 관리하는 마을의 인명부, 관리하는 교회 수도원들의 실정을 기록한 장부 등 이해관계들이 미주알고주알 쓰여 있는 자료와 책들을 소장한 이 수도원 도서관은 안타깝게 1951년 화재로 소실되었다. 타지 않은 도서관 문 위에 적힌 글귀는 삶의 이정표로 삼을 만하다. '도서관이 없는 수도원은 무기고 없는 성채와 같다' 3, 850개의 관으로 이루어진 파이프오르간이 있으니 관심 있는 사람을 예배시간을 기다렸다가 화음을 즐겨보기 바란다. 9세기에 지어진 나이 많은 살바도르 예배당에는 수령 1천년이 된 거대한 사이프러스 나무가 있어서 사이프러스 성당Capilla del Cipres으로도 불린다. 사리아도 눈 앞이다. 힘을 내라 전사戰士여, 바이커Biker여!

25

길에 취해
또다른 세계로 나아간다

빛을 퍼뜨릴 수 있는 두 가지 방법이 있다.

'촛불'이 되거나 또는 그것을 비추는 '거울'이 되는 것이다.

— 에디스 워튼

또 다른 세계로 나아가는 길 위의 사람들

인간의 종족보존 본능과 의식주를 가능하게 해준 인간의 3대 사회적 본능으로 사냥본능, 채집본능, 방랑본능이 있다. 먹고 살려고 길을 만들고 길을 가는 호구지책의 근저에 방랑이 있다. 사람들은 움직임을 괴로워하고 움직임을 즐기기도 한다. 움직임을 즐기다 길에 취한다. 그래서 길이란 마약에 취하여 '또 따른 세계Another World'로 나아간다.

하늘의 높은 곳에는 달과 별들이 운행하고, 하늘 낮은 곳에는 바람과 구름이 하늘을 수놓으며 흘러가고 있다. 인환人寰의 거리를 헤매는 길손, 남사당, 보부상, 뜨내기, 떠돌이들은 모두 나그네를 이른다. 보헤미안Bohemian, 집시Gipsy, 히

따노Gitano, 배가본드vagabond, 에뜨랑제etranger, 완더러wanderer, 트램퍼tramper 등은 구미대륙의 나그네를 이른다.

한자로 불계지주不繫之舟, 표박자漂泊者, 유랑자流浪者, 방랑자放浪者, 부랑자浮浪者, 무숙자無宿者 등은 바람처럼 물처럼 흘러가고 부평초처럼 떠다니는 것에 비유한 것이다. 먹이사슬의 최하위에 존재하는 수중부유水中浮游 생물인 플랑크톤plankton 도 그리스어로 '방랑자'란 뜻이다.

운수납자雲水衲子 스님들의 만행漫行, 무슬림들의 하지순례hajj, 메카순례, 티벳불교 신자들의 오체투지五體投肢순례, 불교성지순례 등은 종교적인 순례이다. 기독교 의 순례는 크게 3가지로 장미꽃을 들고 가는 로마의 순례자는 로메로romero, 종 려palm잎을 들고 가는 예루살렘의 순례자는 빨메로palmero, 조가비concha를 달고 가는 산띠아고의 순례자는 꼰체이로concheiro라고 한다. 'komsta의 바이크 의료 원정대' 또한 발병 난 순례자를 쫓아가는 나그네들이다.

중세 이후 순례자들의 중심지가 된 사리아

사모스에서 계속 강을 따라 알데아 데 아바호를 거쳐 아기아다에 도착한다. 여기에서 사리아까지 도로 옆을 따라가는 센다를 달린다. 바다 건너 켈트족의 체취를 진하게 느꼈던 오세브레이로에서 짙은 운무와 서늘한 가을비와 바람은 허술한 빈틈을 헤집고 들어왔다. 스산한 한기와 습기를 선사하여 마음을 우울 하게 했는데 날씨가 밝아지면서 기분은 다시 발랄 유쾌한 모드Mode로 바뀌고 있다.

인간은 환경의 동물이라는 말보다는 '인간은 날씨의 동물'이라 하는 것이 훨씬 더 실사구시적이다. 빗속을 가는 '우울'한 라이더도 날씨가 개이면서 '우월'한 라이더로 변신Transformation한다. 우중 라이딩을 하면 흙탕물 튀어 자전거는 물론 팬츠와 신발 등이 잔모래 투성이가 된다. 따뜻한 햇볕을 받고 얼마간 까미노의 비포장길을 거칠게 달리다보면 말라 떨어져나간다.

바이크를 타고 혼자서 달릴 때는 몹시 부지런해진다. 혼자라는 환경의 동물은 쉬지 않고 50km 이상을 달려서 드디어 사리아를 목전에 두고 있다. 청량하고 맑은 가을 날씨로 바뀌고 있다. 사리아강을 건너 시내의 까미노를 따라 가다보니 보스께 공원을 바라보고 두 대원이 나란히 서 있는 모습이 보인다. 아마 영역표시 중이리라! 그동안 '무어인의 샘'을 지나 포도밭에서 도주하듯이 달려가 행방이 묘연했는데 반갑게 해후했다.

이 사리아는 1만3천명의 작은 도시이고 산띠아고까지 118km이다. '100km 이상 걷는 자에게만 발급해주는 순례자 증명서compostela'를 받으려는 순례자들에게 인기가 많은 도시이다. 버스와 기차를 타고 순례자들이 끊임 없이 들어와서 사리아부터 산띠아고까지 까미노는 사람들로 북적대고 자그마치 7개나 되는 알베르게가 성업중이다.

사리아는 로마시대 이전에 성채가 있고 갈리시아의 다른 곳처럼 켈트족 문화가 유입되어 중세부터 순례자들의 중심지가 되었다. 그 역사를 증언해주는 성당, 예배당, 수도원들이 있다. 옛날 분위기 그대로 간직한 구시가지 중심가 Rua Maio를 따라가면 산따 마리냐Santa Mariña 성당, 중세의 순례자 벽화를 지나 시청이 있고 길 꼭대기 쪽에 구세주 성당이 있다. 구시가 꼭대기에 지금 폐허가 된 13세기 옛 요새Fortalenza de Saria가 있다. 원래 4개의 탑이 있었지만 15세기에 귀족들에 대한 소작농들의 봉기 때 파괴되었다고 한다.

13세기에 레온 왕국의 알폰소 9세는 사리아와 뜨리아까스뗄라에 도시를 건설하였다. 보스께 공원에 인접한 막달레나 수도원Convento Magdalena은 정교한 세공이 돋보이는 외관을 하고 있다. 셀레이로강의 울퉁불퉁한 다리Ponte Áspera를 건너서 사리아를 떠난다.

사리아를 떠나 갈리시아의 작은 산마을들

사색도 상념도 상상의 나래를 거두고 달려야 한다. 사리아를 떠나 철로를 따라가다가 바르바델로Barbadelo를 지나간다. 가끔 털가시 나무와 솔향기 풍기는 쾌적한 오솔길을 따라서 간다. 작은 갈리시아의 산마을이 연이어 스쳐간다. 가을 햇살이 축축한 땅을 말려서 서늘하게 한다. 가파른 길을 따라 오크나무와 밤나무 숲 사이를 지나간다.

여러 개의 다정한 작은 마을을 지나 오르막과 내리막을 오르내리다보면 모르가데Morgade가 나온다. 여기저기 질펀한 소똥이 길을 수놓은 것이 갈리시아의 풍경이다. 잔뜩 살이 오른 비육우들은 갈리시아를 이렇게 낙인찍고 있다. 완만한 오르막을 천천히 오르면 페레이로스Ferreiros가 나온다.

지명에서 짐작하듯 철Fe과 관련된 곳으로 오래 전부터 망치와 함마로 내리치는 쇠소리가 쩡쩡 울리는 대장간이 있었던 동네이다. 철공소를 뜻하는 갈리시아어 페레리아Ferreria에서 유래되었다. 만만찮은 길을 오르락내리락 고달프게 오르니 파라모 고개이다.

사리아455m에서 지속적인 오르막은 파라모 고개Alto Paramo, 660m를 정점으로 뽀르또마린을 향하여 급전직하한다. 멀리 댐을 막아 커다란 벨레사르 저수지embalse de Belesar를 이루는 미노강Rio Mino을 건너는 다리와 뽀르또마린이 보인다. 뽀르또마린을 향하는 내리막 길에 메르까도이로, 빠로차, 빌라차 등 작은 마을들이 있고 다리 건너에 뽀르또마린이있다. 메르까도이로는 정식주민이 단 한 명인 초미니 마을로 유명하다.

26

바다에 가면 이미 바다가 아니다!

남에게 친절하고 도움주기를 흐르는 '물'처럼 하라.

연민과 사랑을 '태양'처럼 하라.

남의 허물을 덮는 것을 '밤'처럼 하라.

분노와 원망을 '죽음'처럼 하라.

자신을 낮추고 겸허하기를 '땅'처럼 하라.

너그러움과 용서를 '바다'처럼 하라.

있는 대로 '보'고, 보는 대로 '행'하라.

— 메블라나 잘랄레딘 루미

뽀르또마린에 가면 바다가 보일까?

여태 산에서 산으로 이어진 까미노만 걷다보니 바다가 그립다. Portomarin
은 항구를 뜻하는 Port와 바다를 뜻하는 marin의 조합어가 아닌가? 누군가는
'바다에 가면 이미 바다가 아니다'라고 했지만 정말 영혼의 갈증은 푸른 바다와
갯비린내가 그립다고 아우성이다.

뽀르또마린에 가면 바다냄새가 나지 않을까 기대를 해본다. 파도소리와 끼
룩끼룩 물새소리와 바람에 밀려오는 먼 바다 내음과 가까운 바닷가의 갯비린
내! 1962년 댐을 만드는 바람에 모두 물에 잠겨 지금의 고지대인 뽀르또마린Por
tomarin, 350m으로 옮겨왔다.

여기에 현대식 다리 이전에 로마시대의 다리는 산띠아고 기사단의 산삐에드로 SanPedro의 남쪽구역과 성요한기사단이 있는 산니꼴라스의 북쪽구역으로 나누었다. 산니꼴라스 교회Iglesia de San Nicolas는 종교적인 장소라기보다는 4개의 큰 기둥과 총안銃眼이 있는 흉벽胸壁을 가진 성이나 요새 같은 전략적인 느낌을 준다. 미노강은 이런 양대 가문의 역사를 지켜보면서 흘러왔다. 수몰이 되면서 니꼴라스 교회는 현재의 위치로 옮겨져 왔다. 이 교회는 산띠아고 대성당 '영광의 문'을 조각한 장인 마떼오가 감독하였다고 알려졌다.

먹거리가 푸짐한 갈리시아, 알베르게 요리

알베르게에는 대부분 자전거 보관이 가능하고 취사를 할 수 있는 식당이 있어 취사가 가능하다. 순례자길 맨 처음 크레덴시알Credential, 순례자증서을 발급받을 때 알베르게 리스트를 받으면 그 리스트에 알베르게에 대한 가장 기본적인 정보가 적혀 있다. 숙소ville refuges, 전화, 침대수nombre de places, 이용기간periode d'ouverture, 식당cuisine, 난방chauffage, 자전거 보관velo accepte 등의 유무有無, 가불가可不可가 나와 있다.

자전거 순례자는 자전거 보관이 가능한 곳으로 가고, 취사를 원하는 순례자는 부엌Cuisine이 있는 알베르게로 가면 된다. 알베르게 주위 식당은 비교적 저렴한 '순례자 메뉴'가 있고 간단하게 커피나 차, 술을 마시고 밥을 먹을 수 있는 까페나 바르도 많다.

바이크를 타고 마을의 식품점, 빵집, 도시의 대형마트 등에서 미리 식재료를 준비해 하루 한번 정도 한국식 요리도 먹을 수 있었다. 식품점만 가도 소고기,

돼지고기, 닭고기 등 생고기와 가공식품인 살라미, 하몽, 쵸리소 등도 쉽게 구할 수 있다. 취사도구는 절대 준비하지 말고 식당에 있는 것을 쓰면 된다. 우리 대형마트에 가면 없는 것이 없듯이 여기도 그렇다.

알베르게는 퀴진식당이 있는 곳이 대부분이어서 그곳에서 밑반찬을 바탕으로 직접 취사가 가능하다. 순례자들끼리 요리를 해서 먹는 경우가 많다. 이렇게 하는 것이 체력 회복에 도움이 되고 경비도 절약되며 즐거움도 더한다. 넉넉하게 해서 다음날 도시락을 싸서 갖고 간다. 도시락은 비닐에 담은 후 작은 통에 넣으면 편리하다. 넉넉한 요리를 해서 옆에 있는 친한 순례자에게 권해 보라! 이것만으로 그들에게 충분히 한국을 인식시킬 수 있으리라.

미노강을 건너 좌측과 우측 길이 있다. 우리는 산띠아고로 향하는 좌측길로 간다. 도자기 공장을 지나 도로를 따라 나 있는 센다가 또히보Toxibó까지 이어진다. 서서히 천천히 고도를 올리면서 소나무 시원한 까미노를 달린다. 이제 산띠아고까지 85km 정도 되는 알베르게 곤사르Gonzar에서 여장을 풀었다. 마을로 들어가 이곳저곳 좋은 알베르게를 찾아보았지만 인연이 되지 않아 도로 옆 가까운 이곳에 묵기로 했다.

오전 내내 비를 맞아서 오늘은 세탁물이 좀 많다. 신속하게 게릴라식 빨래를 하고 일부는 빨래줄에 널어놓고 일부는 코인을 넣어 빨래건조기에 말리기로 했다. 직접 취사가 난감해서 옆에 있는 바르에 가서 저녁을 먹었다. 아름다운 저녁, 순례자 메뉴는 푸짐한 요리에 비노를 한 초롱이나 준다. 일행들과 그동안 쌓인 이야기를 하며 지나간 길과 흘러간 시간이 빚어낸 수많은 사건을 언어로 기호화했다. 이 바르에서 추가로 비노 2병을 더 시켜 알베르게의 식당에 앉아 마무리했다. 이제 그리운 산띠아고는 멀지 않았다.

갈리시아의 작은 고추, 프랑꼬 총통 145cm!

1936년 7월 스페인령 아프리카 모로코에서 군사봉기가 일어나자 카나리아 제도로 좌천가 있던 프랑꼬가 반란군의 지휘를 맡아 북아프리카 주둔 스페인 군반란군에게 본토로 이동하라고 명령했다. 공화국 정부군은 반란군들에게 본토 상륙을 허용하는 치명적인 실수를 저질러 '실패로 끝날 쿠데타'를 스페인 전체의 '내전'으로 만들었다. 이런 서투르고 허접한 역사적인 예는 후진국에 비일비재했다.

공화국 정부군은 국제여단과 소련 멕시코가 지원을 했고, 반란군인 프랑꼬 군대는 정규군으로 독일과 이태리가 도왔다. 30만에서 90만명이 사망한 스페인내전1936~1939은 결국 쿠데타를 일으킨 프랑꼬1892~1975가 승리하여 집권한다. 헤밍웨이나 조지오웰은 세계 각국에서 온 국제여단을 통해 참전한다. 그래서 국제전이 된 내전은 헤밍웨이의 '누구를 위하여 종을 울리나'와 조지 오웰의 '카탈로니아 찬가'란 소설의 배경이 된다.

프랑꼬는 갈리시아주 출신으로 내전의 승리한 후 1975년까지 정권을 유지하며 35년이 넘게 스페인을 뒤흔들어 제 3세계 후진국의 많은 독재자들에게 귀감이 되었다. 그는 타고난 군인으로 지휘를 잘하고 엄격한 규율로 부하를 잘 다스렸다. 군인으로 승승장구 33세에 장군으로 진급하여 나폴레옹 이래 유럽 최초 최연소 장군이었다.

그러나 작고 처량한 목소리에 매우 가정적이고 신앙심은 깊었으며 왜소한 키와는 달리 모든 사회규범을 군대식으로 바꿔서 국민들을 통치하여 민주주의를 말살했다. 소위 말하는 군사독재를 행한 것이다. 로마가톨릭교회 세력의 든

든한 지원을 받고 잔인한 카리스마를 지닌 독재자로 국민들을 공포에 질리게
했다.

　프랑꼬의 쿠테타를 지원했던 무솔리니와 히틀러도 큰 키가 아니었다. 나폴
레옹 보나파르트[167.6cm]를 흠모한 박정희도 165cm전후였다. 스페인황실 이사
벨2세여왕은 159.6cm[1856]였지만 아들 알폰소12세는 154cm[1877] 손자 알폰소13
세는 150cm[1912], 증손 후안까를로스왕은 160cm[1991]로 대체로 작았다. 그러나
프랑꼬 총통은 145cm로 이 모든 작은 고추들을 압도해 버렸다.

27

높은 곳에 성聖스러운 산띠아고
낮은 곳에 성性스러운 마돈나들

출발할 즈음 시작이 반이다The beginning is half of the whole.

도착할 무렵 행백리자 반구십行百里者 半九十. 詩經.

고독한 순례자를 상대하는 마돈나들

알베르게 곤사르도 아침이 밝아오자 순례자들이 짐을 챙겨 삼삼오오 문밖을 나선다. 산띠아고에 가까워지면서 사람들은 점점 더 많아진다. '순례자증서'를 받기 위해서는 최소한 100km는 걸어야하고 한다는 규정 때문에 산띠아고 가까운 곳에서 출발해 온 단거리 순례자들이 많기 때문이다.

저녁 늦게까지 에너지와 칼로리 섭취를 많이 해서 아침을 거르고도 거뜬하게 산띠아고를 향해서 달린다. 어제 숫말을 끌고 온 건강미 넘치는 남녀가 캠핑한 초원이 보인다. 말은 한가롭게 풀을 뜯고 있고 두 사람은 짐을 챙기고 있다. 말이나 당나귀 또는 자전거를 이용한 순례자는 최소한 200km 이상 이동해야 순례자증서를 받을 수 있다.

에메릭피코의 오래된 가이드북에 의하면 '뽀르또마린에서 오스뻬딸 데 라 끄루스'까지 까미노 구간은 야외에서 고달픈 순례자를 대상으로 매음賣淫하는 마돈나(?)들이 많다고 한다. 저 높은 곳에 자비와 은총이 넘치는 성모마리아의 성聖스러움에 감사의 기도를 드리다, 잠시 저 낮은 곳에 관능과 애욕이 넘치는 마돈나의 성性스러움에 장렬하게 경도傾倒된 것이리라. 오랜 금욕과 객고를 지금까지 잘 지키다 잠시 쓰러진 이들이 있다면 자비로우신 산띠아고도 고개를 돌려주실 것이다. 곤사르에서 조금 더 가면 까스뜨로마요르Castromaior가 나오고 오스뻬딸 데 라 크루스Hospital de la Cruz의 사거리 오른쪽이 루고로 가는 길이다.

관광버스들이 많이 보인다. 도로반 까미노반! 조용한 길을 조금 더 가면 벤따스 데 나론Ventas de Naron인데 산띠아고 유해가 발견되고 얼마 후인 820년 남쪽에서 올라온 이슬람 세력과 가톨릭 세력 사이에 피비린내 나는 전투현장이었다. 해발 720m의 리공데 산맥Sierra Ligonde을 오른 후 내리막이다. 리공데는 중세 까미노의 중요한 기착지로 프랑크왕국 샤를마뉴 대제Charlemagne가 머문 것으로 유명하다.

고만고만한 작은 마을들을 징검다리처럼 지나서 로사리오봉Alto Rosario을 오른다. 맑은 날이면 이 봉우리에서 산띠아고 인근 삐꼬 싸크로Pico Sacro가 보인다. 순례자들이 묵주기도를 올리는 곳이라서 로사리오봉이라 한다. 여기에서 내려가면 빨라스 데 레이Palas de Rei이다. 이 도시에는 한 2천 명 정도 주민이 사는 현대적 도시로 로마인과 켈트족들의 유적이 많이 있다. 앞에서 설명한 담요를 두른 마돈나들이 사는 곳인데 그들의 성性스러운 생업을 혹평하는 치졸하고 속좁은 남자들이 있었다.

최초 순례기의 저자 에메릭 피코도 그런 부류의 남자였다. 그는 '매춘부들에게서 모든 것을 다 빼앗고 코를 베어 사람들 놀림감이 되게 한 후 추방시켜야 한다'는 극언까지 했다. 단순하고 독한 말과 생각이 발전하면 '국가적 폭력'이 된다. 이슬람 세력을 물리친 왕권과 교회 세력들이 득세하면서 종교재판을 하여 사람을 죽이고 착취와 압박과 폭력을 행하였다. 이들이 독재하는 동안 스페인의 인구가 절반으로 줄어들었던 잔혹한 역사가 있다.

산 훌리안의 전설

산 훌리안San Xulian에서부터 주로 숲길이고 작은 마을들이 연이어 있어서 자동차의 소음에서 벗어나 신선한 라이딩을 할 수 있다. 산 훌리안에서 산따 이레네까지 가는 길에 10여 개에 달하는 강과 하천이 북쪽을 향해서 흐르고 있다.

훌리안은 나룻배의 사공이고 여관의 주인이면서 '서커스 단원의 수호성인'이기도 했다. 어느 날 훌리안은 사냥을 나가 사슴을 잡았는데 기이하고 묘하게도 말하는 사슴이었다. '훌리안 당신은 부모를 죽일 것이다' 라는 불길한 신탁(?)을 한다. 신화는 늘 극적 효과를 더하기 위해 비현실적인 과장이 심하다. 불길한 징조를 수상히 여긴 그는 미래의 비극적인 운명을 피하려고 멀리 유랑을 떠났다.

한 세월이 지난 다음 어떻게 알았는지 그의 부모가 그를 찾아왔다. 그의 착한 부인은 두 사람이 누워 쉴 수 있도록 자신들의 침대로 안내해 쉬게 했다. 외출에서 돌아온 훌리안은 침대에 누운 사람이 자기 부인과 정부情夫라 착각하고 그들을 찔러 죽였다. 부모를 죽인 훌리안은 깊은 상심과 죄책감으로 괴로워하다가 로마로 순례를 떠난다.

순례에서 돌아온 그는 가난한 순례자와 나그네들을 위한 숙소를 짓고 온 몸을 다 바쳐 헌신하다가 죽었다. 그런 그를 후대 사람들은 성인의 반열에 올려 기렸다. 절대 해서는 안되는 행동으로 아무리 남편이 정부와 바람을 피워도, 애인이 성행위 도중 다른 남자 이름을 불러도 절대 죽여서는 안 된다. 이런 원칙이 없으니 산 훌리안은 부모를 존속살인한 것이다. 앞에 나온 오바노스의 금기를 참고하기 바란다.

산 훌리안을 지나 뽄떼깜빠냐, 마또-까사노바, 레보레이로Reboreiro가 나온다. 영어식 발음으로 카사노바Casa nova는 '새 집'이란 뜻이다. 카사노바는 모든 남자들의 로망으로 당시에 수많은 여성들의 가슴을 두근거리게 했다. 여기서는 뉴타운New town 또는 신주쿠新宿의 개념이 강했으리라.

레보레이로는 산훌리안과 멜리데 대략 중간쯤이다. 13세기에 산따마리아 교회가 세워졌다. 마을 주민들은 교회에 모실 성모 마리아상을 구하고 있었다. 마침 마을의 샘에 성모 마리아상이 향기와 광채를 발했다. 마을 사람들은 성모 마리아를 교회로 모시고 왔지만 다음날이 되면 번번이 샘으로 돌아갔다. 사람들이 정성껏 기도를 하고 지성至誠을 보이자 감복한 성모 마리아상은 교회로 돌아왔고感天 한다. 더 놀랄 일은 이 성모는 매일 샘으로 돌아가 머리를 감고 빗었다는 사실이다. 성모 마리아가 아니라 샴프의 요정이 아니었을까?

Monte Gozo(기쁨의 산)조형물
산띠아고 대성당의 탑들을 볼 수 있는 곳이다.

멜라데의 문어와 비노

세꼬강을 건너고 다시 푸렐로스강을 건너가면 멜리데이다. 이곳은 인구 8천의 행정도시로 중세 모습 그대로 간직한 구시가가 있다. 멜리데 입구에 갈리시아에서 가장 나이가 많은 14세기에 제작된 돌십자가 Cruceiro do Melide가 있고 그 옆에 '산삐드로 산로께 교회'는 산삐드로와 산로께가 공동으로 출연한 교회라서 기억에 남는다. 멜리데는 오비에도에서 오는 까미노 쁘리미띠보 Camino primitivo가 프랑스길 Camino Frances과 합류되는 지점이기도 하다.

뿔뽀 Pulpo la galega를 주문처럼 외고 다녔다. 얼마쯤 달려가다가 뿔뽀를 파는 곳이 있어 들어갔다. 얼마나 많은 한국인들이 왔다갔는지 주방장이 한국말을 유창하게 한다. 한국 여자친구와 사귀고 한국 드라마도 보았다고 한다. 문어요리만 있는 게 아니라 조개요리 mariscos도 있다.

뿔뽀 요리와 마른 빵이 함께 나온다. 3명이 적포도주 Vino tinto 1병과 백포도주 Vino blanco 1병을 나누어 마셨다. 흘러간 세월을 생각하며 다정한 술잔을 나누세! 산띠아고에 가까워지니 만감萬感이 교차한다. 약간 취한 눈으로 바라보니 이 순간이 아름답고 함께 고생한 사람들이 꽃보다 아름답다. 신들이 마시는 넥타 Nectar에 취해서 적당히 비몽사몽 꿈처럼 나비처럼 날아가고 있다.

착각을 통해서 자각해 가는 것이 인간이다. 내가 느끼는 만큼의 세계이고 내가 꿈꾸는 만큼의 세상이다. 이 순간 과대망상을 사랑한다. 어찌 냉혹한 이성으로 이 순간의 꿈을 깰 것인가! 꿈이란 시간이 가면서 녹고 해체되는 얼음 같은 것이어서 그대로 내버려 두어야 한다. 영감이 분수처럼 쏟아지는 순간이 있다. 영감은 한시적이라 기록하고 표현하고 행동하지 않으면 드라이아이스처럼 사라져버린다.

부지런하고 똑똑한 분별력으로 잠시의 꿈을 깰 필요는 없다. 순간 찾아오는 황홀한 느낌을 사랑해서 음주에 빠진다. 그러나 시간이 흘러가면 감성이 주춤하고 다시 이성이 손을 들고 일어선다. 오늘 가야할 미션이 있다. 이제 꿈에서 깨어 나를 유혹했던 와인의 '비현실적인 정신Spirit'을 쫓아내야 한다.

멜리데를 떠나 서쪽을 향해 가면 교외에 12세기에 지어진 신령한 기운이 감도는 산따 마리아 데 멜리데 성당Iglesia Santa Marid de Melide을 지난다. 이곳의 프레스코fresco, 회벽에 그린 그림가 아름답다. 곧 나병환자 구호시설 유적이 있는 San Lazaro 천을 건너다 좁은 길에서 떨어져 와당탕 넘어진다. 무심하게 지나가야하는데 너무 과도하게 의식 한 것이 원인이었다. 조금 아프다! 일단 아르수아를 향해서 달린다. 이곳을 지나 소나무, 밤나무, 신갈나무, 유칼립투스가 우거진 시원한 숲길이 이어진다. 사소한 오르막과 내리막은 계속된다.

까스따네다, 석회를 굽는 곳

보엔떼Boente강을 건너면 까스따네다Castañeda이다. 이곳 산따마리아 교회는 앞에서 설명했지만 순례자들이 뜨리아까스뗄라에서 가져온 석회석을 고로高爐 kiln에서 구워 생석회를 만들었다. 이 생석회 분말은 흙, 모래, 자갈 등과 잘 섞어서 다져주면 단단한 벽돌로 변신했다. 생석회를 점토 흙과 섞은 반죽Mortar은 돌이나 벽돌로 벽을 쌓을 때 접착제 역할을 했다. 벽돌은 공극이 작을수록 내구성이 뛰어난다. 이 구운 생석회는 산띠아고 대성당 건축에 사용되었다.

다시 이소강의 중세다리를 건너면 리바디소Ribadiso이다. 이소강가에 14세기에 있던 산 안똔San Anton순례자 병원 하나를 알베르게로 복원했다. 오래된 환경과 조화를 이룬 건축미를 자랑한다. 여기서부터 쭉 17km 전방 산따 이레네 언덕까지 절반 이상이 유칼립투스 나무가 풍성한 길이다. 오후에 72세 할머니 순례자 그룹을 만나 의료봉사를 하였다. 독실한 카톨릭 순례자로 보디가드로 보이는 할아버지도 있었다. 그 나이에 까미노를 걷고 있는 게 멋져 보인다.

이곳 을 지나면 아르수아Arzua의 마요르 광장Plaza Mayor에 서게 된다. 이 광장에는 치즈 만드는 상이 있다. 매년 3월 첫 일요일에 치즈 축제(Fiesta de queixo, queso 치즈가 열린다. 원뿔모양 치즈 떼띠야tetilla, 작은 유방가 대표적이라고 한다. 아르수아는 인구 7천명의 동네로 산띠아고 도착 전에 머무는 마지막 장소라 늘 설렘과 기대가 일렁이는 곳이다. 이곳엔 14세기 지어진 막달레나 예배당apilla de La Magdalena과 현대식 산띠아고 성당에는 산띠아고상과 마따모르스matamoros, 무어인의 처단자상이 있다.

다시 떡갈나무 숲으로 들어간다. 도로 밑 토끼굴을 지나가면 라이도, 꼬르또베, 뻬레이라냐 마을이 있고 '도둑의 다리Ponte Ladrón'를 건너 깔사다를 지나고 다시 까예, 살세다를 지나면 오르막으로 산따 이레네Santa Irene언덕에 이른다. 이레네는 순결서약을 지키고 653년에 세상을 떠난 포르투갈 수녀의 이름이라고 한다.

아르까 도 삐노Arca do pino는 현대적인 산띠아고 위성도시라고 한다. 이 길에는 유칼립투스 나무가 많다. 이 숲을 지나면 아메날이고 조금 더 가면 좌측에 산띠아고 라바꼬야 공항이 있다. 한 4km쯤 더 가면 공항이름이 된 라바꼬야 마을이 있다.

냄새 나는 인류창조의 원천(?)을 씻는 의식

중세의 순례자들은 라바꼬야Lavacolla강에서 산띠아고 대성당에 도착하기 전 먼저 몸을 씻었다. 염색한 거친 양털모직 옷은 긴 노정으로 땀과 먼지에 쩔고 비와 눈에 젖어 오랜 시간이 흐르면서 참기 힘든 역한 냄새를 만들어냈지만 달리 방도가 없었다. 그러나 이런 악취를 풍기며 산띠아고를 알현할 수는 없었다. 라바꼬야강에서 묵은 때를 벗기고 더러워진 옷을 세탁했다.

최초의 산띠아고 순례기 '코덱스 칼릭스티누스'의 저자인 에메릭 피코에 의하면 이곳 지명Lavacolla를 Lavamentula라고도 불렀다고 한다. 라틴어로 Lava는 '씻다'는 의미이고, colla나 mentula는 '음경'을 뜻한다. '음경을 씻는다'는 말이다. 순례자들은 기회만 있으면 호시탐탐 여자의 속곳을 노리는 병사들과 달랐다.

성지순례 가는 이들이 여자를 가까이 하거나 사창가나 매음굴을 기웃거릴 가능성은 아주 낮다. 그래도 찬물에 독이 오른 남자의 뜨거운 음경을 식혀줄 필요는 있었으리라. 그동안 너무 씻지 않아 냄새 나는 인류창조의 원천을 씻는 것은 산띠아고 의식 못지않게 중요한 일이다. 이조차 날씨가 추우면 실천에 옮기기 어려웠다. 목욕은 연례행사였던 시절이었고, 단벌인 옷을 빨아 입을 기회도 많지 않으니 냄새나는 채로 산띠아고로 가야 했으리라!

28

끝이 다시 시작이 되는
별들의 들판 산띠아고!

이성과 자각은 느리게 조용히 오지만,

감성과 착각은 빠르게 무리지어 온다.

— Qman

산띠아고 대성당에서 신을 찬미하고 기쁨의 노래를 부르리!

저곳이 바로 산띠아고, 아니 산띠아고 대성당이다! 이제 감격에 들떠 중세 순례자들이 소리지르는 고소산Monte Gozo, 기쁨의 산 370m이다. 그 바로 아래가 산마르 코스로 여기에서 순례자 세요를 찍고 단 음료수를 마신 다음 천천히 기쁨의 산 으로 올라갔다. 날씨가 좋으면 산띠아고 대성당의 탑을 볼 수 있다.

이곳에는 교황 요한바오르 2세 방문을 기념하는 조형물이 있다. 아래에는 산을 깎아 지은 5백명을 수용할 수 있는 대형 알베르게가 있다. 산띠아고를 한 국의 도시에 비교하면 아주 작지만 인적이 드문 북쪽 산길 고원지대를 달려온 우리들에게는 불야성 환락가로 느껴졌다.

자전거는 걷기보다 4배 정도 빠르다. 세세한 풍경을 잃어버릴 확률도 4배 정도 높다고 할 수 있다. 일반 걷는 보행자들의 시선보다는 더 높고 시야가 넓어서 거시적인 것이 장점이라면 장점이다. 홀랜드네덜란드에서 온 두 라이더는 세븐 프레임과 모라티 프레임의 티탄 바이크를 타고 있다. 뒤 허브가 너무 커서 물어보니 내장 기어라고 한다.

아무튼 각양각색의 자전거를 타고 오는 사람들이 많다. 만날 때마다 웃통을 벗고 라이딩하는 스페인 남성은 부인이 의사라고 했는데 이 두 사람은 생활자전거에 짐을 잔뜩 싣고 앞서거니 뒤서거니 씩씩하게 까미노를 달렸다. 이렇게 건강하고 소박한 여자 의사가 또 어디 있을까? 못생긴 남편은 기회만 있으면 옷을 홀라당 벗고 달렸다. 호기심을 자아내는 촌스런 생활자전거 순례자도 씩씩하게 산띠아고에 입성한 것 같다.

산띠아고 대성당이다! 이정표를 따라서 천천히 달린다. 사람도 많고 차도 많고 집들도 많다. 도시의 네온불빛과 왁자지껄한 사람냄새 주점의 취기와 낭만이 기다리고 있다! 당장 산띠아고 대성당 앞으로 가야한다. 오늘만이라도 신을 찬미하고 기쁨의 노래를 부르리라! 넓은 광장에는 각국에서 온 순례자들이 들뜬 목소리로 시끄럽다. 잠시 눈을 감고 회상해 본다. 내 몸과 마음은 이 길에 길들여져 있었다. 끝난다고 생각하니 아쉬움과 허탈감이 밀려온다.

앞마당에서 수많은 완주자들과 감격을 나누고 계단을 올라가 장인 마떼오의 걸작인 대리석 기둥에 여러 의미가 새겨진 손때 묻은 '영광의 문'을 만지면서 성당 안으로 들어가 화려함과 성스러움의 극치를 담담하게 주마간산하듯 겉 읽기를 한다. 지하 납골묘에 산띠아고와 2명의 제자의 유골이 모셔져 있는 이 대성당은 그들의 거대한 납골당이란 생각이 스쳐간다. 성당의 구석구석을 천천히 돌아보면서 1천년의 세월을 그려보았다.

우리는 산띠아고에 도착했다는 것을 확인하는 작업을 했다. 성 야고보의 스페인식 이름이 산띠아고이고 그의 무덤이 있는 도시가 산띠아고이다. 산띠아고는 로마가 멸망한 후 수에비족이 건설한 도시이다. 현재 갈리시아 지방의 주도로 옥수수 포도의 집산지, 은세공, 칠기공예, 주조, 섬유, 가구 등 손재주를 필요로 하는 수공업이 발달된 곳이다. 584년부터 서고트족이 통치하다가 711~739년 이슬람의 무어인들의 통치를 받았다. 754년에 아스뚜리아스 왕이 되찾았다.

대성당은 최초로 아스뚜리아스 알폰소 2세가 산띠아고의 유해를 모시기 위해 지었고 알폰소 3세가 더 큰 성당을 지었지만 997년 Almanzur가 이끄는 이슬람군대에 의해 파괴되었다. 지금 대성당은 1075년 짓기 시작해서 1211년에 완공되기까지 46년이 걸렸다. 신앙심으로 똘똘 뭉친 유럽전역의 손재주가 뛰어난 장인匠人들이 참여했다. 대성당은 오브라이도로 광장, 깐따나 광장, 인마꿀라다 광장으로 둘러싸여 있다. 오브라이도로 광장에서 대성당을 바라보면 우측은 산헤로니모신학교, 좌측은 고급 국립호텔인 빠라도르, 뒤쪽은 갈리시아 주정부 청사이다.

목욕탕이 없는 산띠아고 유감

산띠아고 대성당에서 미사를 올릴 때 냄새가 잔뜩 나는 순례자들의 악취를 쫓아내는 향을 피우는 보따푸메이로Botafumeiro 행사가 있다. '내쫓다, 던지다'를 뜻하는 'botar'와 '연기'를 뜻하는 'fume'의 조합어이다. 8명의 사제가 40kg이나 되는 숯과 향이 들어 간 줄에 매달린 은제향로를 움직이는데 8명의 사제가 띠라보레이로tiraboleiro, 향로 움직이는 사람이다. 줄을 당겨 흔들리는 속도가 가속될 때마다 많은 향이 품겨져 나와 악취를 내쫓는다. 좌우로 65m움직이는 각도 최대 82도까지 벌어지고 최대 21m까지 향로가 올라가면서 향을 머금은 연기를 토해낸다. 아주 정적이고 고요한 성당의 분위기와 달리 매우 동적이고 스릴 넘치는 의식으로 11세기부터 시작되어 지금까지 이어지고 있다. 이 역동적인 의식은 간절한 마음 하나로 산띠아고에 도착한 순례자의 가슴에 영근 뜨거운 불덩이를 풀어주었다.

막도착한 순례자들은 기쁨과 환희에 들떠 대성당 안에 들어가 간절한 기도를 올리고 성령의 은총을 받았다. 그동안 풍찬노숙하면서 여기까지 온 그들은 몸에서는 참을 수 없는 악취가 났다. 1786년까지 순례자들이 도착하면 성당 안에서 음식을 먹고 잠을 자게 했다. 이들이 모인 곳에서 전염병이 돌 수도 있어서 악취를 내쫓는 연기는 전염병 예방효과도 있다.

이런 의식을 1천여 년 동안 계속하다보니 크고 작은 사고가 조금씩 있었다. 향로가 창문을 깨고 날아가고 줄이 풀려 향로가 바닥에 떨어지며 향로가 열려 숯이 떨어지는 사고도 있었지만 장구한 시간에 비해 사고율은 미미하다. 재미있는 사실은 1400년경 프랑스의 루이 11세가 이 대성당에 은으로 된 향로를 기증했다. 그런데 1809년 그 향로를 참 별난 나폴레옹 군대가 약탈해 갔다.

순례자들이 비록 악취를 풍겼지만 그들의 영혼에서는 맑고 향기로운 청향淸香이 풍겼다는 말은 노회老獪한 노년의 말이다. 맑은 영혼은 맑은 영혼이고 악취는 악취라는 말은 순진純眞한 소년의 말이다. 물이 귀한 곳도 아닌 데 왜 산띠아고 대성당 옆에 옷을 빨아주는 세탁소와 더러워진 몸을 씻는 공중목욕탕이 없었는지 의문이 생긴다. 그런 면에서 이들의 수준은 로마나 이슬람의 무어인들보다 훨씬 뒤떨어진다. 이슬람교 모스크에는 기도전에 씻는 상수도 시설이 있고 로마시대에는 공중목욕탕이 있었다. 물이 없는 사막도 아닌데 보따푸메이로 행사보다는 목욕의식이 더 절실했다.

'고달픈 것은 나그네길이고 즐거운 것은 맥주'라는 바빌로니아의 점토판 기록처럼 나그네길은 고달프다. 그래서 오늘은 땀에 절은 정신을 맥주로 세례하고 싶다.

다음 대성당 뒤에 순례자 사무소로 가서 순례자여권을 제시하고 까미노 완주증명서를 받았다. 미사에 참석할 사람들이 참고할 점으로 오전 11시까지 순례자여권을 제시하면 정오부터 열리는 미사에서 '어디에서 산띠아고까지 완주한 한국에서 온 순례자 아무개'라고 발표해준다.

옆 인포메이션에 가서 오늘 밤의 숙소와 피니스떼레Finisterre로 가는 길을 물었다. 가파른 언덕위에 커다란 대학 교사校舍같은 산띠아고 메인 호스텔을 소개받았다. 일단 자리를 잡고 자전거를 타고 먹거리를 구하러 나갔다. 저녁을 먹고 작은 세레모니를 할 예정이다.

오늘은 닭백숙을 끓이기로 했다. 그밖에 오렌지 포도 등 과일, 빵, 하몽, 묵은 김치, 젓갈까지 넉넉하게 상에 차려 놓고 제일 먼저 시원하고 씁쓰레하지만 여운이 좋은 갈리시아 맥주를 마셨다. 그 동안 지나왔던 길에서 부딪쳤던 사고 사건과 실수가 만들어낸 인연의 실마리들을 술술 풀어내면서 산띠아고의 밤은 깊어갔다.

29

땅의 끝,
까미노 데 피스떼라Camino de Fisterra

방향이 틀리면 속도는 아무런 의미가 없다

— 간디

수평선 너머 영원한 젊음의 땅이 있는 곳!

이른 아침 일어나자마자 짐을 숙소의 로커에 보관하고 가벼운 매트리스만 싣고 나온다. 다시 대성당 앞에 있는 오브라이도르 광장으로 나갔다. 왕립호텔 인 빠라도르를 끼고 서쪽으로 달리면 된다. 특이한 것은 마른 옥수수를 보관하 는 아치 위에 높이 설치된 창고가 있다. 설치류齧齒類 동물을 막기 위한 오레오Ho rreo는 피니스떼레까지 계속 보인다. 소, 양, 염소 같은 반추동물을 위한 건초를 보관하는 빠예이로Palleiro도 많다.

끝없이 너른 밀밭과 옥수수밭들, 완만한 고원에는 거의 경작지로 개간해서 빈 땅이 없다. 밀이나 보리의 소출량이 엄청날 것 같다. 예전에 부를 어떻게 갈

무리 했을까? '나태한 갈무리는 도적질을 가르친다慢藏誨盜, 周易繫辭傳'는 말이 있다. 이 말은 '알라를 믿되 낙타의 고삐는 단단히 매어두라'는 아랍속담과 일맥상통한다. 그래서인지 까미노의 거의 대부분 높다란 곳에 집들이 모여 마을을 이루고 있다.

돌로 지은 튼튼한 집들이 성의 외벽 역할을 하고 창문도 그리 크지 않은 구조로 지어져 유사시 방어형으로 몇 개의 입구만 막으면 그대로 성城이 된다. 이 마을 안에는 식품점, 까페, 양복점, 세탁소, 시장 등 유사시에 필요한 모든 시설들이 모여 있고 그 중심에 교회나 성당, 마을 관공서가 있다. 마을은 독립적인 공동의 커뮤니티 역할을 했다.

스페인어로 피니스떼레Finisterre라 부르고 갈리시아어Galicia어로 피스떼라Fisterra 한다. 이전까지는 피니스떼레로 지금부터는 갈리시아어 피스떼라로 통일해 부르겠다. 라틴어로 '끝'이라는 'finis'와 '땅'이라는 'terre'가 합쳐진 말로 '땅의 끝'이란 뜻이다. 케이프 피니스떼레cape Finisterre라고 불리는 것은 스페인 서북부에 있는 반도의 맨 끝에 바위가 튀어 나온 곳Cape이기 때문이다. 리베리아 반도의 가장 서쪽은 실제로 포르투갈에 있는 Cabo da Roca로카 곳로 16.5km나 더 서쪽이다.

여행서 론리플래닛Lonely Planet에 의하면 '물적 영적인 세상과 만나는 곳이 여기이다. 수평선 너머 영원한 젊음의 땅tir na nsg이 있었다. 그 잠재력은 자신의 인생에 내적 외적 현실의 화해를 구하러 아직도 여기 오는 순례자들에게 잊혀진 곳이 아니다'라고 적고 있다. 로마시대에는 서쪽 세상의 끝End of the World이 이곳이었다.

로마의 장군 데시무스 브루투스Decimus Junimus Brutus는 심오한 영감을 주는 세계의 끝 피스떼라를 향해 진군했다. 지금도 땅 끝 몬떼산 위에는 로만가도의 흔적이 남아 있다. 그는 자신을 옥타비아누스 다음 제2상속자로 지정한 의붓아버지줄리어스 시이저를 칼로 찔러 살해하였다. 세익스피어에 의하면 시이저는 '에뚜 부루테Et tu, Brute, You too, Brutus!, 브루투스 너마저도!'라는 말을 남기고 죽었다. 친어머니세르빌리아를 차지한 의붓아버지시이저에 대한 외디푸스콤플렉스Oedipus complex의 발로였다는 생각이 들었다.

까미노 데 피스떼라Camino de Fisterra로 향해 도로를 위주로 네그레이라Negreira까지 안개가 자욱한 길을 22km 달렸다. 지금 가는 곳은 지도도 없고 간단한 지명만 나온 A4 용지에 약도만 있다. 전날과 달리 가뭄에 콩나듯 순례자로 보이는 사람들이 지나가고 있다. 네그레이라에선 빵집에서 갓 구워낸 신선한 빵과 과일로 아침을 먹었다.

이 가게 모서리 건너편에 까미노 데 피스떼라의 0km 지점이라는 표시가 있다. 산띠아고에서 이미 22km를 달려왔는데 피스떼라 카미노가 0km라니 어리둥절했다. 하여간 여기에서부터 진정한 까미노가 시작되는 모양이다. 산길과 마을길 도로를 교대로 달리면서 사람 사는 마을을 이어가고 있다.

까미노는 길 없는 길이 전혀 아니다. 1천년이 넘는 오래된 길이므로 많은 사람이 갔던 길을 따라가면 되는 것이다. '내가 가는 곳이 길이 된다라인홀드 메스너'는 모험가들이나 개척시대 말은 여기에서 통하지 않는 무엄하고 불손한 언어일 뿐이다. 뒤에 패니어의 짐을 떼어 버려서 날아갈 듯 달릴 줄 알았는데 익숙해진 감각이 깨져 더 뒤뚱대는 느낌이 든다.

풍차가 윙윙 돌아가는 조용한 마을과 막막한 산길에는 그나마 순례자들끼리 걷고 있어 위안이 된다. 아스팔트 포장길과 산길을 달려 대충 서쪽 방향을 잡아

까미노를 따라가고 있다. 다행이 맑은 날씨로 바람이 다소 부는 것 외에는 평화롭고 만족스럽다. 심술궂은 갈리시아 날씨도 우리 편인 것 같다. 짐이 가벼워도 앞바퀴는 오늘도 펑펑거리며 나를 괴롭힌다.

고대 로마인들은 BC200년경부터 리베리아 반도에 거주했다. 성야고보^{영어, St.} James가 갈리시아에서 목회했다는 역사적 기록은 없지만 그것을 증명할 여러 가지 일화가 있단다. 예수가 십자가에 못박혀 죽고 몇 년 후 배를 타고 온 야고보가 갈리시아^{빠드론, 피스떼라로 추정}에 와 무신론자 이교도들을 상대로 사역을 했지만 별로 신통치 못해 단 7명만 겨우 전도했다고 전한다. 베드로가 한 번 설교로 3천명을 전도한 것에 비하면 너무 초라했다. 실패한 선교사는 서기 42년 예루살렘으로 돌아가서 악독하기로 유명한 헤롯 아그리파1세에게 참수斬首당했다. 시신을 수습한 제자들은 배를 타고 빠드론을 거쳐 당시 세계의 끝이라는 피스떼라에 온 것이다.

소나무가 간간히 보이는 피스떼라 까미노는 여느 한반도의 산 같다. 이 길의 사계를 생각해본다. 새순이 나오고 꽃이 피고, 잎이 나고 무성해지며, 열매를 맺고 이파리는 서서히 붉고 노랗게 물들고, 차가운 바람에 낙엽이 대지에 뒹굴 것이다. 가까운 사람들과 가슴 저린 이별을 한 이들, 세상 풍파에 꺾이고 부러져서 벼랑 끝에 선 이들, 난마처럼 얽힌 망상에 시달리는 이들, 더 이상 망가질 수 없을 정도로 상처받은 심신의 회한을 풀어주고 치유하며 인도하는 것은 명상이나 사색이 아니다. 그냥 이렇게 부대끼면서 고달프게 길을 가는 것이 더 좋은 치료이다. 나의 늙은 어머니께서도 오래된 추억을 남긴 채 세상을 하직하신 후였다. 아! 푸르고 푸른 대서양이 보인다.

피스떼라의 대표적인 이정표인 이 돌십자가
바로 뒤쪽 아래에 옷과 신발 화형식을 하는 곳이 있다.

분주한 활동사진에서 고요한 스틸사진으로

산띠아고 길 900여 km의 종지부를 찍었다. 이 글도 마무리를 지어야할 때가 온 것 같다. 모든 종말은 아쉬움을 남기듯이 이 여정도 노을 같은 긴 아쉬움을 남긴다. 까미노_{순례자길}는 다시 추억이 되고 그 추억을 되새김질할 때면 지나 간 길은 모두 그리워질 것이다. 지금까지 까미노는 '산으로 또 산으로'의 여정이었다. 산에서 내려왔으니 대서양의 푸른 파도가 넘실대는 곳에서 바다를 음미해야 한다. 그동안 산에서 찌든 땀과 묵은 때와 젖산이 가득 찬 근육을 바다에 담그고 지나간 길을 회고해보고 싶었다.

그러나 바다에 가면 이미 바다가 아니다! 산에 있는 내내 높이 존재하던 바다에 대한 기대와 선망이 당장 눈높이 아래로 내려와 버린 현실 때문일까? 산에서 아득히 바라보던 단순하고 온전한 바다의 모습은 가까이 바라보면 많이 다르다. 미추美醜를 감추지 않은 상세한 디테일이 주위에 널려 멀리서 어렴풋이 바라보는 바다, 바로 곁에서 보는 바다, 배를 타고 느끼는 바다는 모두 다를 것이다. 나의 변덕스런 느낌에도 불구하고 바다는 그대로 바다일 뿐이다. 잔잔하건 거칠건 여전히 파도는 넘실대고, 미풍이건 폭풍이건 바람은 불고 있다.

바이크는 가쁜 숨을 토하며 '땅 끝'을 향해서 가고 있다. 바다를 따라서 형성된 항구의 해안선을 따라서 가다보니 두 바퀴는 가끔 고운 모래 위에 발자국을 남긴다. 험하기로 치면 바다만큼 험한 곳도 없는데 늘 평화롭게 느껴진다. 한가로운 항구와 해변 구석구석 격정적인 인간들이 남긴 원색의 흔적들이 보인다. 거의 다 왔지만 항상 피니쉬_{finish} 지점이라는 환상이 몸을 더 혹사하게 해서 마지막 남은 진을 빼버린다. 그것도 잠시, 니라-피스떼라의 0km 지점에 이른다.

늦가을의 서정이 먼 바다에서 불어오는 바람과 파도가 격랑이 되어 밀려온다. 이 단단한 곶의 바위에 부딪히고 부서져온 그 많은 역사의 날들을 상상해본다.

그 동안 활동사진Motion picture은 드디어 스틸사진Still Picture으로 바뀐다. 주위 풍경은 한 눈에 다 담을 수 없는 파노라마 사진이다. 마지막 흔적에 대한 호기심과 열망이 노인의 바람기 같은 욕정처럼 일순간에 사라진다. 충만하기 때문일까 아니면 허탈하기 때문일까? 터질듯이 충만한 순간은 영원하지 않고 곧 허탈한 순간으로 변해가는 것이 자연의 순리이다. 순례가 끝나면 곧 지루한 일상으로 돌아가야 한다는 우울함이 허탈하게 만드는 것일까? 아쉬움과 미련이 타성처럼 뒤따라온다. 자전거를 탄 2번의 '까미노 데 산띠아고'의 원정이 끝났다. 끝과 시작은 야누스Janus의 두 얼굴이다. 끝이 시작이고 시작이 끝이다.

피스떼라로 가는 순례의 기원은 확실하지 않지만 기원전부터 유래되었고, '세상의 끝'이라는 피스떼라의 위상과 관련이 있단다. 순례자 병원들이 산띠아고에서 피스떼라까지 가는 길을 따라 순례자들의 요구에 응해서 세워지던 중세 때까지 그 전통은 계속되었다고 한다. 진정 아쉬운 순례자들은 북쪽으로 29km를 더 걸어가면 묵시아Muxia에 이른다. 중간 17km 지점인 리레스Lires에 알베르게가 있고 마지막 12km를 더 가면 바다가 보이는 묵시아이다.

유튜브에서 본 The WayCamino de Santiago Documentary Film의 마지막 장면엔 묵시아의 풍경이 나온다. 이곳은 대서양과 맞닿아 있어 쓸쓸하고 고독한 곳이다. 1년 중 대부분의 날씨가 흐리고 바람이 불고 비가 내리며 격랑이 휘몰아치면서 대륙을 깎아내고 있는 곳이다.

요트인들에게 'Roaring Forties, Furious Fifties'라는 공포스런 말이 있다. '포효하는 40도대, 광란하는 50도대'라는 말이다. 남위 40도에서 50도대 사이의

험한 바다의 얼굴을 표현하는 말이다. 편서풍에 흥분한 격랑이 몰아치는 묵시아의 원초적인 풍경이 그려진다.

찌들린 신발과 옷에 화풀이 하는 화형식

순례의 마지막 세레모니라고 할 수도 있고 피날레라고 할 수도 있는 의식이 있다. 이 피스떼라의 곶串에 도착한 순례자들이 그동안 동거동락했던 옷이나 신발을 태우는 전통이 있다. 땀 찬 발과 부대끼며 험한 길을 걸으며 지긋지긋하게 괴롭혀왔던 신발을 태워버리는 것이다. 그 심정을 충분히 이해한다. 오래전 무거운 배낭을 메고 유럽에서 7, 8, 9월을 보내고 10월초에 귀국하였다. 돌아와서 제일 처음 한 의식이 가위로 배낭의 멜빵을 무참하게 자르는 일이었다. 사람들은 신발의 화형식으로 과거와 작별한 후 새 신발을 신고 다시 일상의 삶으로 돌아간다.

화형식을 하지만 머나먼 길을 걸어오는 동안 신발은 얼마나 고마운 존재였던가! 비록 무생물이지만 화풀이식 화형식은 미안하다는 생각도 든다. 직립인간이 되면서 신발은 필수불가결한 인간의 필수품이자 '탈 것'이었다. 신발은 집을 나서서 바깥일을 보고 다시 집으로 돌아와 신발을 벗을 때까지 함께 하는 인간에게 가장 불가결한 동반자이다. 인간의 대부분 삶은 신발을 신고 걷는 행위로 이루어진다. 추위, 더위, 질병, 배고픔, 강도, 도적, 사소하지만 골치 아픈 이, 벼룩 등도 순례의 적이었겠지만 신발마저 허술했다면 얼마나 힘들었을까?

노자老子는 '세상이 온통 가시밭이라도 발에 맞는 가죽신만 신으면 된다'고 말

했다. 이제 걸어서 성지순례를 가는 곳은 오직 산띠아고뿐이다. 로마도 예루살렘도 차를 타고 간다. 모든 것이 그렇듯이 문명의 산물인 신발도 성능과 실용성과 미적인 기준을 발전시키고 개량하였다. 뜻이 있으면 길이 있고, 길이 있으면 신발도 있다. 발에 잘 맞는 신발을 단단히 신고, 큰 뜻을 품고 세상 밖으로 나가서 산과 들과 강과 마을과 도시를 아우르는 거시적인 길을 걸어갈 수 있다.

길이 글이었고,
글이 길이었다!

문 밖의 이방인으로 살다!

그동안 이방인異邦人으로 아웃사이더Outsider로 살았다. 동료들에게 나는 늘 문 밖에서 있는 이방인이었다. 그들의 일상과 참 많이 다른 길을 가고 있었기 때문이다. 내가 문밖Outdoor 활동하는 곳에서도 또한 이방인이었다. 다른 사람들이 완전히 두발을 담그고 있을 때 나는 늘 한 쪽 발만 담그고 있었다.

학우들이 핏발선 눈으로 공부하고 있을 때 산에서 암벽을 오르고, MTB를 타고, 물에서는 요트와 윈드서핑을 하느라 분주했다. 때로는 거대한 HAM-Antena 밑에서 마이크를 잡고 떠들고 있었다. 학창시절 산에 가서 야영을 하고 암벽을 오를 때도 조그만 메모지에 빽빽이 황제내경黃帝內經의 원문과 침구학의

혈위를 외우고 있었다.

팽팽한 바람을 타고 요트 세일링을 할 때도 해부학 용어를 외어야 했다. 천재나 수재가 아닌 열등한 내가 할 수 있는 고육지책苦肉之策이었다. 남들이 공부할 때 나 홀로 산과 들과 물위를 방황하고 다녔다. 그리고 밤이 되면 뜨거운 치정癡情과 격정激情을 식히려고 이열치열 열렬히 술잔을 들었다. 이런 나의 부적부당不適不當 무사무익無思無益한 행동에 대한 보상심리는 시간을 쪼개고 순간적인 기회를 활용하는 것이다. 그래서 짬짬이 학이시습學而時習하는 습관이 남아 있다.

지구촌의 큰 비극, 잘못된 신념과 건강한 육체의 만남

사실 지구에 살면서 Of the people, By the people, For the people하는 인문학이 지겹고 졸렬해 보였다. 나는 '중생의, 중생에 의한, 중생을 위한' 중생주의자였다. 중생이란 말 그대로 모든 '살아 있는 무리 생명'이다. 이 '살아 있는 무리 생명'들끼리 조화롭게 사는 것이 지속가능한 지구Sustainable Earth로 가는 길이라고 믿었다. 백번 지당한 말이고 지금도 변함없는 소신이다.

그래서 평소에 갖고 있던 '사람만이 절망이다'란 소신을 '사람만이 희망이다'로 바꾸었다. 인간이 주도권을 잡고 지배하고 있는 세상에서 자연과 인간의 희망적 공존을 위해 전지전능全知全能한 신神의 바로 아래 계신 '당신!'의 생각이 절대 중요하기 때문이었다.

세계 양대 대전, 한국전쟁과 베트남전쟁, 중국의 대약진운동과 홍위병사태와 천안문 사태, 중국의 티베트 침공, 코소보 내전, 미국의 이라크 리비아 아프

칸전쟁, 이스라엘의 중동전쟁과 팔레스타인 공격 등을 보면 일목요연하게 느껴지는 것이 있었다. 인간의 '잘못된 신념'과 '부강한 국가'의 만남은 엄청난 부작용 또는 재앙을 초래했다.

단순하고 건강한 사람은 언제나 목소리가 크고 신념 또한 강철처럼 강하다. 역사의 이면을 보면 이런 '매파'가 앞장서서 순진한 사람들 선동하여 꼭 싸움의 분위기로 몰아간다. 일본의 식민지 대동아전쟁 한국전쟁 등을 경험한 우리 역사를 돌이켜보라. 가장 나쁜 평화도 없고, 가장 좋은 전쟁도 없다! 전쟁은 정녕 피해야 한다. 평화를 위해서라면 조금은 비열하고 야비해도 용서가 된다!

개인적으로 아프고 병을 앓는 것은 사회적으로 크게 위험할 것이 없다. 오히려 개인의 건강이 위험한 경우가 더 많다. '건강한 육체와 잘못된 신념'과 비슷한 '부지런함과 잘못된 신념'의 만남, '잘못된 리더쉽과 잘못된 신념'의 만남 등이 결합하면 돌연변이가 생겨 엄청나게 위태로워질 수 있다.

몸만 건강하고 잘못된 신념과 사명감으로 무장된 사람은 칼 든 사람보다 훨씬 더 위험하다. 생각 없는 지도자가 건강하고 부지런하기만 하면 총을 든 사람보다 훨씬 더 잔인하고 급기야 큰 재앙이 될 수 있다. 그래서 나는 '제대로 된 사람만이 희망이다'로 개종conversion해버린 것이다.

과거는 후회하지 말고, 미래는 두려워하지 말라!

인간이 살아가는 이치와 도리를 알려주는 서양사상과 동양의 유불선사상은 중요하고 심오한 의미가 있다. 너무 깊거나 높지 않은 그저 자전거를 탄 높이에서 세상을 바라본 이야기를 하고 싶었다. 크로스컨트리를 하든 업힐을 하든 다운힐을 하든 세상을 '다양한 시각으로 사유'하고 '합리적인 의심'을 해야 한다. 가장 많은 혜택을 받고 살고 있는 주재자主宰者인 인간이 가져야 할 자연에 대한 예의이고 자부심이다.

지금까지 온 이 길은 굽이굽이 길목 골목마다 신화와 전설과 역사가 주저리주저리 영글어 있었다. 자연과 역사, 문화와 종교, 풍속과 예술 속에 사람들의 삶이 녹아 있었다. 그들을 모아 온고이지신溫故而知新하는 용광로에 넣어 '오래된 미래'를 창조하는 것이 숙제이다.

불회불파不悔不怕, 후회하지 말고, 두려워하지 말라라는 말로 정리하고 싶다. 불회不悔는 과거에 대한 것이라면 불파不怕는 미래에 대한 것이다. 라이더들이 가져야할 잠언이기도 하다. 지나온 길을 후회하지 말고 나아갈 길을 두려워하지 말라. 그래야 두 바퀴 위에 홀로 선 고독 속에서도 자유의 노래를 부를 수 있을지니~! 이것이 나의 자전거를 탄 인문학적 기행의 변이라고 할 수 있다.

길은 나의 글이었고, 글은 나의 길이었다!

지금까지 달려온 머나먼 '길은 나의 글이었다'. 처음 길을 떠날 때 내가 느낀 가장 스페인적인 음악을 소개했다. 아~득하게 들려오는 아란훼스의 선율! 호아킨 로드리고라는 맹인Musician은 암흑 속에서 받은 영감靈感을 오선지에 그렸다. 이것은 스패니쉬 기타 한 대가 중심에 선 오케스트라 협주곡Concerto de Aranjuez for Guitar이다.

줄을 퉁기는 현악기인 기타는 타악기처럼 툭툭치는 짧고 빠른 스타카토 선율旋律은 긴 활대로 소리를 내는 현악기의 긴 선이 되어 이어지는 멜로디에 싸여 빛을 발한다. 이 빛은 프리즘의 분광分光을 통해 12가지 색으로 피어올라 오케스트라를 움직였다. 그 중에 목관 악기인 잉글리쉬 호른의 가늘고 긴 맑은 선율이 연두빛으로 피어올랐다. 그 아란훼스의 추억과 애환 우수와 그리움을 띤 화음은 '침묵 다음으로, 표현할 수 없는 걸 그나마 가장 가깝게 표현한 것이 음악이다After silence, that which comes nearest to expressing the inexpressible is music. -A.Huxley-라는 것을 말하고 있다.

이 길 마지막에 같이 음미할 심금을 울리는 음악을 소개하고 싶었다. 이 순례자 길에서 마지막 노래를 누가 불러줄까? 누구의 노래에 실어서 이 글을 마무리할까? 오래 동안 이런 생각을 했다. 사라사떼의 치고이너바이젠집시의 선율, 집시의 피가 흐르는 이사벨 빤또하의 노래, 바르셀로나 출신 성악가인 호세 까레라스와 마드릿 출신 성악가인 플레시 도밍고의 유려한 목소리, 격정이 넘치는 플라멩꼬의 서편제 같이 한스런 선율도 선택되었다. 포르투갈의 운명적인 파도Fado=fate도 망설였다. 제라드 졸링의 'Spainish Heart'라는 강력한 후보도 있었다. 전주음이 빠르고 현란한 기타의 음이 앞장서고 뒤에 활을 가진 현악기들이 부드러운 마무리를 하고 나면 제라드 졸링의 가늘고 긴 목소리로 'We all have gypsy blood within our veins우리 모두 혈관에 집시의 피를 가지고 있습니다'라는 가사가 나오기 시작하면서 스패니쉬 하트는 시작된다.

순간순간 마음을 흔들어 놓은 그런 노래나 음악이 너무 많아서 어느 하나를 정할 수 없었다. 여기에 대한 답은 미완성으로 읽으신 분들의 생각에 맡기려 한다. 그 동안 좌고우면左顧右眄하면서 달려온 '글은 나의 길이었다'!

부록

1. 준비훈련과 가장 빠르고 최고 안전한 걸음

산띠아고로 가는 순례는 걷기가 기본이고 바이크나 동물과 동행도 가능하다. 프랑스 길은 800여km로 하루 25~30km씩 걸으면 대략 한 달 정도 걸리는 거리다. 하루일정은 15분에 1km 시속 4km라고 했을 때 하루 6~7시간 전후로 만만치 않게 걸어야 한다. 미리 출근 퇴근 등산 등 걷기훈련을 하고 체력단련을 하여 '발과 신발'이 서로 익숙하게 해봐야 한다. 한 달을 기준으로 잡되 바쁘지 않는 사람은 느긋하고 천천히 걷고, 바쁜 사람은 빨리 걷는다. 단 너무 빠르면 사색하기 힘들고, 너무 느리면 순례의 긴장감이 없어진다. 병으로 아프거나 몸이 힘들면 대중교통을 타고 일부구간을 점프해 가면된다. 까미노는 오래된 길이라 매우 안전하고 표시가 잘 되어있어 길을 잃기 힘들다. 길을 잃으면 나이든 동네 개에게 물어도 가르쳐줄 정도이다. 명심할 점은 까미노는 가장 아름다운 풍경과 중요한 유적을 따라가는 길이라는 사실이다. 그래서 길을 따라 가는 것이 가장 바람직하다. 바이크 순례자들은 기동력이 있으므로 까미노길에서 벗어난 중요 명소들을 쉽게 방문할 수 있는 장점이 있다.

■ 올리브 트위스트 워킹(Allive twist Walking)!

대부분 순례자는 산띠아고를 향해 하루 6~7시간 동안 만만치 않는 거리를 걸어야 한다. 순례자에게 걷기가 가장 본질이면서 가장 힘든 일이다. 최고 편하게 빨리 걸을 수 있는 비장의 보행법을 소개한다.

이 보행법은 반드시 '엉덩이는 볼록', '가슴은 활짝', '고개는 삼삼³³도'하게 든 자세를 취해야 한다. 그 다음 두 손은 '열중쉬어자세'를 하고 어깨에 힘을 빼고 약간 빨리 걸어 본다. 제자리걸음이나 가벼운 제자리 달리기도 좋다. 팔을 뒤로 고정하니 '팔 대신 어깨'를 흔들며 걸을 수밖에 없다. 어깨와 골반이 서로 트위스트하면서 걷는 걸음이 바로 그것이다! 다음에 '팔과 어깨'를 사용해 골반에 맞춰 손을 흔들며 걸으면 된다. 트위스트 동작이 잘 안되면 다시 '엉덩이 볼록, 가슴 활짝'편 상태에서 '열중쉬어자세'로 걸으면서 감感을 익히기 바란다. 걸을 때 손과 발이 반대로 나가는 원리를 좀 더 강조해서 '어깨와 골반' 움직여서 걷는다.

첫째, 골반을 트위스트하므로 동작이 허리 골반 고관절 무릎 발목 등에 나누어져 완충이 되니 안전하다. 골반이 회전하여 걸으니 발자국이 일직선에 가깝다.

둘째, 어깨의 트위스트는 골반의 트위스트를 도와주므로 먼 길을 걸을 때 가볍고 편하며 빠른 걸음이 된다.

셋째, 자세가 부채처럼 활짝 펴져 장기의 눌림과 겹침이 없는 상태에서 몸통을 교대로 쥐어짜는 트위스트가 반복되니 장기臟器의 신진대사가 잘 된다. 그래서 몸 안에 불법으로 고여 있는 노폐물, 구정물, 쓰레기 등 불순물부종, 비계, 물혹, 근종 등이 빠져 나가 성인병 만성병 암 등을 예방하고 살려주므로 Allive모두가 살고, 모두를 살리는 twist Walking이라고 한 것이다. 이 워킹은 하늘하늘 우아하고 경쾌하며 아름다운 걸음이다. 한 보폭은 38cm, 양발을 쓴 보폭은 76cm 전후이다.

*『자신의 평균보폭=자기신장× 0.45』예) 신장169cm면 평균보폭은 76.05cm

2 올리브 폴 워킹(Allive Pole Walking)

순례자의 기본 패션은 일장일낭一杖一囊이다. '지팡이 하나와 배낭 하나'라는 말이다. 그러나 노약자들은 걸음을 보조해줄 지팡이가 하나 더 필요하다.

① 올리브워킹에 폴스틱을 적용해 길이를 '배꼽 높이'보다 약간 길게 맞추고 손잡이는 안 흔들릴 정도만 살짝 잡고 폴의 끝은 항상 몸의 뒤쪽에 있고 바닥과

각도는 뒤로 60도 전후를 유지한다.

② 두개의 폴을 이용하므로 엉덩이는 볼록, 가슴은 활짝, 고개는 삼삼[33도]하게 들고 앞발이 나가는 쪽 스틱은 뒤로 밀어 주며 걷는다. 폴을 이용한 4발이므로 모든 걸음 중 가장 적극적인 '올리브 트위스트 워킹'이 가능하다. 자세가 활짝 펴져 골반이 잘 움직이니 발자국이 일직선이 되며 속도가 빠르다.

③ 2발[pole, 스틱]을 추가로 이용하면 발목 무릎 골반 허리 등 관절을 보호할 수 있고 훨씬 쉽고 안전하며 빠르게 걸을 수 있다.

＊지팡이는 걷기 외에도 치한, 강도, 맹견 등이 달려들 때 최고의 호신용무기이다.

2. 코스, 교통편 예약, 소요경비

❶ 완주코스

프랑스로 입국하면 〈파리 샤를르 드골공항 2터미널-바욘느-생장피에드포르〉인데 파리 시내는 오스테리츠역과 몽빠르나스역에서 출발하여 바욘느까지 기차로 간다. 바욘느에서 생장피에드포르 들어가는 차를 타면 된다. 스페인 마드릿이라면 이룬을 거쳐 엉데-바욘느-생장으로 가면 된다.

❷ 부분코스

스페인의 마드릿으로 입국해 공항에 있는 알사버스승강장을 이용하면 매우 편리하다. 버스터미널이라고 물으면 잘 모르니 '아우또부스에스따시온[Autobus Estacion]'이라고 물어야 한다. 마드릿 시내의 지하철 Avda de America역의 ALSA Autobus Estacion에서 론세스바예스, 빰쁠로나, 부르고스, 레온, 아스또르가,

뻰뻬라다, 사리아 등으로 가는 버스를 탈 수 있다. 첫 알베르게를 찾아가서 순례자 증서Credencial;2Euro를 받고 산띠아고를 향해 걸으면 된다.

❸ 예약

언어가 자유롭고 다른 사람 조언을 들을 수 있는 국내에서 미리 어려운 예약을 마치기 바란다. 비행기 버스 기차는 모두 인터넷으로 예약이 가능하다. 미리 여유롭게 예약하면 저가항공으로 싸게 갈 수도 있다. 저가 항공이 기차나 버스에 비해 저렴한 경우도 많다. 국내에서 미리 온라인으로 Web Surfing하면서 익숙해질 필요가 있다.

❹ 기본경비

항공료 교통비 숙박비평균 7유로를 계산하면 된다. 대부분 순례자들은 1km 에 1유로 정도를 계산하는데 이보다 훨씬 더 저렴하게 할 수도 있다. 식비, 세탁기 건조기사용료, 성당 박물관 입장료 등이 있다. 알베르게 냉장고를 잘 활용하면서 요리실력을 발휘해 최소비용으로 도전해 보라. 이 책을 읽으면 그 비결을 알 수 있다.

3. 최고 가볍고 청결하고 요긴한 준비물

❶ 기본준비물

면은 가능하면 피하고 잘 마르고 때가 잘 지는 나이론 폴리에스터옷, 다용도,

경량, 편의성이 있는 것을 선택한다. 다른 건 다 용서해도 발 냄새와 찌들어 민망한 옷 냄새는 용서할 수 없다! 넉넉한 여분, 있어도 없어도 되는 짐은 절대 챙기지 않는다. 차근차근 껴입고 차근차근 벗을 수 있으면 좋다. 팬티 겸 수영복 겸 반바지, 런닝셔츠 겸 T셔츠, 반바지겸 긴바지,반팔겸 긴팔T, 양면Reversible옷, 캡목을 덮을 수 있는 모자, 자작 버프얼굴보호+선크림대용, 끈 달린 선글라스, 가볍고 편한 워킹화+ 진흙길에 워킹이 가능한 가벼운 신발. 전자장비〈멀티잭, 가볍고 편리한 카메라와 보조장비여분 메모리, 밧데리, 셀카봉, 해드랜턴〉. 책〈가이드북+1, 필기구+수첩1〉. 복대와 여권주머니〈여권,항공권,큰돈,주요카드〉. 꼬마지갑〈현금카드, 현금, 잔돈〉, 스마트폰〈e-book,전자가이드북입력가능,밧데리,충전기〉.

세면도구〈향이 좋은 비누1개, 접는 칫솔+작은 치약, 죽염, 1회용면도기, 향기 좋은 로션, 스포츠타월〉. 의약품은 〈생기고(상처,가려움,타박상), 포타딘, 대일밴드, 탄력붕대, 진통제, 소화제 등〉. 배낭안 물건은 작은 세탁망, 지퍼백, 주머니에 넣어 분류하면 매우 편리함.

*모든 필요한 메모, 시간표, 항공권, 여권, 사이트주소 등은 사진으로 찍어 놓으면 매우 편리하다.

❷ 무게 줄이기

하루 6~7시간을 걸어야 하니 체력이 약한 분들은 가이드북, 카메라, MP3, 노트 필기구 등도 무겁다. 국내에서 가져간 스마트폰데이터 무제한요금제을 가져가도 로밍 비용대략 1일1만원을 지불해야 한다. 보통 순례자여권크레덴시알에 나온 간단한 노정표에 지명과 도시간 거리km가 나오니 까미노의 다음 목적지는 알베르게에 있는 컴퓨터로 모국어 사이트필요한 카페주소는 미리 사진 찍어둘 것에 들어가 검색해보기 바란다. 짐은 여러 번 싸보아야 가볍게 쌀 수 있다. 미완성을 두려워 마라! 미완성의 여행이 오히려 내면의 완성도를 더 높다. 혹 남는 것이 있으면 다른 사람을 위해 깨끗하고 깔끔하게 알베르게에 남겨두라. 혹 부족한 것이 있거든 알베르게에서 찾고 구하라!

4. 너무 요긴한 버프(Buff), 토시, 공기베개 활용

❶ 방한 방풍 선불록 대용 버프(Buff)마스크

순례자는 햇볕이 무자비하게 내리쏘는 날도 눈비가 오고 바람이 부는 날에도 아침이면 어김없이 알베르게를 나서야하는 운명이다. 문명인들은 햇볕의 자외선과 열상을 예방하기 위해서 선크림, 선불록이라는 자외선차단제를 바른다. 간단히 자외선A$_{UVA}$차단제는 PA+ PA++ PA+++ 3가지로 '+'가 많을수록 차단이 잘 된다. 자외선B$_{UVB}$차단제는 SPF 다음 숫자가 많을수록 차단 기능이 강하다. 그러나 이 화학적 자외선차단제는 눈에 들어가면 아프고 침침하며 불결하고 피부트러블과 부작용을 호소하는 짐이 되기도 한다. 그래서 선크림과 선불록을 대신할 다용도 '버프마스크'와 '엄지 토시'를 소개한다. 너무너무 만들기 쉽고 가벼우며 부피가 작지만 다용도로 사용할 수 있다.

긴 통 버프$_{Buff}$의 중간을 가위로 잘라 2개로 만든다. 버프의 양쪽 상단부에 4~5cm정도 길쭉하게 구멍을 내어 귀걸이를 만든다. 한 번 써본 후에 코와 입 부분이 통하도록 7~8cm 정도 세로로 길쭉하게 구멍을 내면 끝이다. 버프를 쓰면 늘어나므로 실물보다 절반이상 작게 오려야 한다. 워킹 등산 스키 세일링 바이크 등 아웃도어에서 자외선은 물론 동상 화상 타박상 등으로부터 얼굴을 보호해준다. 개인적으로 야외에 나갈 때면 거의 1백% 이 버프마스크를 활용한다. 필요에 따라 그 위에 모자를 쓰거나 고글보안경을 끼면 된다. 단 사진 찍을 때만 잠시 내리고 찍기 바란다.

☑ 버프와 공기베개를 이용한 짧지만 효과적인 토막잠

고달픈 여행 길버스 기차 비행기 등에 아주 효과적인 비장의 휴식법이 있다. 공기베개와 버프buff를 이용해서 짧지만 감로수 같은 단잠으로 휴식을 취할 수 있다!

첫째, 견갑골하단유두선과 비슷에 적당한 높이로 베개를 고이고 상하로 조금씩 움직여 가장 편안한 지점을 찾은 다음 양팔은 자연스럽게 반만세를 취한다. 흉추베개를 고이면 심폐능력도 최대, 산소섭취도 최대가 되어 순식간 피로가 회복된다.

둘째, 버프Buff를 2~3겹 접어 눈과 귀를 가린다. 육체적 정신적 과로에 시달릴 때 안압이 높아지니 탄력 있는 버프로 눈을 눌러주면 빛이 차단되고 안압이 내려가 눈과 머리가 편안해 잠이 잘 온다. 아래가 차면 불면이 생기니 양말을 신고 배를 따뜻이 해주면 더 좋다. 걷다가 힘들 때 야외에서 꿀 같은 단잠에 빠질 수 있다. 자는 동안 피로가 회복되고 세포가 재생되어 피부도 뽀시시해 진다.

☑ 버프를 이용한 코골이 극복법

까미노에는 간절한'염원과 기도'로도 요지부동하는 질긴 코골이들이 많아도 간첩처럼 식별이 어렵다. 그러나 비후肥厚 후덕厚德해 보이는 코골이는 어느 정도 식별이 가능하다. 이들과 멀리 떨어져 눕되 화장지나 솜을 길쭉하게 말아 물을 적셔 귀구멍에 깊게 막는다. 그리고 버프buff를 2~3겹 겹쳐 헤어밴드를 만든 후 귓바퀴를 앞으로 접어 눌러주거나 귓바퀴 앞에 두툼한 뭉치를 끼워 눌러주면 소음이 약간 차단된다. 실리콘 귀마개도 있다.

❹ 엄지토시활용법

토시의 끝에 엄지손가락이 나오도록 재봉선을 뜬 다음 풀리지 않게 바느질로 마무리를 한다. 이 토시를 끼면 자외선UVA, UVB은 물론 방풍 방한 방습이 된다. 손발이 시릴 때 끼워 장갑과 양말대신 신을 수 있다. 특히 햇빛이 찬란한 봄 여름 가을에 줄기차게 사용할 수 있다. 오래 달리거나 걸을 때 장딴지에 쥐가 나지 않도록 예방해주는 탄력 스타킹 역할도 한다.

5. Español 발음법, 먹거리용어, 교회, 길명칭, 건축양식

❶ 세계 2위 언어 발음법 완성-이것만 알면 정확한 발음이 가능

① 영어의 격음激音을 경음[q t p z, ㄲ ㄸ ㅃ   ㅅ씨]으로 발음. que qui는 U가 묵음[께 끼]로 발음, queimada께이마다, Cirauqui시라우끼 ② c+[a o u]만 [까 꼬 꾸]로 발음; Camino까미노, Arcos아르꼬스, Cuantas꾸안따스, c+[e i]는 [세 시]로 발음. c는 [ㄲ, ㅅ], ch[ㅊ]로 발음 ③ ge gi[헤 히]로 발음; Ages아헤스, Gitano히따노, Virgen 비르헨, San Gil산힐, gue gui는 U가 묵음[게 기]; albergue알베르게, San Miguel산미겔, Ayegui아예기 ④ S F[ㅅ ㅍ]로 발음 ⑤ H[묵음]; Hola올라, X는 [ㅎ]; Xunta훈따 ⑥ J는 [강한ㅎ]로 발음; Juan후안 ⑦ <ll, ñ>+a e o u[야 예 요 유나녜뇨뉴], 강세는 ~ [모음, n, s]로 끝나는 단어는 뒤에서 2번째 음절 모음에 강세 Compostela꼼뽀스뗄라, ~[n s를 뺀 자음]으로 끝나는 단어는 마지막 모음에 강세, 나머지는 강세표시가 있는 곳만 세게 읽는다.

❷ 먹거리 용어 - 아는 만큼 풍성해지므로 빨리 익혀야 한다.

과일은 나란하naranja, 오렌지, 만사나manzana, 사과, 우바uva, 포도, 멜로꼬똔melocoton, 복숭아, 리몬limon, 레몬, 또마떼tomate, 토마토, 빠따따patata, 감자 등. 염장식품은 하몬Jamon, 살치촌salchichón, 쵸리소chorizo 등. 일용할 양식은 빤pan, 빵, 빠에야Paella, 께소queso, 치즈, 만떼뀌야mantequilla, 버터, 아로스arroz, 쌀, 보까디요Bocadillo, 작은 샌드위치, 엔살라다Ensalada, 샐러드, 소빠sopa, 스프, 빠스따pasta, 국수총칭, 삐짜pizza, 피자, 또르띠야Tortilla, 오믈렛, 또스따다tostada, 토스트 등. 음료는 비노띤또vino tinto, 적포도주, 비노블랑꼬vino blanco, 백포도주, 세르베사cerbeza, 맥주, 까냐caña, 생맥주, 까페café, 커피, 떼té, 차, 레체leche, 우유, 수모zumo, 주스, 아구아agua, 물 등. 고기류는 비스떽bistec, 스테이크, 까르네carne, 쇠고기, 세르도cerdo, 돼지고기, 꼬르데로cordero, 양고기, 뽀요pollo, 닭고기 등. 바르Bar는 늘 열려있고 레스토랑은 1~3시 사이에 점심식사를 할 수 있다. 저녁 순례자메뉴Manu del peregrino는 10유로정도로 primer plato전체, segundo plato주요리, postre후식이 나오고 비노와인와 아구아물 중 택일한다. 이제 굶어죽을 걱정않고 까미노를 갈 수 있으리라!

❸ 대성당 성당 예배당 수도원 등의 명칭

Cathedral은 주로 도심에 주교좌가 있어 주교가 있는 교구중심의 '대★성당'이다. Iglesia는 주교가 없는 성당이나 교회를 말한다. Ermita는 마을에서 멀리 떨어진 인적이 드문 작은 규모의 '예배당' 또는 '공소'이다. Convento는 같이 머무는 수사나 수녀들의 공동체인 '수도원'이나 '수녀원'이다. Capilla는 학교 병원 교회에 부속한 예배당이다.

❹ 길의 명칭

Camino길, carretera차가 다니는 차도. 주요간선도로, senda큰 길 따라 가는 작은 길, calle거리.街, rue=calle, estrada흙길, pista발자국. 트랙, travesío횡단로. 밀집지구안 길. 샛길, carril차선. 철도. 바퀴 자국이다. 단어를 찬찬히 살펴보면 대충 그 뉘앙스와 차이를 알 수 있을 것이다.

❺ 로마네스크 양식

예술 건축양식은 생소하다. 그러나 산띠아고로 가는 까미노가 융성하던 시기인 8세기말 샤를마뉴대제시대부터 13세기에 고딕Gothic양식이 발생하기까지 서유럽 각지에서 로마네스크Romanesque양식이 주류였다. 그래서 시기적으로 까미노는 대부분 로마네스크 양식이었다. 로마네스크는 로마의 전통에 게르만의 요소를 많이 반영한 것이다. 창문과 문 개방된 통로인 아케이드 등에 반원형 아치를 많이 사용했고 건물 내부의 천장이나 지붕의 곡면 구조를 떠받치기 위해 원통형 볼트나 교차 볼트를 쓴 점이 특징이다.

비잔틴 양식은 비잔티움-이스탄불을 중심으로 하여 4세기경부터 12세기경까지 번영하였던 미술 양식이다. 고딕양식은 하늘로 쭉쭉 뻗은 첨탑이 연상된다. 그리고 르네상스가 일어난 시기에 르네상스양식, 그 다음이 바로크 양식, 다음이 로코코 양식으로 정리할 수 있겠다. 비잔틴, 로마네스크, 고딕, 르네상스, 바로크, 로코코 양식 순이다.

6. 불필요한 짐, 빈대, 발바닥 물집정복

1 불필요한 짐 해결법

어느 정도 걷다보면 필요한 짐과 불필요한 짐이 구별된다. 까미노에서 짐이 무거우면 난감하다. 까미노 주위에 있는 어느 우체국에서든 불필요한 짐을 산띠아고 우체국으로 부치면 2~3주 정도 짐을 보관해준다. 짐 무게는 한 번에 20kg 이하로 거리에 따라 크기 무게에 따라 가격은 1~2만원 전후이다. 발신인 주소를 적고 〈수신인 여권영문명, Lista de Correos, Travesia de Fonseca s/n 15780, Santigo de Compostela Galicia, España〉로 부치면 산띠아고에 도착해 대성당을 바라보고 우측 방향 폰세까거리의 우체국Correos에 가서 여권을 보여주고 짐을 찾으면 된다. 주소에 c/는 Calle로 '거리'가'이고 Avda는 '대로'를 의미하는 avenida를 말한다. 문 여는 시간 〈Am 8시~Pm2시, Pm 5시~8시〉인데 지역에 따라 약간 차이가 나고 오전근무만 하는 곳도 있다. 여기 우체통은 빨간색이 아닌 노란색이다.

모든 알베르게는 인터넷이 되고 로밍을 하면 국제전화의 어려움이 없지만 번잡한 통화는 순례를 방해한다. 다만 비상시 수신자부담(콜렉트콜) 〈900-00-82-(0뺀)지역번호-개인전화번호〉은 알아두자. 스페인에서 9로 시작하면 일반전화고 6은 이동전화이다.

2 빈대 해결법

얇은 원단으로 자신의 키에 맞추어 긴 직사각형으로 간이 슬리핑백을 만든다. 측면에 지퍼를 붙이고 둘둘 말아서 묶을 수 있게 끝에 끈을 달아놓으면 더 편리하다. 이 슬리핑백에 들어가 자고 추울 때는 알베르게 담요를 덮고 자면 된다. 빈대가 침범하면 빨아서 말리거나 전자렌지Microwave안에 30초씩 뒤집어 쏘여주면 된다시간이 길면 녹으니 절대 주의요망.

❸ 발바닥 물집 정복하기

이탈리아에서 온 순례자 39세의 Bono는 발바닥이 엉망진창이었다. 순례자의 영혼은 맑고 깨끗할지 모르지만 발바닥은 더러운 냄새와 곰팡이 균들이 득실거렸다. 그러나 불결하고 혐오스러울수록 청결하고 미학적이어야 한다. 먼저 매트리스를 깔아 환자를 눕힌 다음 발바닥으로 엉덩이를 차서 골반교정을 해 주었다. 물집이 작으면 바늘에 실을 끼워 물집을 3, 4회 떠주고 실을 잘라주면 잦아든다. 저녁에 물집구멍을 약간 크게 낸 다음 1cc주사기에 포타딘을 조금 넣고 물집 안에 주입해 두면 아침에 깔끔하게 달라붙어 있다. 그러나 물집이 크면 깔끔하게 오려내야 한다. 그리고 포타딘으로 깨끗이 소독하고 가루로 된 마데카솔을 뿌려준다. 상처보호를 위해 바셀린이나 연고를 바른 가제인공피부와 유사한 콤피드, 메디폼 등로 환부를 드레싱한 다음 주름이 없게 붕대를 예쁘게 감아 주면 된다. 저녁이 되면 다시 소독하고 드레싱해 준다. 보노가 좋아진 것을 보고 20대의 벨지움에서 온 Caroline과 스위스에서 온 Linda가 자리에 누워 진료를 받으니 반신반의半信半疑 의심 많은 남정네들이 너도 나도 진료를 받겠다고 한다. 10명이 넘게 진료한 환자의 이름과 국적 나이 등은 'komsta대한한방해외의료봉사단'의 진료부에 기록되어있다. 마침 덴마크 유학생에게 불쌍한 남자 Bono를 맡겼다. 그에게 붙이는 원침을 주고 침자리도 알려주었다. 필요한 약은 물론 걷는 노역에 시달린 순례자를 위해 만든 까미노 보약까지 챙겨 주었다. 직접 실습을 시킨 후 까미노닥터로 임명했다.

7. 알베르게 냉장고이용법과 간단한 추천요리!

1 과부족을 조절해주는 알베르게 냉장고

남는 음식은 알베르게의 냉장고에 깨끗하고 깔끔하게 남겨 필요한 사람이 잘 이용하게 한다. 필요하면 언제라도 음식을 잘 활용해 자리를 비워주는 것이 센스다. 알베르게 냉장고는 자연스럽게 푸드뱅크Food Bank역할을 한다. 와인 하몽 쵸리소 멜론 사과 포도 등등~ 알베르게 냉장고는 너무나 풍성하다. 모든 순례자는 당당하게 남은 음식을 먹을 권리와 의무가 있다. 짐도 제대로 못 싸서 헤매던 한 대원이 덜렁거리며 혼자 너무 잘 다녀 우리를 경악하게 했다. 알베르게 냉장고의 음식은 모두 그의 차지였고 알베르게에 담요가 없으면 자전거 커버를 덮고 잤다고 한다. 이렇게 능력껏 먹고 요령껏 자고 재주껏 걷는 창조의 길이 까미노이다.

2 간단한 추천요리

(1)주먹밥

죽염으로 간을 한 짭짤한 주먹밥은 목매이지 않는다. 여행할 때 있는 재료만으로 간단하고 식감이 넘치게 만들 수 있다. 죽염과 도마에 깨를 으깬 후 덮어주면 된다. 주먹밥은 행동식이므로 일본식처럼 소금간을 해서 김으로 싸기도 한다. 묵은 김치 잘게 다진 것을 섞어서 만들면 목이 메지 않아 좋다. 식초와 소금과 으깬 깨를 약간 넣어 초밥주먹밥을 만들어도 좋다. 밥에 김가루와 소금을 넣어 잘 버무린다. 좋아하는 장아찌를 넣어서 주먹밥을 만든다. 참기름과 간장으로 간을 해서 참기름 간장 주먹밥도 만들어보자. 심지어 밥에 마요네즈와 소금을 고루 뿌린 마요네즈 주먹밥도 있다. 일본식으로 우메보시를 넣고 주먹밥을 만들 수 있다. 알베르게 냉장고에서 구할 수 있는 올리브유 살라미 하몽 쵸리소 양파 고추 등을 이용해서 새로운 주먹밥을 만들어 보기 바란다. 세상에서 제일 쉬운 요리가 주먹밥이다. 일단 작은 비닐봉지에 넣어 주물주물 둥글게 만들어 달랑 묶어서 휴대하면 훌륭한 행동식이 된다.

(2) 닭백숙 요리

어디서든 살 수 있는 닭을 깨끗한 물에 담구어 핏물을 뺀다. 쌀을 3컵 정도 씻어 둔다. 닭을 먼저 넣고 끓으면 쌀을 넣는다. 화기가 부족하면 고기가 덜 익고, 화기가 넘치면 고기가 퍽퍽해지므로 포크로 찔러보아 적당한 타이밍을 잘 선택한다. 짠맛은 식으면 더 짜지기 때문에 약간 싱거운 정도로 소금간을 하고 불을 올려서 한 번 활성화시킨 다음 불을 약하게 줄인다. 마늘 다질 때 도마가 없으면 비슷한 사기그릇 두 개를 겹쳐서 마늘을 하나하나 으깨어주면 된다. 마늘의 방향성을 살리려면 불끄기 10~20초 전에 마늘을 넣으면 된다. 이렇게만 해도 향미가 넘치는 닭백숙이 된다. 라면 끓이는 것보다 쉽고 주위 순례자들에게 나눔하면 맛있다고 공치사를 해댄다.

(3) 빠에야 밥

스페인어로 납작하고 낮은 프라이팬을 빠에야Paella라고 한다. 간단히 쌀 육류 어패류 채소 등을 함께 볶아 소금 향신료로 마무리한 육류 해산물 채소 볶음밥이다. 빠에야는 쌀이 주 재료로 육류, 해산물, 야채 등 육해공군이 곁들여진 가장 서민적인 대표 요리라고 할 수 있다. 올리브향은 쌉쌀하면서 부드러운 풍미가 있어 식감을 좋게 한다. 해산물_{새우 홍합 조개 게 가재 오징어 낙지 생선 등}, 육류_{닭 돼지 쇠고기 등}, 채소_{양파 마늘 토마토 파프리카 피망 고추 레몬즙 등}, 올리브유 소금 후추 샤프란_{또는 강황, 카레가루}이 준비물이다. 조개류를 먼저 씻은 후 끓여 육수를 내고, 쌀을 씻어 물기를 완전히 빼며, 육류는 미리 구워 놓는다.

빠에야_팬에 다진 마늘 양파와 쌀을 올리브유에 볶아 향기를 낸 뒤 육수를 붓고 '샤프란이나 카레'를 넣고 잘 풀어준다. 해산물을 넣고 어느 정도 익으면 구운 육류를 넣는다. '채소'를 올리고 뚜껑을 덮고 10분 정도 충분히 끓인다. 뚜껑을 덮고 10분 정도 뜸을 들이고 소금 후추 마늘 등 향신료로 간을 해 완성한다.

스페인은 전통적인 농업국이라서 농산물 빵 과일 채소류가 다채롭고 풍부하며 가격도 매우 싸다. 너른 평원의 풍부한 곡물, 초원의 축산물, 북서쪽 대서양과 남쪽 지중해의 풍부한 수산물이 나온다. 포도주도 프랑스 다음으로 생산량이 많다. 끝없이 너른 평원에는 곡물뿐 아니라 포도밭 그리고 올리브밭이 지천으로 깔린 세계최대 올리브생산국이다. 지중해 연안 사람들은 빵에 버터를 발라먹는 것이 아니라 올리브유에 찍어 먹는다.

Camino de Santiago

Xacobeo

Portugal

Santiago de Compostela

Arzua

Palas de Rei
Portomarin
Sarria
Samos
O Cebreiro

Villafranca del Bierzo
Ponferrada

Rabanal del Camino

Astorga

Villadangos del Páramo

León
Mansila
El Burgo Ranero

Sahagún

Carrión de los Condes

Frómista

Castrojeriz

Burgos

San Juan de Ortega

Belorado

Sto Domingo de la Calada
Nájera

Logroño

Torres del Río
Estella/ Lizarra
Puente la Reina
Pamplona/ Iruña
Zubiri
Roncesvalles
S. Jean Pied de Port

Mar Cantábrico

Camino Francés

España

Francia

산띠아고에 태양은 떠오르고

초판 1쇄 인쇄 2015년 10월 01일
초판 1쇄 발행 2015년 10월 10일

●

글쓴이　　김규만

●

펴낸이	김왕기	**주간**	최옥정
편집부	원선화, 김한솔	**마케팅**	임성구
디자인	푸른영토 디자인실		

펴낸곳　　**푸른영토**
　　　　　　주소　　　경기도 고양시 일산동구 장항동 865 코오롱레이크폴리스1차 A동 908호
　　　　　　전화　　　(대표)031-925-2327, 070-7477-0386~9 · 팩스 | 031-925-2328
　　　　　　등록번호　제2005-24호(2005년 4월 15일)
　　　　　　홈페이지　www.blueterritory.com
　　　　　　전자우편　designkwk@me.com

●

ISBN 978-89-97348-44-2　　03810
ⓒ김규만, 2015